U0500576

夜行医手札

YE XING YI SHU ZHA

【叁】

雷雷猫 著

中国广播影视出版社

目录

夜行医手扎

YE XING YI SHOU ZHA

第十五章　骨鞭

01

虽然是夏日，可山里的风还是阴冷得很，尤其是在山坳里，因为整日里被周围的大山挡着，见不到阳光，所以便显得更加寒冷。故而，太阳不过是刚刚才往下落，山谷里的光线便变得昏暗起来，再加上山坳里生长的那些高大的树木……在有些角落里，甚至可以称得上伸手不见五指。

这让山里的天色至少要比城里早两个小时进入夜晚，因此，这个时间也自然不会有人来了。只是，今晚却有些不同，偏偏应该是人迹罕至的时间地点，远远地却有一点红光从远处缓慢地闪了过来。

红光飘来荡去，却又在黑暗中清晰耀眼，难免让人产生一种诡异的感觉。而等这红光继续靠近后，相信只要看到的人一定会觉得更加诡异，因为，那红光是一盏灯笼，而拎着灯笼的人是一个小孩子。

小孩子看起来也就半人高，脸色苍白，大大的眼睛也似乎蒙上了一层雾，没有半分神采，他慢慢地走着，看起来每走一步都很艰

难，甚至身体也在不停地颤抖着，就像是一片秋日里在枝头抖动的枯叶，仿佛随时都会被风给卷走一般。不过，即便如此，这个孩子手中的灯笼却握得又稳又紧，甚至连手背上细细的血管都因为他太过用力鼓了起来。

终于，待到山坳里的光线全都消失的时候，他到达了此行的目的地，却是一个隐藏在灌木丛中的山洞，拨开洞口的杂草，他跌跌撞撞地走进了山洞中，然后看着洞中最里面那个闭着眼睛正盘腿而坐的女人，他用哆哆嗦嗦的声音说道："帮……帮我……"

女人睁开眼，看着他一笑："我就说你会回来的！"

"别……别废话，都……都怪你，你早知道他的本事，对……对不对，你故意……故意让我去送死！"男孩愤怒地说道。

"小义呀！"红姨幽幽一叹，"你别忘了，我早就提醒过你的，虽然你是颛顼的儿子，可他却是比你父亲还要古老的存在，你一个小小的疫鬼，还睡了那么多年，又怎么会是他的对手呢？"

"你别想骗我。"小义咬牙，"是你把我从昆仑带到这里来的，是你把我叫醒的，也是你把我带到这个鹿场。你现在说这些废话，以为就能撇清自己的责任吗？你……你一定是早就计划好的，想让我死在他的手上，对不对？"

红姨又笑了："我看是你自己忘了，我只是让你使这鹿场里的鹿染上瘟疫，让它们全死光，别的可什么都没让你做。你别忘了，我从昆仑放你出来的时候，你比现在弱多了，我若是想对付你，那个时候为何不动手，偏偏要等到现在让你死在别人手上吗？况且，当时可是你自己非要报答我的，还应允我可以帮我一个忙，怎么到了现在，倒都成了我的不是了呢？早知如此，我当初就不放你出来，岂不是更省事？"

红姨的话让小义哑口无言，他不得不承认红姨说的话的确没错，她若是想对付自己，只要当时不放他出来就是，让他被封在昆仑山万年的冰棺里，永远都没有希望。

看小义不说话了，红姨笑了笑，站了起来，向他走了过去，然后走到他面前，仔细端详了他一番后，关心地道："其实我还是不放心你，才会在这里等着你，不然的话，如今事情已经解决，我早就离开了。"

"哼，不用你假好心。"小义说着，但是很明显，底气是不足的，应该是在心里已经原谅了红姨。

红姨又是一笑："行了，说说吧，到底发生了什么，你怎么变成了这副样子，我有什么能帮你的？"

她不提还好，她这一说起他的痛处，小义的脸上立即露出厉色："还能怎样，还不是中了他们的圈套了……"

等小义把山上发生的一切全都说出后，红姨想了想道："这么说，他们的确是挺厉害的，而且，这次你还引来了神鹿一族的人，甚至还有铁木鱼也现世了，也难怪你会上当，输得这么惨。"但是说到这里，红姨缓了缓神色，"不过还好，他们不了解你，只收了个空壳回去，不过，若是他们发现了，一定会重新来找你麻烦的吧！"

小义深以为然地点点头："正是如此，所以我才来找你，也只有你能帮我。"

"我怎么才能帮你？"红姨眼神微闪。

"你把我送回昆仑，在那里我才能用最快的速度恢复，等我恢复了，我会再来帮你，这一次，我绝对不会再被他们打败了。"

"昆仑？很远呀！"红姨皱了皱眉，然后一伸手，从怀中拿出了一把锈迹斑斑的匕首，用手指轻轻抚摸了几下，摇了摇头，"这一来一去，至少需要半年的时间，若是再等你恢复，怕是一年的时间都不够用，可我在这里，还有很多事情没有做完呢。"

"怎么，你这是不想管我了？"小义脸色一沉，眼中也隐隐有红光闪现出来。

红姨又笑了，俯下身抚了抚小义苍白的小脸，摇头叹道："傻孩子，我既然把你带了出来，又怎么会不管你呢？你放心好了，我这就送你回去！"

她的话让小义的脸色一松，可不过是须臾，却见他瞪圆了眼睛，

吃惊地看向红姨，而后，他将眼睛慢慢地挪到了自己手中拎着的灯笼上，一股黑紫之气立即代替了他原本的苍白。

"你……你……你这个狡猾的女人……"小义说着，他的脸色也在瞬间变得灰暗起来，原本圆润光滑的小脸，也在瞬间干瘪枯萎，变得仿若树皮一般。

到了这个时候，红姨才笑着松了手，看着那柄插在红灯笼上的匕首道："原来这才是你的真身呢，实在是太能唬人了！"

"吼！"

随着一声怪叫，小义的身子几乎伸长了一倍，这样一来，不但拉长了他的身体，也让他显得更加干瘪丑陋，就像是一具脱了水的干尸。他钩子一样的爪子立即向红姨挥去，红姨躲闪不及，肩膀上重重地挨了一下，连黑色的外衫都被这一下撕破了，不过，因为是黑色，所以，即便有血渗出来也不是很明显，外人自然也无法判断她的伤势。不过，在硬接了小义这一记攻击后，红姨立即向后退去，而小义则摇摇欲坠，甚至连站都站不稳了。

扫了眼肩上伤口，红姨笑嘻嘻地道："实不相瞒，若不是这次，我还真想不到你的真身竟然只是个灯笼，颛顼帝还真是疼你，怪不得谁也杀不了你，只能把你封印在昆仑山的冰棺中。"

"吼，吼……我要杀了你！"小义大吼着，歪歪斜斜地就向红姨冲了过去，宛若喝醉了酒一般。

红姨边躲闪着边向那把插在灯笼上的匕首看，却见匕首已经一点点地没入灯笼中，眼看就要没到柄了。这同其他几次的情形完全不同，其他几次只要见了血，这把匕首就会消失不见，而这次竟然这么久了还没有消失，这让红姨稍微有些心急——难道说，她的推断错了？

不可能！

很快她便推翻了这种想法。如果这灯笼不是疫鬼的真身，那么他也不会变成这副鬼样子，更不会如此的愤怒。

为了找到"鬼血"她已经暗中寻了很多年，可众所周知，人死之后魂魄飘荡在世间，连形都没有，又怎么会有血。直到她在昆仑山上看到了小义，看到了这只疫鬼。

疫鬼是颛顼帝一出世便夭折的孩子，为了让他重生，颛顼帝特意为他聚了魂魄，可即便如此，他仍旧不可能为人，只不过为了讨好颛顼，周围的人才故意吹捧他罢了。而这些吹捧也随着颛顼帝的灰飞烟灭消失无踪，所以从那时起，疫鬼就成了人人鄙夷的怪物，而在他任性地引起了几场瘟疫之后，更是无法被世人所容，这才被封印在了昆仑山的万年冰棺中。

那时，当她看到小义的时候才想起，魂魄就是寄在血液之中的，据说，颛顼帝当初不仅是想为他聚魂，还想让他重生的，故而就必会留下他的血肉，而疫鬼身为鬼已有几千年，这血可不就是鬼血吗？可那个时候，一是她还没有找到其他的血引，时机不成熟，再就是不知道这疫鬼的命门所在，不敢轻举妄动，所以只能将他带下昆仑，悄悄观察他的一举一动，寻找他的弱点。因为她知道，对于这只强大的怪物，她的机会只有一次。

而如今，乐鳌既然帮她试探出了疫鬼的弱点，她的血引又都找得差不多了，此时再不动手，还待何时？果然，事实证明，她的猜测没错，疫鬼在初起气势汹汹的攻击之后，很快便慢了下来，而那把插入红灯的匕首，也彻底没了灯笼中。

紧接着，那灯笼在突然狠狠亮了一下之后，一下子就灭掉了，而与此同时，疫鬼也终于瘫倒在地，整个身体也迅速枯萎发黑，渐渐地缩成了小小的一团。等红姨赶过去的时候，发现灭掉的灯笼里早就没有了匕首的踪影，而疫鬼化成的那小小的一团则是一缕黑色的胎发。

"原来，这灯芯就是鬼血所藏之处。"红姨自言自语着，然后用手一指，地上的那缕胎发以及灯笼立即燃了起来，一股焦臭味迅速在山洞中弥漫了起来，红姨皱了皱眉，却没有动，直到看着那胎发和灯笼被烧成灰烬。

不知过了多久，山风吹进山洞里，焦臭味立即淡了不少，这个

时候红姨深深地吸了口气，看着洞口的方向冷笑道："你在外面待了这么久，难道不冷吗……"

02

随着红姨的话音，一个人影从外面闪了进来。进了山洞，他先是看了眼地上的那堆灰烬，然后才看向红姨道："你还真是一个可怕的女人，连我都差点信了你！"

"怎么，怕我到时候把你也杀了？"红姨笑眯了眼。

来人默而不语，显然这句话说到他心里去了。

看到他的样子，红姨摇了摇头道："难道你忘了我是做什么的了吗？你怕我？呵呵，难不成你也同他们一样，张副官？"

"当然不是。"张子文立即答道，那副样子，像是生怕晚回答一秒，就会被眼前这个恶毒的女人挫骨扬灰一般。

"呵呵。"红姨满意的笑出了声，不过马上，她肃了肃神情，冷冷地道，"不过，水月庵主持的话你都听到了吧，是谁在骗你，你心中应该有数。"

"这件事，我的确要谢谢你。"她的话让张子文的脸色一下子变得铁青，"若不是你，我就真被乐善堂的人骗了，我真没想到，他竟有本事让人胡说八道，丽娘她……"想到那日他最后一次向乐鳌询问丽娘的下落，张子文的脸色一下子面如死灰，"丽娘她只怕已经不在了吧！"

红姨哼了一声："你妻子的事情我完全没有必要管，对我来说，她同你脚下的那团灰没什么区别，不过，我既然让你知道了真相，你答应我的事情总该做到吧。"

"你放心。"张子文冷冷地道，"我来找你，就是来告诉你，我绝不会放过乐鳌的，他的把柄我已经找到了，帮手我也找到了，如今想要把乐善堂从临城连根拔起，完全不是问题。只不过，到了那个时候，你真的能杀了他？"

　　红姨眯了眯眼，然后用冷得几乎能冻死人的声音道："实不相瞒，我来，就是来杀他的，等这一刻，我已经等了二十年了。"

　　看到张子文还是一副不相信的样子，红姨又笑了笑，然后站了起来，向山洞的后方走去，同时低低地道："你若不信，就随我来。"

　　这山洞不大，虽然外面光线昏暗，可山洞里却燃着篝火，所以很容易就能将山洞里的情形尽收眼底，看到她向山洞后方的一处山壁走去，张子文也很好奇她会做什么，当即也跟了过去。

　　他刚刚跟着红姨走到墙壁前，便见红姨口中念念有词，然后只见她用手指一弹，原本的山壁便消失不见了，取而代之的是一个通向山洞更深处的洞口。而几乎是在山壁消失的那一刹那，便似乎有什么光从这个隐蔽的山洞中透了出来。

　　"这是……"看到突然就冒出这么一个洞口来，张子文吃了一惊。

　　"这就是障眼法。"红姨说着，嘴角向上翘了翘，便缓缓地向山洞里走去。

　　看着这个山洞，虽然张子文疑虑重重，但他终究是敌不过心中的好奇，也跟了上去，但是他的手却不由自主地放在了腰间的枪套上，随时准备着拔枪，好应对突发状况。

　　随着他们越向里面走，那光也就越发的强烈，张子文的心中也越来越吃惊，而等他们终于走到尽头的时候，山洞里已经恍若白昼。不过，这前面的光虽然很强，但也绚烂无比，张子文非但一点儿都不觉得刺眼，反而心中有着一种奇怪的期待，很想看看究竟是什么样的宝贝才会发出这样的光。没一会儿，等红姨领着他再转过一个弯儿，到达真正的光源所在时，张子文的脸上立即露出震惊之色，而红姨的脸上也露出了神秘的笑容。

　　原来，在他们面前凌空竖着一根巨大的骨鞭，伸展开来足有一人多高，这根骨鞭的骨节一截挨着一截，应该是什么东西的整根脊骨所制。

　　此时，这根骨鞭悬空飘浮在山洞中，手柄在下，鞭身在上，倒

竖在洞中，而它细细的鞭尾就像是有生命一般在半空中轻轻地摇动，甚是诡异。不但如此，在骨鞭的手柄和鞭身之间有一朵莲花状的护手，这莲花有六片花瓣，每个花瓣的颜色都各不相同，在这花瓣的映衬下，整条骨鞭都被映照得流光溢彩，漂亮得让人挪不开眼。不过，你若再仔细看，却见在这六片花瓣中，虽然有五片花瓣颜色瑰丽，闪闪发光，可却有一片花瓣仍旧黯淡无光。而且，不仅仅是黯淡无光，这片花瓣还有斑斑锈迹，就像快要腐烂了一般。这若不是有其他花瓣同它在一起，映衬着它，只怕根本就不会有人发现，这片快要腐烂的金属片，竟然同其他花瓣一样，同样属于这朵六瓣莲花的一部分，更看不出它竟是一片花瓣。

"这……这是什么……"不知怎的，面对着这根巨大的骨鞭，张子文的心中升起一种神圣之感，他只觉得自己的膝盖有些发软，仿佛整个山洞乃至从这六瓣莲花上散发出来的光都让他有一种想要膜拜的冲动。

"这是六劫鞭。"红姨走到骨鞭近前，轻轻抚摸着离她最近的那两片一蓝一金的花瓣，缓缓地说道。

"六劫鞭？什么东西？"张子文隐隐觉得，这东西绝不是普通人能见到的，红姨也就算了，而他竟然也被带到了这里，这让他有些后悔自己的莽撞了。

"什么东西？"红姨笑了笑，回头扫了他一眼，"这是上古时天神的坐骑神牛的脊骨，同天神一样，这头神牛有着无限的神力，有它出现的地方，必会五谷丰登、风调雨顺，乃是人们最喜欢的瑞兽。"

"瑞兽？"张子文皱了皱眉，说实在的，他不明白，红姨对他说这些做什么。

"是呀，的确是个瑞兽，而且也是个强大的瑞兽，也正因如此，才会被妖神看作眼中钉。所以，他就故意接近它，并且设圈套杀了它。它的皮落在了大地上，立即让千里良田荒芜，它的血落了下来，所过之处全部变成了荒漠和火山。但犹是如此，妖神还不罢休，他生怕它的魂魄回来找他的麻烦，拆穿他的虚伪和阴谋，便将它的骨头挫骨扬灰，撒在了大海中。于是，从那以后，海水变得咸涩，再也无法直接饮用。不过奇怪的是，在所有的骨头中，唯有这段脊骨任妖神想尽了办法都无法毁去，这也让他更加的恐惧，于是，他便用六瓣妖莲将它的神力封印，压在了昆仑山的山脚下。"

"然后呢？"看着那璀璨的六瓣莲花，听着红姨不知道是真是假的故事，张子文的脚却忍不住向后退了退。

看到张子文的样子，红姨轻蔑地道："你放心，它伤不了你的。如今六瓣妖莲的封印虽然已经被我解了大半，可这六劫鞭的神力还是无法施展出来，它现在也就是看起来漂亮些罢了。"

张子文暗暗擦了擦额上的冷汗，仔细想了一下后这才道："你的意思是，你要用这六劫鞭杀了乐鳌？"

"没错。"红姨笑了一下，"也只有这六劫鞭，只有神牛刻骨的恨，才能杀了乐鳌，杀了他体内的妖神，否则的话，哪怕你把乐鳌用枪打成筛子，他仍旧会在睡了几天之后重新活过来的。"

红姨的话让张子文脊背发寒，忍不住咬牙道："那个乐鳌，究竟是个怎样的怪物，除了用这六劫鞭，就没有别的办法除掉他吗？"

"怎样的怪物？"红姨眯了眯眼，"呵呵，你也说他是怪物了，所以，你觉得普通的办法能杀了他吗？"

张子文强吞一口气，继续问道："你刚刚说这六劫鞭的封印还没有完全解开？那你刚刚做的，就是要解开它的封印？究竟要怎样才能完全解开它的封印？"

"要解开这六劫鞭的封印，需要这六瓣妖莲饮下仙血、魔血、鬼血、神血、妖血和修罗血，只有这六种血尝遍，六瓣妖莲才会绽放，六劫鞭的封印才会被解开。"

"仙血、魔血、鬼血、神血、妖血、修罗血……"张子文只觉得自己一个头变成了两个大，他仔细想了下，这才又开口道，"那刚才的疫鬼，就是鬼血喽？"

"正是！"红姨欣慰地点了点头，然后看着那莲花护手叹道，"虽

然我早有计划，但我也没想到，会这么快就找到神血和鬼血。"

"神血也找到了？"张子文眼神微闪，"难道是那个夏秋帮你找到的？"

"正是她。"红姨笑道，"神鹿一族乃是上古大神的后裔，他们的身体里多多少少都会有大神的血液，而且，自然是以此族的首领最盛。可鹿零那个老家伙，百年前据说就已经很厉害了，连我的祖先都对付不了他，他这次竟然这么乖乖地就把血给了我，那个夏秋的确是帮了我大忙。若不是她困住了鹿一那小子，那个鹿零长老又怎么会乖乖听我的，自己刺了自己一刀，让我得到他的神血呢？"还有那个崔嵬，虽然她用了些手段，可若不是他明明早就能飞升成仙，却仍旧赖在人世间不走，又怎么会让她得到这不是神仙胜似神仙的仙血？

03

红姨现在回想起来，总觉得夏秋那个丫头就像是上天派来帮她的，先不说鹿一的事，单说之前发生的事情，夏秋就无形中帮了不少忙。

虽然在取魔血的时候，她费了些周折，原本她是想让青泽走火入魔，取他的血做魔血，可这个树灵实在是太过狡猾，竟让他给逃了去，连她都找不到他的踪迹。但是正是因为有夏秋在，几乎是在失去这个青泽踪迹的同时，她却碰到了另外一个更适合做血引的妖物，就是那个杀了人却被夏秋藏在了雅济医院后院的童童。

而同青泽比，这个童童更适合做六劫鞭的血引，当时她循着妖气找去的时候还奇怪，怎么会有这么适合做血引的妖怪呢，如今想想，她就像是夏秋亲自送到她眼前的一般。不过那时，因为有了前面青泽的教训，她便不敢明目张胆地做手脚了，只是偷偷潜入雅济医院，趁着别人不注意的时候，悄无声息地给童童下毒，让童童一天比一天疯狂、一天比一天暴躁，而到了最后，当她终于知道童童同夏秋的关系后，她悄悄解开了困住童童的结界，还给童童出主意，让童童想办法提前耗尽夏秋的能力之后再杀了童童。那个时候，她还以为夏秋也是妖怪，所以在她看来，童童若是亲手杀了这个从小一起长大的朋友，入魔那是肯定的。不过可惜，这个计划最终让及时赶到的乐鳌毁掉了，让她恨得牙根痒痒。但是，眼看就要功亏一篑的时候，就连她也不得不佩服自己的应变能力，转眼间她就想到了新的主意，她将六瓣妖莲的花瓣化成的匕首塞到了赶来阻止她的陆天岐手里，她让陆天岐杀了童童，可他毫无意外地根本就没对童童动手。而在她开枪打散了童童"孩子"的幻象后，在童童扑向乐鳌的时候，陆天岐果然代她出了手，亲手将匕首刺进了童童的身体里，助她得到了魔血。而之后，她又趁着陆天岐向她要解药时故意将他拖住，自己亲自去乐善堂取了乐鳌的血，也就是修罗血。

到了现在，六种血引她已经得到了五种，催开了六瓣妖莲中的五瓣，她只要再得到一味妖血的药引，六瓣妖莲就会彻底绽放，六劫鞭的封印就会被解开。到了那个时候，她只要能毁掉妖神的肉身，就可以让妖神魂飞魄散再也没机会兴风作浪。只要她成功了，乐家的存在自然也就可有可无，届时，让这个恶心的家族灰飞烟灭，也不过就是水到渠成的事。

没错，她恨乐家，恨死了乐家，恨乐家的每一个人，她恨不得让整个乐家都为她的丈夫、儿子陪葬！

听红姨静静地说完这六劫鞭的来历和用途，张子文已经大致明白了她要做的事情，不禁问道："那瓣生锈的花瓣就是最后一道封印吧。"

"没错，只差这道封印了。"红姨点点头，笑着说道，"只需要一味千年妖物的血引就够了，六劫鞭就会发挥它无与伦比的威力。"

"千年妖物的血引？"张子文皱了皱眉，"你可有计划？"

红姨转头扫了他一眼，又重新回过头盯着六劫鞭静静地看了一会儿说："张副官，你觉得在临城这种地方，找一个有着千年道行的

妖物很难吗？"

张子文道："那你为什么不立刻动手？"

红姨背对着他轻哼一声："就算利器有了，可你觉得，对付一只上古妖神，我不做好万全准备能动手吗？就如你们练兵打仗，难道就因为觉得自己胜券在握，便不做任何准备和计划，而是没头没脑地让士兵们冲上去送死吗？"

"那你还需要什么？"张子文问。

红姨想了想说："那个叫夏秋的丫头还有些用，还有那个妖神肉身的位置，我必须再仔细打探下，我估计，神鹿一族的族长应该能知道，那铁木鱼也许也能再派上些用场。"

"什么？"张子文皱了皱眉，"既然那铁木鱼有用，你向神鹿一族族长讨血引的时候，为什么不一起要来？"

斜了他一眼，红姨冷笑道："当时的情形，那个鹿一同铁木鱼是在一起的，张副官怎么知道，我若是两个一起讨，会不会一个都讨不到？"

张子文立即语塞，而这个时候，红姨背对着他不耐烦地摆了摆手说："行了，你还是按照咱们之前的计划去准备吧。你不是说又找了新的帮手吗？总之，你能不能找到你妻子并为你妻子报仇，都要看你能做到什么程度了。我累了，好好想想我说的话，你先回去吧。"

被一个老女人就这么干巴巴地下了逐客令，张子文心中自然不太高兴，只是，谁让他的仇人不是普通人呢，若是普通人的话，若是一个普通人敢这样对待他，敢伤了他最爱的妻子，他早就带着自己的手下冲了过去，将那人打成筛子了……

不对！

想到这里，张子文眼睛微眯——就算是普通人，他也不能就这么堂而皇之地枪决了他，因为他的面前还有另一个障碍，若不是这个障碍，也许丽娘根本就不会离开家，也更不会生死未卜，他现在的计划就是要先把这个障碍除去，也只有这样，他才能在临城呼风唤雨……

张子文走后，红姨立即瘫坐在了地上，脸色也在刹那间变得惨白。她用手紧紧地捂住自己的肩膀，脸上全是痛楚之色，而血，则从她紧紧捂着肩膀的手指缝里渗了出来。虽然初起没什么，可随着时间的推移，她这才察觉，自己肩膀上刚刚被疫鬼抓伤的伤口似乎越来越疼了，就在刚才，甚至痛到了让她无法忍受的地步。她自然不能让张副官这个狡猾的男人察觉到这一点，这才会立即装作翻脸赶走了他。她先是松开了捂住伤口的手，却是满手的血，然后她才低头望向伤口，却见狰狞的伤口中仍有血不停地渗出来，甚至将她的衣服都弄湿了一大半，这若不是衣服颜色深，只怕早就被张子文发现了。

简单地检查了下伤口，红姨皱了皱眉，这才拿出一个青色的小瓷瓶，将里面的药粉倒了些在伤口上，药粉还算管用，刚落到上面，便让血稍稍止住了些。不过可惜，这次的伤仿佛跟普通的伤不同，别看只是伤了表皮，可没一会儿工夫，在药粉彻底渗入伤口之后，便又有血涌了出来。无奈之下，红姨只得将整瓶的药粉全都倒在了伤口上，药瓶则随手丢在了山洞的角落里，然后，她从衣服上撕下一条布，用牙咬着，将伤口简单地包扎了一下。

做完这一切后，伤口的血总算是暂时止住了，红姨也稍稍松了口气，可心中却知，她最终还是小瞧了那个疫鬼。虽然现在有张副官帮她，但到了最后还是要靠她自己，她必须在最后一刻来临前养好伤才行。

红姨一边默默计划着自己接下来这段时间要做的事情，一边在洞中打坐调息，大概半刻钟之后，她的脸色总算缓和了些。然后她再次站起，随手握住了六劫鞭的手柄，紧接着稍稍一使劲，六劫鞭便被她紧紧握在手中，而在六劫鞭入手的那一刻，骨鞭上璀璨的亮光也似乎瞬间内敛了许多。

然后她轻轻抚了抚鞭梢，淡淡地道："咱们也该走了。"说着，她用一块黑布将六劫鞭严严实实地裹紧，让它的亮光无法再透出来半

分，然后身子一闪，便离开了山洞，不知道往什么地方去了。

……

乐鳌同陆天岐赶到山坳中的那个山洞的时候，外面的风已经很大了，空中雷声隆隆，眼见着就要下大雨了。此时，山洞中的障眼法已破，他们一进来就看到了那个通往山洞深处的洞口，毫不停留地走了进去。不过可惜，此时山洞中漆黑一片，红姨早就先他们一步离开了。

陆天岐用手捻了一下，一团亮白的火球在山洞中冉冉升起，顿时将山洞照得雪亮，洞中的一切自然也清晰无比。他们两人向左右看了看，尤其是乐鳌，在闭眼认真感受了一番之后，缓缓地道："晚来一步，你是有意的？"

陆天岐一怔，立即冷笑道："我若有意，又何必带你来，直接走了就是。"

乐鳌眉头微挑："之前你千方百计瞒着我同她见面，如今好不容易带我来了，她又走了，若是你，你会不会怀疑？"

陆天岐的脸色一下子涨得通红，愤怒地道："之前我的确不想让你们见面，可我从乐善堂走了以后，想了好几天，觉得有些事情还是应该你们两人面对面地说通最好。你们越是不见面，误会就越深。"

"你以为是误会？"乐鳌冷笑，转身就走。

若不是怕这个女人跑掉，他又怎么会将夏秋一个人留在乐善堂离开，如今这个女人既然不在，他自然要赶紧回去。

只是他刚转身，就被陆天岐拉住了，于是他转头看向陆天岐，皱了下眉道："放开！"

"不放！"陆天岐倔强地说道。

"你拦不住我的。"乐鳌眼睛微眯，"我实在不明白，你我从小一起长大，你是我最信任的人，可她一出现，你为何就变了？我虽不信你是故意背叛，可你不说明原因，我又怎敢再让你留在身边？天岐，你说让我同她解除误会，可我觉得，咱们两人之间的问题才是该最先解决的吧！"

听到乐鳌说自己是他最信任的人，陆天岐心中一暖，但紧接着，却见他眉头皱了皱，认真地对乐鳌道："乐鳌，你同红姨之间真的有误会，她并非你想的那样，她……她这么做，一定有她的道理，我只是希望你们两个能好好谈谈。"

"误会？"乐鳌的嘴角向上扬了扬，"你说，她设计差点杀了黑石先生是误会，还是借你之手杀了那个叫童童的蛇妖是误会？我若是没猜错，只怕青泽的事情也同她有关，而她找上青泽，你难道没觉得是冲着你来的吗？另外就是这次的鹿瘟，这个山坳同林家鹿场距离很近，夏秋失踪了一夜不知去了哪里，而等夏秋突然同张副官一起出现后就像是失了魂一般。后来又突然跳车失踪，也是在离这个山坳不远的地方，我当时真应该早点找到夏秋，也许那个时候我就能同那个女人碰面了。这样一来，倒是遂了你的心愿了。"说到这里，他顿了顿，"既然她已经不在这里了，那么，我就想听一句话，你是不是早就知道她藏在这里，也知道她同夏秋的失踪有关，说白了，是不是就是她抓了夏秋，让夏秋听了她的摆布，没有及时阻止林少爷催动铁木鱼，让鹿一身处险境？"其实，乐鳌还有很多问题，可他现在最关心的就是这个，他也更想知道，他这位最信任的"表弟"从小到大究竟瞒了他多少事情。

陆天岐脸色微变，知道今日有些事情他不得不说了，虽然他曾经向乐家人发过誓，更重要的是向乐鳌的父亲发过誓，但是，事到如今，他实在是不想再看到红姨同乐鳌他们两人如此仇视下去，这也肯定不是乐鳌的父亲所希望看到的。于是，他沉吟了一下，艰难地开口道："乐鳌，我之所以相信红姨，甚至还帮她隐瞒了一些事情，是因为，我从来都相信，她是绝对不会伤害你的，也不可能伤害你。"

乐鳌脸色微沉道："陆天岐，你确定你不是在说胡话？"

陆天岐摇了摇头，苦笑了下道："因为，她是你的亲生母亲！"

随着一声巨响，孕育了半个晚上的雷声就在乐鳌的头上这么炸

开了，一股猛烈的凉风从洞口的方向猛吹进来，让人即便是在这盛夏也觉得寒冷刺骨。

盯着陆天岐，乐鳌脸色铁青地问道："你说什么？你再说一遍！"

此时，在山洞的外面，大雨终于卜起来了……

04

"云翔哥哥，这是我最小的妹妹朱砂，她非要我带她来见你。"

远远的天际边，传来一个清脆的声音，拨开眼前的浓雾，夏秋仿佛看到了另一个乐鳌，她瞪圆了眼睛盯着眼前那个笑眯眯的男人，嘴中却说道："原来，你就是红绡姐姐说的那个乐云翔呀！真是百闻不如一见！"

话一出口，夏秋惊愕不已，因为这根本就不是她想说的，只是紧接着，她却发现，眼前的这个男人，虽然同乐鳌十分的相像，可他的确不是乐鳌，因为，乐鳌的脸上，永远不会挂上这种阳光般的笑容，他的笑容总是在她不经意的时候才会绽放，可每一次绽放都会让她刻骨铭心……因为难得，才会难以忘记。

"你家的姐妹，都会起这种火一样的名字吗？"乐云翔看着朱砂笑了笑，再看向眼前的红绡，眼中则充满了宠溺，"不过，同你的性格倒是很像。"

"你能小瞧我，可别小瞧我这个妹妹，否则的话，你一定会后悔莫及的。"红绡说着，对朱砂俏皮地眨了眨眼。

可看着一脸幸福的红绡，夏秋却知，朱砂的心中此时却没有半分开心。不仅如此，当她再看向乐云翔的时候，却出人意料地说道："你是妖？大姐怎么会找一个妖怪做相公！"

她此话一出，场面立即冷了下来，所有的人都不说话了，乐云翔脸上的笑容也立即僵住了，显然是被这个看起来只有六岁的小女孩吓到了，而与他不同，红绡此时虽然也没有说话，但却在一旁抿着嘴笑，而且一会儿看看乐云翔，一会儿看看朱砂，完全是一副看好戏的样子。

过了良久，才听乐云翔尴尬地咳嗽了一声，干巴巴地说道："红儿，你这个妹妹果然非同一般。"

红绡没有立即回答乐云翔的话，而是转头看向朱砂，故意问道："哦，你看出来了？"

朱砂小小年纪，可脸上此时却露出一副老成的样子，她瞥了红绡一眼，冷冰冰地道："虽然同躲在旁边的那只黑猫有些不同，可终究还是妖，那只黑猫，是他带来的？"

随着她的话音，树后果然传来一声猫叫，再然后就是一只黑猫从旁边闪了出来，警惕地盯着这个六岁的女孩，而这个时候看到黑猫已经藏不住了，乐云翔干脆对黑猫招了招手，唤道："小黑，来。"

被称作小黑的猫，立即蹿了过来，几下就跳上乐云翔的肩头，虎视眈眈地盯着朱砂看，那副居高临下的样子，就像是一只随时都可以扑下山的猛虎，同时，黑猫的喉咙里还发出"呼噜呼噜"的怪音，一副想让自己看起来更可怕的样子。

可对这只猫的狐假虎威朱砂只是不屑地撇撇嘴，然后轻飘飘地道："虽然你已经有千年道行了，可跟你主人比起来，你还差得远。"

她的话差点让那只装腔作势的猫从乐云翔的肩膀上掉下来，而这个时候乐云翔更好奇了，看着朱砂，他问红绡道："你这个妹妹真的只有六岁？"

红绡笑了笑，脸上少了些俏皮却多了些凝重："我们家隔几代人就会出这样一个天才，她可以驾驭世间的一切妖灵，被称作驭灵人。"

"驭灵人？"乐云翔脸色一肃，"可是传说中的驭灵人？"

"算是吧。"红绡想了想，补充道，"但是，却又同传说中的有些不同，她们虽然天赋异禀，可有的人长大后能力就会慢慢消失，我这个妹妹，算是我家这几百年来最出色的一个，至于以后，我真的不知道……"

她说到这里，却听朱砂老气横秋地说道："大姐，你的话太多了，难道你不怕回去受责罚吗？"

看到她这副教训人的样子，红绡却狠狠刮了一下她这个最小妹妹的鼻子，哼道："臭丫头，收起你对别人的那套吧，我才不上你的当。你放心好了，我既然敢把他带来见你，那就是不再准备回去了，我让你出来可不是只让你看姐夫的，我是让你帮我传个话，你告诉他们，日后家里的一切我全都不管了，你们……就当我死了吧……"

红绡的这番话，连乐云翔听起来都震惊无比，当然，除了震惊他的脸上还涌上了满满的感动，而这个朱砂看起来却完全没有吃惊的样子，只是问了句："你真决定了？"

"绝不后悔！"

"那好吧！"轻飘飘地说出这几个字后，朱砂走到了乐云翔面前，上下打量了他一番后，抬着下巴说道："你这妖怪本事还不小，别人也就算了，你竟然能把我这个嫉妖如仇的大姐哄了去，你是怎么做到的？"

本来乐云翔正感动着，听了朱砂的话却一下子被她逗乐了，笑眯眯地道："那你呢，你到底同不同意？"

斜了她一眼，朱砂转身跑到了红绡面前，抓着她的衣服似乎想要往上爬，红绡如她所愿抱起了她。一被红绡抱起，朱砂便一下子趴在了红绡的肩头不肯再离开，那副依依不舍的样子，谁都看得出来。红绡的心也一下子软了，想到今天她离开后，就要有很久的时间看不到这个小妹妹了，也不能护着她不让别人欺负，心中总算是生出了些不舍，于是将朱砂一下子搂得更紧了。

不过在这个时候，却听朱砂用鼻音在她耳边闷闷地说道："大姐，这个妖弱得很，怕是用不了多久外面那副躯壳就撑不下去了，你也肯随他走？"

红绡没想到朱砂连这个都看出来了，震惊之余心中也为妹妹对自己的关心感动不已，然后她用自己的脸颊蹭了蹭朱砂的小脸，用只有她们姐妹两个人才能听到的声音说道："傻妹妹，你说的我早就知道了，不过哪里有什么躯壳，我爱的人刚巧身体里住着那东西罢了，而且，你放心，那东西轻易不会出来骚扰我们的。”

红绡的话总算是让朱砂震惊了一回，她抬起头来，惊讶地看着红绡道：“大姐你疯了！”

红绡摇摇头，微笑着说道：“傻孩子，你不懂，我也曾像你一样觉得自己若是这么做就是疯了，可我终究还是这么做了。我已经认了命，想要一直陪他到不能陪为止，我能做的，也只有这些了。”

红绡说着，眼圈已经红了，眼波流动间，隐隐还有泪要涌出来。看到大姐的样子，朱砂也一下子心软了，再次搂住红绡的脖子，闷闷地道：“大姐放心，我还小，等我长大，一定会想办法帮你留住姐夫。只是，你应该知道，人和妖之间，是无法有后代的吧，你那么喜欢小孩子……”

听到朱砂小小年纪连这种事情都想到了，即便满心感伤，红绡还是觉得有些好笑，她轻轻抚了抚朱砂的头顶，不舍地道：“傻妹妹，你要是真有法子帮你姐夫，我们就算没有后代又能如何？所以，你一定要在家里好好的，争取早点出来帮我，以后我就住在临城，你到了那里，找一家叫乐善堂的药堂就行了。”

“行，我记住了！”暗暗将这三个字记在心里，小朱砂使劲点了点头……

05

“嘭”的一声，夏秋只觉得自己的头撞在了什么硬邦邦的东西上面，一下子就把她给惊醒了，那个奇怪的梦也就此中止。

她睁开眼，却看到周围黑漆漆的一片，还有一股令人作呕的味道。她想要坐好，却发觉手脚都被绑着，连嘴里都被塞了东西，这让她只能用其他感官来感受周围的情形，却在听到外面传来一阵乱糟糟的叫嚷声后，她似乎被带着再次移动起来。

她拼命地在心中叮嘱自己要镇静，可被牢牢绑住的手脚却又让

她心烦意乱，这会儿不要说是她，哪怕是诸葛在世都想不出办法来。因为，最起码她也要知道自己是被谁给绑架的，又是为了什么被绑架的。她默默回想自己离开乐善堂后发生的事情，那时，她随着最后一波出城的商贩离开临城城门，本打算趁着大雨落下之前，在离城门最近的那间驿站住宿，可刚出了城门没多久，就有人从暗处冲出来打晕了她，而现在，她应该是被带去见什么人吧！

她的手被绑在身后，嘴也被堵着发不出声，虽然一时间动弹不得，但她的手指却可以触到她靠着的后壁，她用指甲轻轻划了下，坚硬而冰凉，上面似乎还挂着什么黏糊糊的东西，再加上周围那股腐败潮湿的臭味，夏秋怀疑，她应该是被装在一辆运送垃圾的车里。不过，此时的她顾不上恶心，她又竖起耳朵仔细听了听，一阵阵"噼噼啪啪"的声音从头顶上响起，听起来应该就是外面有什么东西敲击在了关着她的这东西的上面。

她略略一想就明白了，这声音应该是雨点落下的声音，也就是说现在外面正下着大雨。

想到自己被绑架前快要下雨了，而且空中还打了雷，夏秋猜测，她应该被绑没多久，再加上关着自己的这个东西行驶速度并不是很快，也不是很颠簸，她猜自己应该还在临城附近，而且很有可能又被带回了城里。因为，既然她判断出这是一辆垃圾车，那么临城的垃圾车全都是人力车夫驱使的，车头是一个大大的铁皮箱子，用来装垃圾用。这种东西，若是在城外或者是郊区，根本就派不上用场，只能是在城里较为平坦的石板路上使用。

在想通这一点后，夏秋已经大致判断出绑架自己的人是谁了，因为，在这临城，除了那些人，还有谁不允许自己离开这里呢？她连夜离开乐善堂回家，躲的也正是这些人。不过可惜，她的行踪还是被他们发觉了。

猜出绑架自己的人后，夏秋渐渐恢复了冷静，想着看到他们的时候自己该如何应对。不过，若是在平时，她也许还能想出几个主意来，今天的她却有些力不从心。本来她就高烧未退，若是乐鳌在的话，根本连房门都不会让她出，如今她跑出来也就算了，还被人打晕扔到了臭气熏天的垃圾车里。不要说她还病着，哪怕是一个健康的人，被关在这臭气熏天的地方也会被熏得喘不过气来，所以，此时的她能维持住自己的意识不晕过去，甚至还能判断出绑架自己的人就已经很不容易了，哪里还有力气想别的事情？所以，清醒了没一会儿，夏秋就觉得脑袋昏昏沉沉的，整个人都似乎要烧起来了，连靠都靠不住了，她现在只有一个想法，就是快点到达目的地，快点见到那个人，否则的话，她怕是会被熏死在这里了。

不知道过了多久，车子再次停了，随着一股新鲜的空气从外面涌进来，夏秋总算舒服了几分。

扑进来的空气充满了潮湿的泥土气息，正是雨后的味道，这让她贪婪地狠狠吸了几大口，不过，随着几个人影在她眼前晃了几晃，还不等她看清楚是谁，她的眼睛便被布条蒙上了，脚上的绳子也被人解开了，然后她只觉得自己似乎被什么人拖下了车，接着便听到了铁门的撞击声，最后她才被人带着，沿着窄窄的阶梯一路下行。

从始至终，夏秋都是被人架着的，嘴里堵着的东西也没有拿开，眼上更是蒙了东西，除了能知道自己正沿着阶梯向下走，其他的她什么都感知不到。虽然猜到了抓自己的人是谁，但是她也没有太过慌乱，反而很听话地跟着架着她的人走着，因为她知道，这个时候只有听话，才能让她少受些苦。

不知走了多久，在她又听到了一阵铁门的响声后，一股熟悉的气味钻进了她的鼻中，而这种气味让她更加肯定了自己的猜测。而进了这最后一道铁门没多久，架着她的那两个人似乎又打开了一道门，然后只听其中一人闷闷地说道："人我给你带来了。"说着，他们松开了夏秋，然后在她身后将绑着她的绳子割开，再然后就是夏秋身后传来关门的声音，想来是那两人离开了。

手一被松开，夏秋立即拿掉了堵着自己嘴巴的东西，同时扯掉了眼上蒙着的布条，然后她盯着眼前的那个身材微胖、西装革履的男人说道："肖会计，你为什么这样对我？"

将夏秋抓来的正是肖会计，他看着夏秋苍白的脸色，笑着道："我怎么对你了，夏同学？你这个月没有给我把违约金送来，难道我就不能请你来问问了吗？还是说，你不再想遵守约定了？"

"我怎么会不想遵守约定？"夏秋咬唇，"我这几天有事耽搁了，正打算办完了事情就给你送过去呢。"

"有事耽搁了？办完了事就给我送过来？"肖会计冷笑，"可我怎么看到你是想逃跑呢？"说着，他随手将桌上的一样东西扔到了夏秋的面前，东西落地，却立即散开了，正是夏秋原本背在身上的包裹。

看到自己的东西就这么散落在脏兮兮的地上，夏秋怒道："你做什么！谁要逃跑了？"

"你不是逃跑？"斜了地上的东西一眼，肖会计哼道，"我刚才检查过了，你这包袱里只有几块钱，根本连这个月的违约金都不够，你又怎么解释？我看，我还是找警察来吧，哪怕这违约金讨不回来，也能让那些同你一样想入非非的小护士们清醒点，别以为攀上院长家的少爷就万事大吉了，你以为麻雀真能变凤凰吗？"

虽然夏秋告诉自己不要生气，可听到肖会计这番话后，她的脸色还是立即涨得通红，于是大声道："肖会计，你不要血口喷人，谁想攀上院长家的少爷了？谁想麻雀变凤凰？谁又是麻雀？谁又是凤凰？你别忘了，自从我离开这里后，每个月都是按照约定分期付给医院违约金的，如今我已经付了快一半了，可我这次只不过是有事，晚给了你几天，你就让人把我绑到了这里。你说要去找警察，好呀，我也正想问问那些警察局的大老爷们儿，到底是忘了还钱的罪名严重些，还是绑架的罪名严重些，我倒要看看他们怎么回答。"

"好一个伶牙俐齿的丫头。"肖会计的脸上挂上了一层霜，"我真有些后悔给你机会了，我真该第一时间就送你去警察局。"

夏秋低低地道："肖会计，你的话也就骗骗你自己罢了。你当初哪里是给我机会，根本就是给你自己机会。徐大夫是院长的儿子，你为了巴结他、讨好他，帮他出了多少坏主意，又帮他骗了多少女护士，单是这医院里徐大夫的情人一只手都数不过来。后来徐大夫出了事，你当时根本就是想把责任全都推在我身上。不过可惜，若是去了警察局，肯定是要过堂的，而局长同院长是好朋友，我若是说了什么，消息肯定会立即传到院长耳朵里去。正好当时院长在国外，还没有回来，你这才把我赶走了。怎么，当时你怕你做的坏事传到院长耳朵里，现在就不怕了吗，肖会计？"

06

夏秋的话让肖会计的脸色一下子变得铁青，怒道："你有什么证据？"

夏秋微微抿了抿唇道："难道肖会计忘了，城东李子巷有一个叫小玉的姑娘，而在落花巷有一个叫刘媛媛的姑娘了吗？还有……"

夏秋说的这两个人，那个叫小玉的本来也是医院的护士，可突然有一天就离开了，夏秋找到她的时候，她已经有了一个孩子，已经半岁了，长得同徐大夫几乎是一模一样。至于那个刘媛媛，甚至连实习都没开始，就退了学，然后就一直被徐大夫金屋藏娇，她虽然没有孩子，可却有一张结婚证书，是徐大夫给她的，不过可惜，那证书根本就不是真的，而那个傻丫头直到现在还被蒙在鼓里。

这些事情都是当初夏秋不放心，帮童童调查的，结果越查越吃惊，越查越明白徐大夫根本就是一个花花公子、大骗子，可那个时候她再想劝童童回心转意，童童已经深陷在那个徐世林的温柔乡里不能自拔了，还真以为自己是故事里的白娘子呢。直到后来，童童怀了孕，徐大夫渐渐疏远了她，又有了新欢，她这才醒悟了些，可还是很伤心，而那个时候，看着整日以泪洗面的童童，夏秋又怎么忍心向她说这些，只能是拣好听的话安慰她。

而到了后来，童童诞下死胎，又无意间撞见了去屋顶同徐大夫摊牌，结果却险些被他玷污的夏秋，更是深受刺激。于是，童童将那个徐世林从楼顶上推了下去，从此以后便发了狂。

总之，这一桩桩一件件的事都是那个徐世林害的，而这个肖会

计则是帮凶，帮他祸害了那么多女孩子，也同样逃脱不了干系。而那个时候，夏秋势单力薄，根本做不了什么，唯一能做的就是暂时逃离医院。

其实，正如她所说，肖会计当时也是没想放过她的，是她暗示要把徐大夫欺骗女护士的事情捅到警察局和报社去，肖会计才暂时让她离开了，但却让她偿还违约金，而且一月一付，还不让她离开临城，让她每个月都必须来医院报到。

为了彻底摆脱他们，夏秋答应了所有的条件，更是故意在付违约金的那几天不准时，让肖会计白等，并借此潜回雅济医院帮助童童加固结界。可她本以为只要几个月童童就能冷静下来，而到了那个时候，也就根本没人能拦得住她们，她们就可以一起离开临城。但她没想到，童童不但没有恢复正常，竟然还越来越疯狂，到了最后连她都想杀掉。这自然是她始料未及的，可一开始她百思不得其解，直到几天前才知道是红姨在搞鬼，不过那个时候已经晚了，不但童童死了，还差点因此害了乐鳖。

"行啊，夏秋。"听到夏秋说的话，肖会计冷笑，"你这次还想威胁我？不过，我既然敢把你抓来，你觉得我还怕你的威胁吗？"说到这里，他顿了顿，然后得意洋洋地道，"你说的那个小玉，根本不在李子巷，而是在西城的东拐巷里住着对吧？而那个刘媛媛，则是在郊外的一个小院子里，不过……现在她们可不在那里喽，至于去了哪里，嘿嘿嘿，我想，你不如亲自去问徐院长。"

他的话让夏秋的脸色立即变了，她盯着他道："你怎么知道的？"

"你一个外地人能查出来，我就查不出来？都过去大半年了，你真以为凭着徐院长的人脉，会找不到那两个女人？"

"徐院长？他也知道了这件事？"夏秋的心沉了沉，一脸嘲讽地道，"看来徐院长处理这种事情很拿手呢。"

"你知道就好。"肖会计冷哼，"不过，徐院长也说了，他并不想难为你，今天你若是将所有的违约金全都交全了，他可以让你走，不过，你若是交不全，嘿嘿……"说到这里，肖会计停了停，"你要是交不全，我们就只能送你去警察局了，到时候，把你一关，不用多久，只要一晚，就能让你得到足够的教训了。至于你说要找什么报社，嘿嘿，如今你觉得你还有机会吗？我们徐院长可是时时刻刻都在等着告你诽谤呢。那样的话，我想你这辈子都不用从监狱里出来了！"

夏秋此时只恨自己不能像妖怪那样狠狠地冲过去抽这个无耻的男人几巴掌，可如今，她一个人根本就对付不了他们，她的能力也对普通人完全没用，她还真是无计可施。于是她犹豫了一下，点头道："没错，既然我不想再在你们这个医院待下去，自然也要按照之前签订的合约偿还违约金，这点我不会赖。所以，你能不能带我去趟乐善堂，我想向我们东家借些钱给你。"

虽然不好意思，可既然想一劳永逸，这就是她唯一能想到的办法了，至于以后，反正乐善堂包吃包住，她用工钱慢慢抵给乐鳌也就是了。

可是，夏秋这个听起来再合理不过的要求，却被肖会计断然拒绝了，看着夏秋吃惊的脸，肖会计冷笑道："我刚刚的话你没听清楚吗？是让你现在就还，谁知道放你去那个什么乐善堂，你会说些什么，我们怎么可能那么傻！总之我再说一遍，要么现在就还钱，要么就把你送到警察局去，你选吧。"

这下夏秋明白了，什么徐院长不想同她计较，根本就是那个徐院长从未想过要放过她，这会儿她身无分文，又不能向别人借钱，可不就剩了送她去警察局一条路了吗？想通这一点，夏秋咬牙道："你们这些道貌岸然的伪君子！"

"不过嘛，"肖会计说着，突然笑得一脸猥琐，"倒是有一个法子让你即便还不了钱也不用被送进警察局，想必你一定听说过富春巷边上的四大……"

不等他说完，夏秋就随手拿起旁边的一个瓶子扔了过去，满脸通红地说道："你做梦！"

"那就没办法了。"躲开夏秋扔过来的瓶子，肖会计冷笑，"那我

就只能送你去警察局了。"说着，肖会计拿起旁边的一个文件袋，在夏秋眼前晃了晃，"这是你当初入学的时候签的合同，上面写得清清楚楚、明明白白，若是违约，就要按照每个月五块钱的违约金赔给学校，你本该在雅济医院学习三年，这么算下来，就是三十六个月，也就是一百八十块钱。你离开医院的这几个月，一共付了八十块，还有一百块钱没有付清。你若是现在付了就算了，若是付不了，学校只好送你去警察局了。你都听明白了吗？"

这笔账夏秋再明白不过了，更是知道自己这次被绑了来，完全是这个肖会计的主意。只是，她有一点不明白，她昨天刚刚回乐善堂，而且还生了病，一醒过来就立即出了城，连东家都没顾上打招呼，他们又是怎么猜到她今天会离开的呢？

想到这里，她心中微沉，现在的情况就说明只有一个可能，就是乐善堂的外面一定一直有人在监视着，也正是这个监视的人向雅济医院通风报信，这才让她被抓了回来。不然的话，单凭这个肖会计，单凭雅济医院，这么久他们都没有找她麻烦，她甚至还随乐鳌出了数次城都没见他们怎样，怎么偏偏这次就抓了她呢？

看来，这群人盯她只是次要，根本是把乐鳌和乐善堂都给盯上了，他们到底想要做什么？

想到这里，夏秋沉默了一下，再次抬头看向肖会计的时候，眼睛却一下子变得亮晶晶的，她的唇角向两旁翘了翘，突然问道："肖会计，我若没猜错，这里应该是医院的地下室吧！"

肖会计本以为夏秋会向他求饶，可没想到她竟然突然问他这个，当即沉了脸道："是又怎么样！反正你一个人是跑不了的！"

"我刚才闻到了消毒水的味道，难不成这里是放置生物标本的地方？"深深吸了口气，夏秋低低地问道。

"你问这些做什么？"肖会计警惕地道。

肖会计可以笃定，夏秋以前绝对没有来过这里，别说她了，就连那个院长的公子——徐世林徐大夫，院长都没敢让他知道这件事。

看到肖会计的样子，夏秋突然笑了一声，然后盯着肖会计的身后道："其实，我刚来的时候就发现了，这里只怕不是只有标本吧，应该还有更有意思的东西。肖会计，我本以为你们只是骗骗医专里的学生护士也就算了，没想到，你们的胆子竟然这么大，这个雅济医院究竟是一个什么样的存在呀！"

她的话说得肖会计背后寒毛直竖，忍不住大声否定道："你胡说什么，你以为装神弄鬼就能救得了你自己吗？真是异想天开！"说着，他大声喊道："来人，来人，将她给我送到警察局去，对了，还有院长写给警察局长的信，你们也一并带去。"

肖会计说着，从抽屉里拿出了一个信封，同夏秋的合同装在了同一个纸袋里，只不过，这信封厚厚的，看起来应该不仅装着信纸。

07

肖会计话音刚落，便听到身后的房门传来推门的声音，可是，一开始是推门，没一会儿工夫，推门却变成了拍打，而紧接着，门外传来肖会计手下焦急的声音："肖主任，这门打不开呀，你是不是在里面反锁住了？"

"怎么会？！"肖会计吃了一惊，就要走过去给他们开门，可走了几步，却觉得自己的脚脖子一凉，然后一痛，似乎被什么东西绊了一下，他立即停住，低头看向脚下，结果地面平平，上面什么都没有。

只是，他正要继续往门口走的时候，却感到另一只脚也似乎被什么抓住了，他的双腿一下子就像是生了根，一动都不能动了，他大吃一惊，抬头看向夏秋，脸色铁青地道："你……是你？你做了什么？"

看了眼肖会计的脚腕，夏秋又回头扫了扫身后的大门，抿了下唇道："我能做什么，应该问问你们做了什么，为什么这里的东西连死了都不肯离开，一直围着你们不停地转，难道，你都感受不到

吗？"随即，她的嘴角又向上扬了扬，轻飘飘地说道，"不过，你现在应该感觉到了吧。抓住你脚腕的那两只手，应该是一个人的，而其中一只的手上，缺了一根小拇指。至于门后面的那三个，好像已经等得不耐烦了，若不是我需要那三个现在顶着门，只怕也早就像这个一样，第一时间向你冲过去了。所以，你真的想让外面那两个人进来？"

"不，不，你……你到底是个什么东西？！"肖会计立即惊慌失措地大喊起来。

因为夏秋说的那两只手他还真有印象，应该就是从几日前被他亲自送走的一具尸体上截下来的，他记得那人是个赌徒，家境殷实的时候好像还来医院看过病，正是来看手的，据说是赌徒为了戒赌而砍了自己的一根手指，需要包扎。不过，手指虽砍了，赌却没能戒得了，家最终还是被败掉了。万幸的是，这个赌迷并没有染上其他的坏习惯，身体也算是健康，所以，在他的妻子带着孩子离开临城、离开他回家乡后，肖会计的人在街边看到了他。那个时候他刚从赌场被赶出来，头也撞得鲜血直流，他们就将他带到了雅济医院，带到了这个地下室，而第二天，他的资料就被放在了档案柜里，实在是要多顺利就有多顺利。

而如今，夏秋竟说她看到了那两只手？没错，赌徒的两只手因为少了手指不够完美，可别的部分却非常的健康，所以别的部分现在也不可能在临城，那赌徒能留在临城的，可不就只有这双手了吗！

这个丫头到底能看到什么？这怎么可能？！

看着肖会计一脸惊恐的样子，夏秋幽幽地道："我当然是人了，不过同我比起来，你们根本就不是人，连禽兽都不如！在这里，我听到了很多人在哭，在痛苦的求饶，也听到了你们的狞笑，这些人里，有男人、有女人、有老人、有小孩，甚至……甚至还有到处找自己孩子的孕妇，你们……你们到底对他们做了什么啊！"

夏秋刚才实在是没了办法，这才想到了这个法子，只是以前见到这些东西她都是让这些东西远远走开的，可既然她能让这些东西走开，自然也能让其过来，但她没想到的是，她本只想找几个帮手，毕竟医院这种地方，找那种帮手还是很容易的，可是却没想到，竟然出现了这么多，所以，就连她也惊讶了。不过，毕竟这些东西阴气太重，同妖物完全不同，随着这屋子里的黑影越来越多，夏秋自己都感到了一种锥心刺骨的寒气。而周围的寒冷加上她身上尚未痊愈的病，不过是几分钟的工夫，她就觉得自己浑身都要烧起来了，而与此同时，那种透骨的寒冷又几乎从内里冻碎了她的骨头。这让她忍不住想发抖，甚至整个人都已经摇摇欲坠，可是在肖会计的面前，她却只能咬着牙关强忍着，强忍着不让肖会计发现她现在的状况。

这个时候，在肖会计身边的已经不仅仅是那双手了，还有更多的黑影，更多想要找他算账的东西，而他此刻也早已瘫倒在地，缩在了墙角，瑟瑟发抖地大声喊道："我不怕你们，我不怕，你们滚开，滚开！"

看到肖会计脸上的恐惧，夏秋感到差不多了，这才向他走了去，边走边说道："咱们做个交易吧，你把我的合同还我，我就让这些东西走，你觉得怎么样？"

"我……我……"肖会计的脸上先是闪过惊喜，显然是很乐意的，但是马上，却见他沉着脸，摇着头道，"你……你做梦，我今天是绝不会让你一个人走出医院大门的！"

见他到了这个时候还如此强硬，夏秋也不再同他废话，心念微转间，却见肖会计紧紧搂着档案袋的手突然一点一点地松开了。这让肖会计更是一脸惊恐地说道："怎么……怎么回事……"

肖会计的确不想松手，可是却耐不住有两股无形却巨大的力量将他的手臂一点点掰开，到了最后，他的双臂被狠狠拉开贴在了身后的墙壁上，而他怀中抱着的档案袋也终于落了下来，夏秋脸上这才闪过一丝喜色，然后快步走上前去，将那档案袋捡了起来。她打开袋子，拿出里面的文件，发现果然是自己入学时签订的合约，而

那个鼓鼓的信封她也打开了，不过还没来得及看内容，却有一张一百块大洋的支票从里面飘了出来。

捡起支票，夏秋冷笑着看着肖会计说："你是说我只要付清了违约金，就能同医院彻底解除关系，对不对？"

此时肖会计已经浑身僵硬，连话都说不清楚了，只能含含混混地道："没错。"

"那好！"夏秋抿嘴一笑，将手中的支票递到肖会计手中，同时撕碎了院长给警察局的信，扔到了肖会计的脸上，缓缓地道，"从此以后，我不会再踏进雅济医院一步，你们也别再来烦我！"

说完，她转身就走。

走到门边，门口早就没了那些东西堵着，可门外也再也没有其他人的动静，她一推开门，却看到两个人靠着墙倒在地上，却是翻着白眼吐着白沫，再看看他们周围围着的那些东西，夏秋明白，这两个人怕是也为这座医院做了不少坏事。

而这个时候，却听肖会计在屋子里面艰难地喊道："东西你已经拿走了，就快让这些东西走吧，你不是说……你不是说……啊啊啊……"

夏秋顿了顿，却继续往外走，根本没有任何要帮肖会计的意思。

她之前的确是这么说过，可此时的她浑身冷得像冰，体力早已透支，再加上她身体尚未痊愈，所以，她即便有心，也是无力的。更何况，看到聚集来的越来越多的黑影，她的心中已经十分愤怒了，早就改变了初衷。

当然了，最后还有一个更重要的原因，就是已经丧失能力的她，同普通人根本就没什么不同，她若是继续待在这里，只怕也不会比肖会计他们好多少，她必须趁着自己现在还清醒，还有体力走路，快点离开这里才行！只是，她越是想离开这里，她的腿脚就越是不听使唤，等她艰难地挪到那个铁栅栏门的时候，只觉得自己就像是掉到了冰窟中，头痛欲裂，神智也越来越飘忽了。而等她艰难地打开了铁栅栏门，她所有的体力已经全都消耗殆尽了，整个人不受控制地就向一旁倒去。

不过，眼看她就要摔倒的时候，一个人却突然从旁边闪了出来，将她一把接住了，她抬起头来想要看清楚接住她的人是谁，可是脑袋却沉得根本抬不起来。而等那人将脸凑到她面前唤她的时候，她的视线早已模糊，不但听不清他的声音，也更看不清他的脸了，再然后，她整个人都陷入了沉沉的黑暗之中。

……

"我不信！"初起的震惊过后，乐鳌的脸上再次恢复了平静，他转头往山洞外面走去，边走边道，"我不知道你中了什么邪，竟然会说这种话！你回乐家去吧，关于这件事情，我也会写封信回去的，在你没有恢复正常前，就不要再回来了……"

只是，他的话刚说完，却觉得眼前人影一闪，陆天岐已经挡在了他的前面，陆天岐看着他郑重地道："我没骗你，就算你亲自去问乐家人，他们也不会否认的，乐鳌，我说的全是真的。"

"真的？"乐鳌定了定，看着陆天岐冷笑道，"我只知道我母亲死了，我父亲一个人把我带大，而那个红姨，以为我父亲杀了她的儿子，这才找我父亲报仇，导致我父亲身死。我父亲死的时候我就在外面站着，却被她用阵法困了起来，我亲耳听到父亲临死前的惨叫，难道你的意思是，我的母亲不但杀了我的父亲，还要杀了我吗？"

"乐鳌，你母亲她根本就没杀你父亲，她只是来见你父亲最后一面，难道你不知道乐善堂……乐善堂的东家，一旦年满三十岁，就会……就会……"

"既然如此，她为何又要把我挡在外面？还有，她离开时看我的眼神……"

那眼神绝对不是一个母亲该有的眼神，那里面充满了厌恶、鄙夷和不屑，一个母亲，怎么会用那种眼光看自己的孩子呢？

"她只是……她只是不想让你看到你父亲临死时的样子。"陆天岐眼神闪烁了下，"身为乐善堂的东家，谁都会经历这一幕，可别人都是子侄继承这一位置，只有你不同……"

"你不要说了！"不等陆天岐说完，乐鳌再次打断了他，低低地道，"那你当时为何不告诉我？为什么一直都瞒着我？如今为什么又决定告诉我了？我的命运从我继承了这只妖臂那刻我就清楚会是什么结局，你不要说瞒着我也是为我好！"

"乐鳌……"陆天岐还想再说什么，乐鳌却已经转身冲出了洞口，冲入了茫茫大雨中，远远地陆天岐只听到他说了一句："你这些话，还是同乐家人去说吧！"

"乐鳌，她现在已经同乐家势同水火，你真的想让他们知道她又回来了……"陆天岐大声说着，一闪身也冲了出去。

08

陆天岐紧随乐鳌之后，这一次他已经下定决心，决不能让这母子两人再这样继续误会下去，虽然他不知道红姨这次回来是为了什么，可他觉得，两人需要面对面地好好谈一谈，冷静一下，母子之间，能有什么深仇大恨呢？所以，哪怕这次乐鳌烦死了他，他无论如何都不会离开乐善堂，最起码，他也要让他们母子两人见一面，这么多年来，红姨也实在是太可怜了。

想当初，他们是多么让人羡慕的一对儿啊！

今晚的雨实在是大得诡异，虽然下了好久，可直到他们赶回乐善堂的时候，仍旧没有半点要停下来的迹象，而且越下越大、越下越急，即便是陆天岐的速度，也根本躲不及，这一路走来，他身上的衣服也被雨水淋湿了。可他刚进乐善堂的大门还没几步，正想要回后院自己的房间换身干燥的衣服，顺便再烧些热水擦擦身时，却见迎面冲来一人，差点将他撞到。

开始他本想躲闪的，可最终他还是拦住了那人，惊讶地问："你做什么去，刚回来怎么又要出去？"

冲出来的人正是乐鳌，他此时也是浑身湿透，头发上甚至还在往下滴着水，被陆天岐拦住，乐鳌先是冷冷地看了他一眼，这让陆天岐心虚了一下，连忙收回了拦着乐鳌的手，讷讷地道："我……我回来换衣服。"

说完之后，他心中很是觉得窝囊，他心虚个什么劲儿呀，他是真的想消除他们母子间的误会呀！于是，他正想说句什么话壮壮底气，却听乐鳌低低地道："她走了。"

"走了？"陆天岐一时没反应过来，"谁？"

"柜台下面的包袱不见了，她走了……"乐鳌咬牙，"偏捡这种鬼天气……"

这次，陆天岐终于明白了，可他正要再说些什么，却听大堂里的老武突然喊道："回家……回家……"

乐鳌一愣，但也马上明白过来，不过是一闪神的工夫，乐鳌就再次冲入了大雨之中……

乐鳌离开了好久，陆天岐都站在大门口反应不过来，直到大厅里的老武又喊了几嗓子，他才回过神来，可脸色却已经异常难看了。

看看老武，又看了看乐鳌消失的方向，他的眼中闪过的竟是无可奈何，于是他看着天花板，喃喃地道："你们……还真是父子呀……"

大雨直到半夜才渐渐停了，可雨停了，乐鳌却没有回来，夏秋自然也没有回来。陆天岐在柜台后面窝了一夜，甚至连身上的湿衣服都被他的体温熏干了，都没敢离开半步，可最终还是没等到他们归来。最终，待天亮之后，当他正准备放弃等待，到后面好好洗漱一番，换件衣服再接着等的时候，一股潮湿的气息伴随着一个人影出现在了乐善堂的大厅中，却是乐鳌一个人回来了。

见乐鳌总算回来了，陆天岐心中松了几分，也顾不得去后面了，而是绕过柜台来到乐鳌的面前，焦急地问道："可找到她了？"

此时，乐鳌身上的衣服早就湿透，头发也湿漉漉的，整个人都像是刚从水里捞出来的一般。

听到陆天岐发问，乐鳌抬眼看了看他，又垂下眸，低低地道："我去了东城外最近的那家旅馆看过了，根本就没见她在那里留宿。

我又沿着大路向前面追了几十里，一个赶路的行人都没有见到……"说着，乐鳌进了门，向老武的方向走去，显然，他想再问得清楚一些。

而这个时候，算了算乐鳌出去的时间和路程，陆天岐不禁问道："即便如此，你怎么这么久才回来？"

"嗯。"乐鳌轻轻应了一声，"回来后，我又去临城郊外离其他几个城门口最近的旅馆找了找……"

他就这么一间间找了下去，可虽然每间旅馆都住满了被这场雨耽搁的旅人、客商，有的客栈甚至连大厅里都住满了人，可就是看不到夏秋的影子，她到底去了哪里？

"老武，她临走前是不是对你说了什么？她真的是要回家吗？"

"回家……回家……"老武扑棱着翅膀，"拿东西……拿东西，回来……回来……等我回来……"

乐鳌的眼睛先是亮了亮，可马上他的眉头却再次紧紧皱起，同时喃喃地道："回家？你回的到底是哪个家呀……"

如果夏秋真的回家，他这一晚上找下来，绝对不会找不到的，除非她也学会了一日千里的本事，能在瞬间赶回她的家乡。可夏秋是人，哪怕能力再强，也根本不可能有这种本事，除非……除非有人帮她……但她认识的妖就那么几个，除了他和陆天岐，还有谁有这个能力？哪怕是落颜和青泽，都不可能在一夜间带着夏秋回到她百里外的家乡……

他正想着，却听一旁已经完全被他无视的陆天岐突然说道："如果她是骗你的，她没回家呢？你怎么知道她说的是真话？"

陆天岐的话仿佛一下子点醒了乐鳌，他的眼睛一亮，转身就往大门的方向走去，看样子竟是又要出去。陆天岐见状急忙将他拦住了，怒道："刚回来又走，做什么去？"

"去找青泽。"乐鳌也不瞒他，但脚下也没有停。

"找他做什么？"

"若是夏秋没有离开临城，青泽一定能知道她的下落！"乐鳌说

34

着，已经挣开了陆天岐的阻拦走到了大门口。

乐鳌的样子急得陆天岐直跺脚，吼道："你疯了吗?！你怎么知道她不是故意躲你，骗你！"

听到陆天岐的话，乐鳌的脚步终于顿了顿，转头看向他，冷笑了下说："像你们一样吗?"陆天岐立即语塞，见他不言，乐鳌再次补充，"她会瞒我，却不会骗我。而你们，瞒骗了我二十年……"

这一次，陆天岐更是无话可说了。

说完这些，乐鳌已经来到了外面的街道上，陆天岐下意识地也跟了出去，可陆天岐刚刚跨出大门，却听到一个慢悠悠的声音响了起来："乐大夫，一大早的，你这是要去哪里呀?"

陆天岐抬头，却见张子文正一脸冷意地站在大门口，而在张子文的身后还跟着很多士兵，这些士兵端着枪，枪口正冲着乐善堂，满脸的杀气腾腾。

乐鳌站住了，陆天岐也跟着站住了，然后乐鳌扫了眼这些士兵，最后将目光定在了张副官身上说道："张大人，你这是什么意思?"

张子文冷笑了下说："什么意思? 乐大夫，你觉得我是什么意思? 来人呀，给我搜！"

只见张副官挥了挥手，他身后的士兵便一拥而上，想要冲进乐善堂。而这会儿乐鳌他们正站在大门口，将入口挡得严严实实的，士兵们根本进不去，所以为首的两个就想推开他们。

不过可惜，乐鳌和陆天岐是谁，怎么可能轻易地被推开，相反，随着乐鳌和陆天岐微微推了下，冲上来的士兵们便向后倒去，随即"哎哟哎哟"摔了一地。其中有几个士兵被摔急了，站起来之后立即拉紧了枪栓，看样子竟是想开枪。

虽然乐鳌完全不怕他们开枪，可一旦如此，他和陆天岐的身份也会随之暴露了，于是他立即对张副官拱了拱手道："张大人，并非乐某不配合，你就算要搜我们乐善堂，也总该有个理由吧?"

在没有得到确凿证据前，张子文也暂时不想将事情闹大，于是他挥了挥手，暂时阻止了想要开枪的士兵，冷道："乐大夫，你还问

我怎么了？我问你，那个黄苍，是不是你家的司机？"

乐鳌一怔，点头道："没错。"

"你家车的车牌是不是334？"

"正是。"乐鳌脸色一沉，点了点头。

"那好，我问你，你家的车现在在哪里？你敢让黄苍将它开出来吗？"

看到张子文一副咄咄逼人的样子，乐鳌沉吟了下说："黄苍……我派他出城收药去了……"

"收药？"张子文的眼睛眯了起来，"什么时候走的，是昨晚还是前晚？乐大夫，我劝你可要想好了再说，否则一个包庇之罪是跑不了了。"

乐鳌抬头看向他道："张大人，你就说发生了什么事吧，不要兜圈子了。"

"那好，既然乐大夫忘记了，我就提醒你一下。"张子文哼了一声，"昨晚，你家的车出现在旅长家的门外，那个黄苍不但挟持了旅长大人的妹妹菁菁小姐，还把旅长打成了重伤。"

"你说什么？"乐鳌的眼睛眯了起来，"昨晚天气不好，张大人可认准了？"

"他逃跑的时候，被我带着护卫阻击，我是亲眼看到他的脸的，我看得清清楚楚，正是你家的司机黄苍。之后他就开着车带着菁菁小姐逃掉了，我们冒雨在城里搜了一夜都没找到他，所以只好来这里找他了。怎么样，乐大夫，这下我们可以进去搜了吧！"

此时，乐鳌的脸色已经黑如锅底，他沉吟了下，点点头道："好，那张大人就好好搜搜吧，看看那个黄苍究竟有没有藏在我们乐善堂。"说着，乐鳌闪到了一旁，然后，把同样挡在门口的陆天岐也拉离了药堂大门，静静地等着这些士兵们进去搜查。

见乐鳌闪开了，张子文也不客气，立即挥了挥手，指挥自己带来的士兵冲进了乐善堂。

这些士兵一冲进去，立即传来一阵"乒乒乓乓"的声音，而没一会儿，随着一阵嘎嘎的鸟叫声，老武从里面飞了出来，然后一出门就停在了乐鳌的肩膀上，大声嚷嚷道："强盗……强盗……"

乐鳌抚了抚老武炸开的毛，冷静地道："中午可想吃小鱼?"

他此话一出，老武立即不叫了，安静地站在乐鳌肩膀上，比任何时候都要乖巧。安抚下了老武，乐鳌再次看向张子文，彬彬有礼地说道："张大人，黄苍总不会藏在鸟笼子里吧?"

张子文瞥了他一眼，对旁边的一个士兵耳语了几句，这名士兵立即进了药堂里，再然后，里面的动静果然就小多了。之后，张子文看着乐鳌道："乐大夫，我的手下都是穷乡僻壤来的，行事粗鲁，希望你不要见怪。但是，这也难怪他们，旅长大人可是一手将他们带了出来，如今旅长大人受了重伤，妹妹也不知去了何处，他们火气大些也情有可原。"

乐鳌笑了一下道："没关系，有张大人这么知书达理的人带着，我放心得很。张大人当初可是陵水县家喻户晓的神童呢，我自然信得过大人。"

张子文脸色沉了下，正好此时刚才进去传话的小兵搬了把太师椅出来，他就干脆坐在门口不动了，而乐鳌和陆天岐则站在台阶上面，静静地等着里面搜查的士兵出来。两边人马，谁都不肯多发一言。

大概一个小时后，进去搜查的士兵终于出来了，而这个时候，闻讯赶来的街坊们已经将路堵了个严严实实，众人或窃窃私语，或一脸义愤，但是也有幸灾乐祸者，总之表情不一而足。而后来，甚至巡警们也来了，但是却是站在街坊的前面拦着他们，为首的头头乐鳌不熟悉，但是这头头一出现就卑躬屈膝地站在了张子文的身后。

士兵们一出来，领头的那个便直奔张子文，向他行了个军礼道："后面一个人都没有。"

"一个人都没有?"张子文似笑非笑地看向乐鳌,"我记得乐善堂以前很热闹呀,乐颜小姐还是菁菁小姐的好朋友,那个夏秋夏大夫,前天晚上不是也回来了吗?怎么现在只有你们两个?"

乐鳌微微一笑说:"乐颜回家探亲了,让夏秋陪着一起去了,怎么,张大人,难道探亲也不行吗?"

"行——怎么不行——"张子文故意拉长了声音,他从太师椅上站了起来,慢慢踱到乐鳌面前,"只是乐大夫,你不觉得她们离开的时间太巧了吗?难道不是有人故意送走她们的?"

听张子文这么说,乐鳌立即收起了脸上的笑容,郑重地道:"张大人,我怎么知道这两天旅长家会出事?再说了,她们暂时出了门,可我们还在,您若是不信,不如等过几日她们回来以后亲自问问她们,反正我们这乐善堂已经是百年的老字号了,又不会无缘无故消失,而我这个乐善堂的东家,不是也好好地站在这里吗?张大人还有什么怀疑的?"

"没错,没错!"张子文眯了眯眼,"乐大夫说得一点儿错都没有。只是,难道你家司机绑架了旅长妹妹,你们乐善堂就一点关系都没有吗?"

乐鳌听了立即道:"如果真是黄苍干的,我一定不会包庇他。再说了,张大人,就算他是开了我家的车绑架了菁菁小姐,那我家也算是受害者呀。正好,听说您现在代理了警察局长一职,我就直接向您报案了,希望警察局能帮我们乐善堂找回丢失的汽车,毕竟,那玩意儿可不是一般的东西,更不是能随便藏起来的东西,只要找到了它,大概也就知道黄苍的下落了吧。"

"你倒是说得轻松!"张子文听了一脸怒色,"那个黄苍他根本就是个……"说到这里,张子文顿了顿,盯着乐鳌道,"乐大夫,你们乐善堂是不是就没有普通人,嗯?"

这句话倒让乐鳌一愣,但紧接着他却笑了笑说:"乐某就是一个在临城开药堂的大夫罢了,张大人说的不是普通人,我不太明白是什么意思。"

"你知道是什么意思。"张子文冷哼了声。

乐鳌不想就这个问题同张子文有过多纠缠，此时见士兵们都退出来了，他转头看了下身后的大门，对张子文道："张大人，是不是搜完了，若是搜完了，我们是不是可以进去了？"

张子文也不再多言，而是撇了撇嘴道："搜是搜完了，可你们乐善堂的疑点太多了，这人我是不能撤的，保不齐那个黄苍还会回来，所以，乐大夫就担待一下吧！"

"这有什么，若那黄苍真是个十恶不赦的凶徒，有大人们在外面，我还能放心不少呢，更要谢谢大人这段时间来的照顾。前几日，大人不也是派兵在外面保护我们吗？我乐鳌全都记在心里了，等此间事了，一定会率领本地乡绅给大人送块'忠勇有为'的牌匾去，希望大人到时候能笑纳。"

对于牌匾什么的，张子文自然不在乎，更知道乐鳌根本是言不由衷，借着送牌匾为名，威胁他这个外来的，当即笑笑不言，而是转头吩咐手下道："都给我看好了，一只老鼠都不能给我随便放进去！"

"是！"站在他旁边的士兵立即挺胸敬礼，大声应道。

张子文吩咐完，转身就要离开，但是很快的，他又再一次回过头来，对乐鳌笑道："乐大夫，乐小姐和夏小姐，的确是一起离开的，没错吧？"

乐鳌心中一沉，低低地反问道："不是一起，难道还是两处？"

"哈哈，我就是问问，问问。"张子文一边笑着，一边转了身，然后在士兵们的簇拥下离开了。

张子文离开后，乐鳌和陆天岐重新回了乐善堂。关上身后的大门，看着屋子里的一片狼藉，陆天岐幽幽地道："欺人太甚！他知道自己搜的是哪里吗？"

乐鳌看着陆天岐冷笑说："只怕正是知道，才会这样做。"说着，他走进了大厅里，从地上扶起一把翻倒在地的椅子，坐了上去，此时，他已经不再着急找夏秋了，而是坐在那里出神，仿佛在思考什么。

　　乐鳌的话让陆天岐吃了一惊，急忙走到他面前问道："到底怎么回事？我不过才走了几天，到底发生了什么？"

　　"发生了什么？"乐鳌重复了一遍，看着陆天岐，嘴角露出嘲讽的笑，"你应该去问问那个女人，事情发展到这个地步，她怕是出力不少！"

　　"红……红绡？你母亲？！"陆天岐更吃惊了。

　　冷冷地瞥了他一眼，乐鳌低低地道："天岐，我不想再听到那两个字，你觉得你了解她，可我觉得，我应该比你更了解她！不管她是不是你说的那样，是不是我的母亲，她却是肯定厌恶我的，你真的觉得，一个厌恶我的人，会对我做出什么好事来吗？搞不好……"后面的话，乐鳌没有说出来。

　　一切都太巧了，夏秋昨晚失踪，黄苍则成了杀人绑架的罪犯，还被人看到了样貌，查到了车号，然后就是张子文一大早就来兴师问罪。怎么想这件事情都不寻常，再加上前几天的鹿瘟事件，仿佛很多事情之间都有着若有若无的联系，而再往前推，青泽的失踪，黑石先生的受伤，丽娘和胡二叔的元丹被毁，以及童童的人魔被杀，每一件事情都有阴谋的影子。

　　可如今，他即便知道了幕后那人是谁，可他最信任的兄弟加亲人却告诉他那是他的母亲，他要相信她。对一个前来复仇，时时刻刻想要至自己于死地的女人，一个可能杀了自己父亲的女人，有人却让自己相信她，而这个人还是自己最亲近的人！乐鳌觉得，这天底下只怕没有比这件事情更滑稽可笑的了。

　　这一切让他觉得，就像是有人织了一张巨大的网，在一点点地困住他，而眼下，应该是到了那人收网的时候了吧！他若没猜错，夏秋一定是落入了他们的手中……最起码，从刚刚张子文的那番话可以听出，他应该是知道夏秋下落的。只是，那个女人做这一切的目的是什么，只是让他死吗？想到这里，乐鳌突然站起来向后院走去，然后来到了院子里的那棵大槐树下。看着茂密的树冠，乐鳌在心中默默地传话给它："告诉青泽，我想知道夏秋的下落，她一定就在临城，让他务必找到她……"

第十六章　生劫

01

夏秋醒来的时候已经是三日之后了，看着那扇陌生窗子外面的翠兰天空，她出了好一会儿的神，才一个激灵坐了起来。只是坐起来之后，她却只是看着自己的一双手发呆。她隐隐记得，自己好像做了一个长长的梦，梦里有一个面目模糊的女人陪了她很久，同她说了很多话，而就在刚才，就在她睁开眼睛之后，梦里发生的一切都仿佛随风飘散了，再也拼不起来。

正在这时，却听一个欣喜却恭敬的声音响了起来："夏小姐，您醒了！快去禀报少爷！"

夏秋循声望去，却看到了一个穿着粉色褂子的圆脸小丫头。此时，小丫头那一双杏核眼里充满了欣喜，与此同时一阵脚步声响起，另一个粉红的身影已经快速地出了门，看来是叫那个她们口中的"少爷"去了。

看着她，夏秋皱皱眉道："你是谁，你家少爷是谁，这是哪里？"

圆脸丫头立即笑道："夏小姐，这里是林家，我是雪院的丫头小

环，我们少爷带您回来的时候您浑身滚烫，一直在说胡话，真是老天保佑，您总算是醒了。"

"林家？林鸿升？"夏秋眼神微闪。

看来之前那个出现在医院地下室的人就是林鸿升了，是他救了她，还把她带回了林家？

夏秋靠着床头闭了一会儿眼，再睁眼却笑道："我已经没事了，怎么能再劳烦林少爷亲自过来，应该是我去谢他才对。"她说着，就要下床。

看到夏秋要起来，小环连忙扶住了她，着急地道："大夫说您至少要卧床半个月呢，夏小姐，您快躺回去，万一病情再有了反复，我可担待不起。"

这一动，夏秋才知道自己的确很虚弱，不但手软脚软，甚至连呼吸都觉得费力，但她还是对小环道："可我总得换件衣服吧，我这个样子见你家少爷，毕竟有些不太方便。"

小环听了，的确是这个理儿，现在男子随便进女子卧室毕竟不妥，即便这个夏小姐是少爷抱回来的，这里还是林家，可少爷带她回来后就只找了大夫来给她看病，还说一定要治好，其他时间便再也没进过这个屋子，只说这位夏小姐醒了，让她们立即去禀报。于是，小环想了想，便去旁边的屋子拿了件自己从没有穿过的新衣服来，不好意思地道："夏小姐包袱里的衣服全都湿透了，这几天也没顾上熨烫，您就先凑合穿我的吧。"

小环的衣服是亲手缝制的，虽然料子是粗麻的，可是却做得很用心，针脚也密，前襟上甚至还绣了两朵山茶花，夏秋一边穿着，一边忍不住赞道："小环的手艺真不错，我真是自叹不如呢。"

夏秋的夸奖让小环脸色一红，不好意思地道："还是怠慢夏小姐了。"

也许是下床活动的原因，等林鸿升赶来的时候，夏秋已经觉得头没那么晕了，手脚也有了些力气，除了走路的时候气短些，已经没什么不适的地方。而看到夏秋刚醒就能被小环扶着走出卧房，来到了客厅中，林鸿升也是一脸的惊讶。

不过，还不等他开口，夏秋先对他感激地点点头道："林少爷，我刚才已经听小环说了，多谢你救了我，还帮我治病。"

林鸿升本是来慰问的，却被夏秋先道了谢，抢占了先机，于是只能笑着道："我总不能看着夏小姐晕倒不管吧。"

夏秋对他笑了笑，然后却看向小环说："小环姑娘，我有些饿了，你能不能帮我找些吃的来？"

小环一愣，刚才夏秋一下地她就问了，因为厨房早就温着清粥，就等夏秋醒了，可当时夏秋说不饿的，怎么现在突然饿了？

不过，还不等她应下来，却听林鸿升也道："夏小姐昏睡了三天了，肯定饿了，你快去吧！"

"是，少爷！"小环应了声，将夏秋扶到一把椅子上坐好，自己则匆匆地往厨房的方向走去。

这个时候，林鸿升又对一旁的另一个丫头道："小双，你也去帮忙。"

"是！"被唤作小双的丫头听了，也立即离开了屋子，追小环去了。

待她们都走了，夏秋才开口问道："林少爷，你救了我，我很感激，虽然失礼，但我还是有几个问题想要问你……"

"我知道你要问什么。"林鸿升说着，已经向夏秋走了过来，等他来到夏秋面前，一直背在身后的手这才伸到了她的前面，竟是拿着一个牛皮纸袋。

看到这个熟悉的纸袋，夏秋眼睛一亮，几乎是一把就夺了过来。然后她迅速打开纸袋，拿出里面的文件，果然正是她进入雅济医院时签的协议书。又将上面的内容读了一遍，确认无误后，夏秋沉吟了下对林鸿升道："林少爷，可有火？"

"啪"的一声，却是林鸿升打开了自己随身携带的打火机，一小簇火焰立即在火机上跳跃起来，然后他一笑："夏小姐，请吧。"

看到他一脸的笑容，夏秋又轻轻地说了句"谢谢"，然后便将那协议书凑到了火苗上，看着它一点点地在眼前烧成灰烬。

林鸿升也在旁边静静地看着，直到看到夏秋一脸的如释重负，这才开口道："夏小姐放心，你欠医院的账，我也一并替你还了，他们以后不会再找你麻烦了。"说着，他又递给了夏秋一张纸，夏秋接过去一看，竟然是一张收条，是告诉她违约金已收讫，协议作废的收条。

这张收条让夏秋更吃惊了，手中拿着收条，她抬头盯了林鸿升好一会儿才道："林少爷，你为什么这么做？"

林鸿升摸了摸鼻子，很随意地说道："不过是帮朋友，难道不行吗？"看到夏秋一脸不信，他又补充道，"你放心好了，这钱我会找你东家要的，不会让你欠我人情。"

听他竟然提起了乐鳌，夏秋的眉头终于舒展了几分，不过却难掩吃惊："东家知道我在这里？"

"嗯。"林鸿升立即应道，"把你从医院带回来，我就去通知他了，不过他现在有些不方便，便没有来接你，等你的病好了，你再回去就是。"

"是东家这么说的？"林鸿升这番话让夏秋更吃惊了，她打心眼里就不信东家会把她就这么丢在林家不管，"你找过他了？"

林鸿升没有立即回答她的话，而是犹豫了一下说："夏小姐，你同乐大夫之间是不是有什么误会？"

夏秋一怔，但马上她便垂下了眸，低声道："东家他大概是生气了吧。"

气她被红姨骗，气她不告而别？

"有什么误会是不能解开的呢？"林鸿升笑了笑，"等你的病彻底好了，我亲自送你回去，不过大夫也说了，你至少要卧床半个月，你现在还是趁这个机会多多休息吧。"

夏秋点了点头，然后她又犹豫了一下说："林少爷，我还有个问题。"

"巧了，我又知道你要问什么。"林鸿升笑了笑道，"你是问我为什么刚好出现在医院的地下室吧？"

夏秋只能点头。

"我在东洋学医，这一阵子正好在那所医院实习，这不，鹿场的鹿瘟被乐大夫帮着治好后，我就又回了医院。昨晚，我是看几个护工鬼鬼祟祟就留心了些，哪想到竟然看到了你，这才也跟着下了地下室。不过我怕被他们发现，没敢太接近，结果刚到那个铁栅栏门口，就看到你跑了出来，还晕倒了。"说到这里，林鸿升的脸上露出一副义愤填膺的样子，"早知如此，我应该胆子再大些，一发现是你，就把你从他们手里抢过来；也不会让你受那么多苦了。"

夏秋的眼中闪过一丝疑惑，虽然那日她被红姨控制了，可在鹿场发生的事情她全都记得，更是记得这个林鸿升在发现鹿兄的踪迹后非常激动，对乐鳌也不是很友善，哪怕说他们差点打起来都不为过。可眼下的林鸿升，却对她半点敌意都没有，甚至还救了她，哪怕是提起乐鳌也能心平气和的，简直同林家鹿场里那个林少爷判若两人。

可他救了她也是真的，帮她拿回了协议书也是真的，甚至还帮她烧了协议书，这反而让她有些不明白了。难不成，短短几日，这个林少爷竟然想通了，不想再同乐善堂为敌了？而且，他还帮她付清了违约金，甚至连收条都拿回来了……可明明她拿着协议书跑出来的时候，肖会计和他的手下都被那些东西吓瘫了，他又怎么可能同他们谈条件呢？

还有那些充斥在地下室的东西，难道这个林鸿升竟然没有察觉？她记得，上次他借口送她回家的时候，可是伙同那个原田小姐一起绑走了青泽元神化成的小孩子呢。那时他的手法之熟练，胆子之大，绝不像是第一次做这种事情的人，分明一直就是原田的帮手。而既然是帮手，对于这些东西，他不可能感觉不到。想到这里，夏秋又问："林少爷，我晕倒后，是不是发生了什么？"

02

问完自己的问题，夏秋的眼睛紧紧盯着林鸿升，不放过他脸上

任何一个微小的表情。

只是，在她的注视下，林鸿升仍旧泰然自若，连想都不想地答道："你刚晕倒，肖会计就追出来了，不过我并不怕他，帮你付了违约金就带着你走了。"

"那你有没有看到什么别的东西？"夏秋还是有些不甘心。

这一次，夏秋的话总算让林鸿升顿了顿，然后却见他一笑："夏小姐，关于这件事，我觉得咱们还是等你好了之后再谈吧，雅济医院我是不打算再回去了，我劝你最好也别再靠近那里，那个地方，对你们女孩子，怕是不好。"

林鸿升说得隐晦，可对于夏秋来说，已经是开诚布公了，虽然这并不是夏秋想要的答案，可总比他一直掩饰下去更让她安心些。但是，安心不等于是完全相信，即便林鸿升救了她，也仍旧无法改变林家在她脑海里的印象，也不足以让她信任他。只不过，如今她暂时回不了乐善堂，身体也无法再撑起一次回家的旅途奔波，目前看起来也只能暂时留在林家了。不过，东家到底有没有听到她让老武转述的话，知道她只是要回家一趟呢？还是说，老武根本就没说清楚，所以东家才会以为她要离开？

用了小环端来的清粥，夏秋躺在床上胡思乱想起来，不一会儿，她的体力连让她胡思乱想都支撑不了了，很快便沉沉睡去……

"红姨，鬼……鬼……鹿零长老……啊……鹿零长老，刺……刺自己……匕首……匕首……"

这三天来，乐鳌已经不知道是第几次让老武重复夏秋临走时的留言了，虽然老武此时只是只鹦鹉，灵力早已散尽，可他毕竟曾经是妖，比一般的动物要聪明太多了。乐鳌的话老武也听得懂，故而虽然断断续续的，但是也能大致将夏秋的留言说个四五成，而剩下的那几成就只能靠乐鳌自己去猜了。

听到老武说的这些，乐鳌沉吟了一下，低低地道："这些你都说过了，我知道，是不是红姨让夏秋抓住了鹿一，用鹿一来引诱鹿零长老出现，然后让鹿零长老用那把奇怪的匕首自己刺了自己一刀，对不对？"乐鳌说着，却看向一旁脸色难看的陆天岐。此时的陆天岐不发一言，盯着鹦鹉使劲看，很想从鹦鹉的眼神中找出撒谎的痕迹，不过可惜，上次他没做到，这次也做不到。老武此时虽然只是只鹦鹉，还是只聪明的鹦鹉，但是也不会自己编造谎言，再说了，谁又会想到，一只鹦鹉竟然还能当传话筒的。

果然，听到乐鳌的话，老武扑棱着翅膀兴奋地喊道："猜到了，东家……猜到了……千万……千万等我回来……"

"你兴奋什么，谁知道那丫头是不是……"谁知道那丫头是不是故意这么说的。

可后面的话陆天岐还没说出来，却见乐鳌淡淡地瞥了他一眼道："事情发生后，我让黄苍去神鹿一族报信，顺便躲一躲，结果他很快就回来了，说是鹿零长老和鹿兄没事，铁木鱼也没事，当时鹿零长老就让我去鹿族一趟，说是有事情要同我说，我想，大概就是同我商量这件事情吧，我猜，他应该是知道那匕首的来历。"

对那匕首，陆天岐也心存疑惑，毕竟他是实实在在用过的。别看那匕首看着不起眼，浑身还锈迹斑斑的，可那把匕首被红姨塞到他手中之后，他立即感到了这东西的不凡。不过可惜，还不等他看仔细，乐鳌那边就被童童攻击，危在旦夕，他几乎是想也没想就冲了过去。可他本来只想刺伤童童，让童童受了重伤后方便擒拿，根本就没想到，那匕首刚一刺进童童的身体，就像是活了一般，自己钻了进去，再也寻不到踪影，这也导致了童童血溅当场，魂飞魄散。现在想来，的确是红绡借着他对乐鳌的关心，利用了他。

见陆天岐想得出神，乐鳌缓缓地道："怎么，到现在你还认为她不是别有用心吗？"

乐鳌的声音让陆天岐回过神来，他皱了皱眉道："那你当时为何不立即去找鹿零长老？"

乐鳌摇了摇头说："我不知道是这件事情，而当时……"他说着，抚了抚自己的手腕，小龙从他的袖口里露出头来，然后"丝丝"地吐了吐信子，便又重新藏了回去。

当时小龙需要救治，夏秋也昏迷不醒，他根本就离不开，若不是后来陆天岐突然回来了，他想让陆天岐帮他找到那个女人，他是一刻都不肯离开乐善堂的。而如今看来，他果然不该离开，不管陆天岐是不是承认，可不知不觉间已经成了那个女人的帮手，从而让他中了那个女人的调虎离山计。那个女人应该早就算到陆天岐会回来告诉他她的藏身之处，又故意藏得不远，因此做了这么个局，只可惜当时他抓她心切，偏偏着了她的道。

"那现在咱们就去神鹿一族。"陆天岐说着，看向紧闭的大门，冷哼，"这些小兵怎么可能拦住咱们？"

"不行！"乐鳌立即道，"若咱们刚走，张副官就来了，咱们不就真的成了畏罪潜逃了，到时浑身是嘴都说不清了。而且，直到现在，青泽还没有传话过来，也不知道他有没有找到夏秋的下落。"

若是连青泽都找不到，只怕夏秋所在的地方一定特别隐蔽，她被红姨抓住的可能性也更大。而若真的是那样，那红姨的目的只可能是一个，就是要以夏秋为质，让他不要插手最近发生的事情，更不要随便离开乐善堂。所以，在没有得到夏秋的下落之前，或者在没有确定是那个女人搞的鬼，还是张子文自作主张之前，他是不敢轻易离开乐善堂的。不过，听到张子文临走前说的最后一句话，他唯一可以放心的是，不管是红姨还是张子文，一定不会让夏秋有事，夏秋的安全他暂时不用担心，这也是能让他现在还安心留在乐善堂的原因。至于那奇怪的匕首，既然他们都知道了它的怪异之处，以后见到多留心也就是了。

"那我们现在能做什么？"陆天岐不禁问道。

"等！"看着院子里的大槐树，乐鳌等了好一会儿才开口，却只说了这一个字。

乐鳌也不知道自己的耐心能维持到什么时候，可在他耐心和理智耗尽之前，他知道这才是他们现在唯一能做的事情。至于在理智耗尽之后……连他也不知道自己会做什么！

听乐鳌说出这个字，陆天岐心中却不知怎的有些发酸，乐鳌的本事陆天岐比谁都清楚，若是他想，他甚至能将东湖都翻个底朝天，又何惧一个小小的副官？而如今，只因为一句模棱两可的话，乐鳌就真的一步都不踏出屋子，足见他心中有多在乎那个丫头。

不敢看乐鳌，陆天岐向后院走去，边走边说道："那我去弄些吃的，这几天你什么都没吃，肯定是不行的，我记得我离开前厨房里还有些米和那丫头腌的小黄瓜，不行咱们先简单吃点。不过现在出不去，只能我做饭，做成什么样子，你只能认了。"

乐鳌正要点头，却听前面突然传来一阵骚乱，然后，一个清脆的声音在外面大声嚷嚷起来："这是我堂哥家，我一直住在这里，你们凭什么不让我进去，我今天偏要进去，偏要回家，你们有本事就打死我，啊！"

这个声音……

"落颜！"乐鳌和陆天岐几乎是异口同声说出这个名字，然后一起向前面冲了过去……

大概在林家又休养了两天，夏秋觉得自己的身体已经完全好了，正想找个机会向林鸿升请辞离开，可还不等她找他，林鸿升却突然遣人来请她，说是今日天气不错，问她愿不愿意来花园走走，晒晒太阳，呼吸下新鲜空气，也正好陪着他们散散步。

"他们"是林鸿升遣来传话那人的原话，这立即让夏秋心中泛起了嘀咕……难不成林鸿升并不是一个人在花园里，还有别人？

难道是那个原田小姐？

想着想着，在小环的引领下，夏秋来到了林家的花园。而一到了这里她便认出来了，因为这里她不止来过一次，正是那日原田晴子差点杀了她的地方。而正如她之前所猜测的，林鸿升果然不是一个人在这里，他还陪着另一个人，不过这个人并不是原田晴子，而是他的父亲，林老先生。

看到夏秋来了，正推着林老爷子散步的林鸿升立即对夏秋笑着摆了摆手，唤道："夏小姐，在这里。"不过，他说着，却低了低头，发现有一滴口水从他父亲的嘴角流了出来，便急忙拿出自己的手帕，

帮他父亲拭了去。

他刚刚把父亲的口水擦干净，夏秋就已经来到了他面前，然后神色复杂地看着轮椅上的林老先生，低声问道："林老先生他……怎么样了？"

夏秋的话让林鸿升立即收起了脸上的笑容，摇头叹道："还是老样子，不过，现在总算能认出我了，他现在最喜欢让我推着他出来散步了，就像是个小孩子。"

03

林鸿升的话让夏秋心中暗暗感慨起来——若是有人看到那夜林老爷子对着鹿兄拔枪的一幕，怕是怎么也不会说他像个小孩子吧。不过，即便那夜她帮了鹿兄，但当时却半点都没有要害林老爷子的意思，谁能想到他就突然中风了呢？这要不是东家及时出手相救，怕是当时这位林老爷子就会一命呜呼了。

回想那夜的情形，夏秋不禁又看了林老爷子一眼，看到他那已经失了神采的眼睛，看到他脸上挂着的白痴一般的笑，以及不停从嘴角流出来的口水，夏秋突然觉得，也许当时这位林老爷子就这么过去，对他来说还是件好事。

后来她曾听乐鳖说过，说是这位林老爷子若是被家人照顾得好，还可以寿终正寝，只不过永远都会是这般样子，再也无法恢复得更好了。看不到还好，如今看到林老爷子的惨状，即便夏秋明白这件事情怪不得他们，可除去这位林老爷子的身份不说，对一个老人来说，她还是觉得有些不忍心，于是对林鸿升笑了笑说："不如让我推林老爷子走一段吧。"

"你？那好吧！"对夏秋的主动请缨，林鸿升似乎有些吃惊，但他还是马上将轮椅转了个圈儿，把轮椅送到了夏秋手中，然后笑了笑，"我倒忘了，你做过护士，正好，我倒是能好好请教下你，如何才能更好地照顾我父亲。"

看着他，夏秋摇了摇头说："林少爷不也是学医的吗？其实，你照顾得已经很好了。"

"我总觉得还不够。"深深地看了父亲一眼，林鸿升低声道，"我总记得我小时候去留学之前，父亲对我的照顾和教诲，那时候的我几乎是家里的霸王，谁都不敢惹我。虽然我父亲也很疼我，可他却知道，再让我在家里这么嚣张跋扈下去，对我并不好，这才决定送我留学。"

"没想到林老先生这么有远见。"夏秋回道。

林鸿升又摇了摇头说："我父亲的眼光从来都是很好的。不过，我被送走前一晚，哭了整夜，几乎求了全家所有人，可我父亲做的决定，没人能够阻止，那个时候我真是恨极了他，哪怕他在我临走前来到我的房间，想同我说说话，我也装睡没理他。"

"后来呢？"

"后来，我父亲见我不肯同他说话，只说了句'鸿升呀，总有一天你会明白爹的苦心的，你是咱们林家的接班人，可咱们林家的接班人不可能是废物，那样就是害了咱们林家，所以，为父才狠下心让你出去，只盼着有朝一日你能回来，不求你能光宗耀祖，只求你有资格担下这番家业！'"说到这里，林鸿升眼圈红了，"后来我好几年都没有回家省亲，任凭父亲给我写了无数封信，我都没回一封，我恨了他很多年，直到这几年我才渐渐明白了父亲的话，知道他的良苦用心。如今，我得到了我想得到的东西，成功从学校毕业，而那些从小跟我一起玩耍的少爷们，他们一个个还是像小时候一样，就等着继承家业，坐吃山空……"说到这里，林鸿升突然停了，然后一脸复杂地看向夏秋，"只是，我得到了我想要的，可我父亲却因为失去了他最想守护的东西，变成了这副模样。我回来以后，第一件事情就是去上海找最好的脑神经科医生，可他看了我父亲的情况后，却告诉我，我父亲想要完全恢复正常已经不可能了，但是，若是能找到我父亲的病根，也许他还能恢复些神智，对他的心情和身体也会大有好处。我当然知道我父亲的心结是什么，但是，我虽然对这

东西并不是很感兴趣，可若是能对我父亲的病有好处，作为一个儿子，又怎么会无动于衷呢？"

话说到这里，夏秋还能不明白林鸿升的意思，不明白他说的是什么吗？于是她的心一沉，手中推着的轮椅也顿了下，不过很快，她的脸上再次恢复了平静，然后转头看向林鸿升说："林少爷，你是说给我听的吗？"

"是也不是！"林鸿升苦笑了下，"我知道前几天在鹿场的时候我失礼了，可我实在是想让我父亲快点好起来，并不是存心冒犯乐善堂，冒犯乐大夫。如今想想，我当时一定是鬼迷了心窍，实在是傻得可以。其实，即便夏小姐不说，我也知道，你一定对我那时和现在不同的态度很是好奇吧，但我也解释不了什么。其实，我只是想让夏小姐知道我的苦衷，希望你不要误会我，不要以为我是你……是你们乐善堂的敌人，仅此而已。另外，还有一个更重要的原因是……是……夏小姐……夏小姐，对我的看法，对我非常重要。"

林鸿升的这番话，又让夏秋心中一惊，她实在是没想到林鸿升会当着她的面突然这么说，她也从没经历过这种阵仗。只是，即便没经历过，可她早已不像同龄人一样，是个不谙世事的小女孩了，她在调查徐大夫的过程中实在是见过了太多的虚伪和欺骗，而她最好的朋友童童，也正是信了这些谎言才会害人害己，最终落了个入魔发狂、魂飞魄散的下场。而且，作为一个从小地方来的丫头，她也是非常有自知之明的，她根本不认为自己有能力影响这位临城六大药堂之一种德堂的继承人、从海外留洋回来的林少爷。再说了，她同林鸿升不过才见了几面，即便他帮过她也救过她，可对她说出这样一番话来，实在是让人感到有些交浅言深，让她反而不自在，更是心生警惕。所以，对林鸿升这些近似于表白的话，夏秋根本就没有接腔，而是笑了笑说："林少爷，我有些累了，先回去了。"

林鸿升一愣，但马上体贴地道："是我的错，你本来就病着，还让你推轮椅，我实在是该死。"

"不要这么说，没关系的，能陪陪林老爷子，我也很开心。"夏秋礼貌地道，然后就要转身离开。

可她刚往回走了没几步，却听林鸿升在她身后喊道："夏小姐，大夫说你这几日千万不能累到，十日之后要来复查，你……你会等到大夫来复查吧？"

这句话让夏秋的脚步停了停；然后她转头又看了眼林鸿升，犹豫了一下说："林少爷，你真的告诉东家我在这里了吧？"

林鸿升微微一怔，但马上点头道："我的确派人去了，这点你可以放心。"

听到他的话，夏秋这才转回了头，背对着他道："那我就等到大夫复查之后再离开吧，这几日又要麻烦林少爷了。"

若是东家知道她在这里，怎么到现在都不来找她回去呢？虽然夏秋怀疑林鸿升有事瞒着她，也可能根本就没有告诉东家她在这里的事，可万一他真的告诉了东家，而东家铁了心不来呢？真要这样，她回乐善堂又有什么意思？反正大夫还要复查，那就……再等等吧！

夏秋刚刚离开花园，却听到一个嘲讽的声音在林鸿升的身后响起："林少爷，你这哀兵之策似乎不太管用呢！"

林鸿升脸色一沉，头也不回地说道："要你管！你倒是想个更好的办法来呀！"

"呵呵，呵呵呵！"身后那个声音再次笑出了声，"这本就是你们林家的事情，我即便想管，可你敢让我插手吗？"

这番话让林鸿升的脸色更难看了，他咬牙道："还有几日，你到时再看。再说了，若是这样还不行的话，最高兴的不该是你吗？"

……

在外人看来，落颜本就是乐善堂的表小姐，所以，见她来了，看守的士兵不过是向上面报告了一声，便让她进了乐善堂。只是，原本在大门口趾高气扬、咄咄逼人的落颜，进入乐善堂后，尤其是身后的大门被陆天岐紧紧关上之后，她的脸色立即变了。她一把抓住乐鳌，焦急地说道："乐大夫……"

乐鳌连忙对她摆了摆手，扫了她身后的大门一眼道："后面去

说。"说着，便把落颜拉到了后院的书房里。

刚进书房，落颜便迅速地说道："乐大夫，救命呀，快随我去救人。"

看到她的样子，乐鳌的脸色立即变了："谁？救谁？"

"是……是……是小黄师傅！"落颜急忙道。

"小黄师傅？黄苍？"乐鳌的脸色在松了一下后再次绷紧，急忙问道，"他怎么了？难不成旅长真的是他打伤的？他真的挟持了那个菁菁小姐？张子文没冤枉他？"

"当然不是！"落颜跺着脚道，"是那个张子文，他带着手下突然叛变，想要挟持菁菁威胁旅长把指挥权交出来，结果当时不知怎的黄苍也在菁菁那里，便带着她跑掉了。不过他们走的时候还是被发现了，被张子文的人打成了重伤，后来黄苍不得不用法术带着菁菁脱身。"

"原来是这样！"乐鳌眼神微闪，"我就知道事情不会是像张子文说的那样，这个张副官的胆子也太大了。"

"行了，乐大夫，快别说了，咱们快走吧。"落颜拉着乐鳌就想往外面冲。

"走？去哪里？"

落颜此时顾不上同乐鳌解释太多，只是简单地道："黄苍出事后就带着菁菁去了青泽哥哥租住的小院，并想办法通知了青泽哥哥，青泽哥哥本想来找你救黄苍的，结果那天早上刚到乐善堂门口，就看到张子文的军队将乐善堂包围了，他只得回去自己医治小黄师父。可是如今已经三天了，小黄师傅不但没醒，气息竟越来越微弱了，青泽哥哥也不知道是怎么回事，只能让我来请你，青泽哥哥说，若是小黄师傅再醒不了的话，只怕……只怕会……"

04

青泽这几天来夜以继日地替黄苍疗伤，实在是尽了他的全力，只是，他花了三天时间把黄苍的外伤全都治好了，可黄苍就是醒不过来。一旁陪着的菁菁都快哭成了泪人，看得落颜心疼不已。青泽背着他们还对她说，若是黄苍再醒不过来，只怕会越来越虚弱，到了那个时候，伤了元神，化了原形是小，怕是连命都会送掉，他们这才决定让落颜冒险回乐善堂请乐鳌来医治。

听了她的话，乐鳌眉头皱得更紧了，说道："这么说，青泽这几日一直在为黄苍疗伤，根本就没有听到我传给他的话了？"

"传话？什么话？"落颜一愣，"自从进了小院，青泽哥哥连着三天三夜都没出来，现在还在为小黄师傅传功续命呢。怎么，你给他传话了？"

看到落颜脸上的疑惑，乐鳌沉吟了下，终于点点头说："好，我这就随你一起去。"

"表哥！"听到他要出去，陆天岐一怔，然后神色复杂地道，"你真的决定了？难道你不怕那个张副官……"

乐鳌摇了摇头说："人命关天，我没得选。而且，既然青泽没听到，我正好可以当面告知他，到时候他也照样可以帮我找人。论找人，尤其是在临城找人，他比我在行！"

"找人？谁不见了？"听了乐鳌的话，落颜一愣，这才向四周看了起来，发现屋子里只有乐鳌和陆天岐，当即脸色也变了，"夏秋姐姐呢？她呢？她去哪里了？你们说的找人，难道是她……"

"一会儿让天岐告诉你吧。"乐鳌说着，立即露出了手腕，拍了拍盘在他胳膊上的小龙的头，低声道："小龙，一会儿就靠你了！"说着，他用手一指，一道青光从他的手腕上落在了地上，而后摇摇晃晃地映出一个青色的影子来，而又是一眨眼的工夫，这个影子上的青光退去，而是出现了一个人。

看着对面这个同自己一模一样的人，乐鳌道："这里就靠你们了，有什么事，传话给青泽，尽量别让张子文进来，省得被他看出来了。"

话音刚落，他身形一闪，便在屋子里消失了踪影。

看到乐鳌就这么走了，落颜和陆天岐怔愣了好一会儿，直到一旁那个"乐鳌"走到落颜身边，小心翼翼地抻了抻落颜的衣袖，才让她稍稍回过神来。只是，等她一转头看到那张同乐鳌一模一样却充满不安和羞涩的脸，落颜却有些凌乱了。

不过，凌乱的岂止是她，还有一旁的陆天岐。他神色复杂地看着"乐鳌"，然后小心翼翼地唤了声："小龙？！"

"乐鳌"听了立即快速地点着头，眼中则充满了不安和小心翼翼。

陆天岐叹了口气说："你还是不会说话对吧？"

"乐鳌"又使劲点了点头。

陆天岐撇嘴道："没事，那个姓张的若是真来了，我就说你这几天为了小黄师傅的事着急上火坏了嗓子，他不会看出来的。"

于是"乐鳌"再次点了点头。

安排小龙去了乐鳌的诊室看书，落颜则一下子抓住了陆天岐，连珠炮似的问道："夏秋姐姐到底怎么了？乐大夫说了，让你告诉我的。"

"她呀……"陆天岐撇了下嘴，便将这几日自己知道的事情向落颜娓娓道来，当然了，关于红姨就是乐鳌母亲的事情，他自然是绝口不谈的……

晚饭的时候，夏秋的胃口很好，饭量几乎是前几日的一倍，看得小环胆战心惊的，生怕她晚饭吃得太多，晚上休息的时候积了食。所以，在夏秋说想要再加一碗粥的时候，小环吓得差点将砂锅抱起来，口中则不停地说着："夏小姐，您真的不能再吃了，消化不了就又要生病了。"

看到她的样子，夏秋笑道："那怕什么，我食欲好正说明我的病快好了呀，你见过哪个病入膏肓的病人这么好饭量的？我觉得你应该高兴才对。"

小环才没被她的强词夺理骗过，很坚定地道："那也不行，中午也就算了，晚上真的不能吃这么多，不但不能吃这么多，一会儿您还要随我一起去外面好好走走，遛遛食儿，不能就这么刚吃饱就躺床上睡了。"

见她不像是说笑，夏秋歪了歪头道："什么叫遛遛食儿，你当是遛猫遛狗呢，难听死了。"

大概是夏秋这几日平易近人惯了，小环才不怕她，听到她这么说，态度反而更坚决了，索性将砂锅端到了一旁的茶几上，然后大声道："反正今晚不能听您的，正好今天天气好，您必须陪我到院子里走走。"

小环如此坚决，夏秋根本拗不过她，只得摊手道："好了好了，我听你的就是、不过能不能让我再喝碗粥……"

今晚虽然月色一般，可星光却不错，抬头看着漫天的星星，吸着傍晚潮湿却清新的空气，夏秋不禁对旁边的小环道："说起来，来你们林家这么多天了，我除了今天去见你家少爷在外面走了走，其余时间都在屋里待着，连雪院都没逛过，是不是有些太闷了？"

"不是啊。"小环听了，转头看着夏秋笑道，"夏小姐很风趣呀，跟夏小姐在一起，很开心呢，也不知道您从哪里听到那么多的故事和笑话，要是夏小姐是我们家的小姐就好了，我一定专门申请去您的院子伺候您。"

"小姐？算了吧，你实在是高看我了。"夏秋说着，眼睛却不停地看向周围的景色，正好看到了一个小门，她不禁问道，"那个门是做什么的？通到哪里？"

"那里呀！"小环瞥了一眼，回答道，"是通向夹道的，我们下人们有事的话，经常从那里出入。"

"这么说，那里可以通向宅子外面？"夏秋又问。

"是呀，这些夹道连接着宅子里各个独立的小院，自然也能通向大门了……对了，咱们雪院离后门近些，我们平时偷偷跑出去买东西，都是走那里。有一阵子，时常还有货郎在后门外专门等着，我们丫头们要是买些丝线手帕什么的方便得很呢。不过可惜，后来老爷出事，林主管整肃宅院，要出门的话还要去管事手里拿对牌，那小门也不经常开了，所以我们就不能随便出去了，那货郎若是等不

到人，大概就去别家守着了吧。"

"看来林老爷子的事情对你们林家影响不小呢，也不知道林老爷子的病能不能好起来。"想到林老爷子的状况，夏秋忍不住轻叹了一口气。

"老爷他……"看到夏秋一脸的可惜，小环偷偷看了她一眼，然后犹豫了半天才道，"嗯，老爷很严厉的，我们都怕他，据说连少爷小时候也怕他呢。我听一个从小在林家当丫头的妈妈说，少爷小时候文静得很，不知道的还以为是个小姑娘。老爷这才把他送去留学，就是想磨炼他，让他多些男子气概。"

"文静？"夏秋先是愣了愣，然后微微一笑，"看出来了，林少爷是个读书人！"

"是呢。"听她似乎在称赞自家少爷，小环开心地道，"少爷回来后，林主管就不敢太严厉了，有的时候看到管事的训斥我们，少爷还会帮我们说话呢，真是个好少爷！连后门都管得没那么紧了呢。"

"是吗？所以你们又可以去小货郎那里买东西了吧！想必那个小货郎长得一定很俊俏。"夏秋打趣道。

听到她的话，小环的脸颊立即红了，跺脚道："夏小姐说什么呀……"

话说到这里，墙外突然传来一阵激烈的争执声，小环愣了下，喃喃地道："墙外面应该是内花园……"说到一半，她似乎像是发觉了什么似的连忙拉着夏秋往回走，边走边小声道，"差不多了，夏小姐，咱们回去吧。"

"回去做什么呢？"看着眼前的那堵墙，夏秋的眼角闪过一丝狡黠，然后她微微一笑，"熟人呢，外面说话的应该是你家少爷和那个原田晴子小姐吧！"

"好像是的。"小环支支吾吾地道，声音则更小了，不过，她紧接着又道，"原田小姐只是前一阵子在我家暂住了几天，早就搬走了。"

"我知道。"夏秋笑了笑。

这件事，可是原田小姐亲自去乐善堂告诉东家的。

"啊？少爷都告诉您啦？"小环立即露出松了一口气的样子。

夏秋笑了一下，未置可否，而这个时候，却听墙外原田晴子的声音一下子大了起来。

"林生，果然是你让那个张副官的手下去找我的吧！乐善堂的事情我听说了，本来正奇怪着，现在终于明白是谁搞的鬼了。你就是因为如此，才会针对乐鳌、针对乐善堂的吧！你实在是让我太失望了！"

乐善堂出事了！

夏秋的心一下子提了起来。

05

今天晴子能主动来找他，林鸿升本来很高兴的，虽然她来的时候脸色不好，但他还是兴致勃勃地带她去了自家的内花园。

花园里他刚刚移植了一棵樱花树，虽然此时并不是樱花开放的季节，但是这树是专门为晴子找来的，是他一回来就已经着手做的事情，只不过要想找到同晴子家乡一样品种的樱花树并不容易，直到前几日，卖家才把树给他送了来，而那个时候，晴子已经离开林家了。只是，虽然林鸿升兴高采烈，可原田晴子来的这一路上，她却脸色黑沉，不发一言。而在看到樱花树后，她也并没有露出欣喜的神色，反而更加心事重重了。

看到她的样子，林鸿升有些担心，终于忍不住问道："晴子，你怎么了，可是有什么不开心的事情？"

一到林家，晴子就在盘算怎么开口，如今林鸿升先问了起来，她反而松了口气，于是立即道："林生，我一直把你当作我最好的朋友和伙伴，我想你应该知道的吧？"

林鸿升一怔，然后眼睛看向了一旁，盯着樱花树的树冠低声道："嗯，说起来，我们已经认识十几年了吧，从我去留学那个时候起，就住在你家。我记得，我第一天到你家的时候，你穿着一件粉色的

小和服，手上还捧着一只皮球，头发也不过是刚刚才到肩膀。你的头上系着一个粉色的蝴蝶结，大大的眼睛盯着我不停地看。那个时候我就觉得，你是我见过的最漂亮的小姑娘，我能住在你家，实在是太好了。"

林鸿升的话让原田一愣，不禁低低地道："我没想到，你竟然记得这么清楚。"

"我当然记得清楚。"林鸿升笑了笑，"我一个人远渡重洋，却遇到了你，立即就把你当成了我的伙伴，只是后来，你却对我不理不睬，让我很是伤心了一阵。不过，当我知道你是性格使然，并不是独独针对我之后，我反而一下子理解了你。作为你们家族最后一个巫女，你身上有太多压力了，必不会像普通女孩子那样。那个时候，我就决定好好陪着你，为了让你没有借口赶走我，我甚至让原田伯父用牛耳草给我洗眼睛，即便我知道，若是这样做，日后会看到很多我不想看到的东西。而后来，我回国前，听说你会陪我一起回家，我真的非常非常开心！"

听到林鸿升突然说起往事，晴子垂下了眼皮道："以前的事情，就不要说了。振兴原田家，是我身为巫女的责任，这次来临城，我想你应该知道我的目的是什么，我并不是专门陪你回来的。"

"这个我知道。"林鸿升点头道，"所以，你来了以后，你做的事情我从来都没管过，你让我帮忙的事情，我也从来没说过一个不字。只是上次，你生了那么重的病，还想出去乱跑，不得已之下，我才会让人看着你，自己去帮你调查，可我回来之后，却发现你已经走了……我知道，我的做法有些激烈了，家里的仆人也怠慢了你，不过，如今那些伺候过你的丫头仆人们我全都打发到郊外的庄子上去了。我现在只希望你消消气，还是回来吧，毕竟一直住在会馆太不方便了，即便那里有你们原田家的人，可你一个女孩子，实在是有太多不便了。"

林鸿升说的这些话，终于让原田认真地看了他一眼，但是紧接着，却听她说道："会馆我住得很习惯，我父亲前几天给我寄了信来，也是寄到会馆的。今天我来，不是要同你说这些事情。林生，你的想法我能感觉到一些，只是我想告诉你，我们真的不合适。你只是一个普通人，而我是要振兴我们原田家的，我要做的事情，你根本帮不了我。没错，你的确用牛耳草洗了眼睛，在日本的时候，也是你陪着我驱邪捉妖，你帮了我很多。可是，你也只能帮我到这里了，我要想振兴原田家，需要更强大的人来帮我，只有那样，才会让别人注意到我们家族的存在，才能让我们家族再次沐浴在天照大神的神光之中。而我这次来临城，就是要把东湖里那个曾经帮助过我们家族的神灵请回去，供奉在我们的家庙里。一个有着活的神灵的原田家，一定比任何家族更能受到重视，我们原田家也自然可以重新振兴起来的。"

原田晴子的话说得再清楚不过，这么多年来，林鸿升也从没想过，自己在原田眼里竟然是这样一种可有可无的存在。而如今他也终于明白，为什么在见到乐鳌后，原田晴子会突然改变对乐善堂的看法，想方设法要接近乐鳌了。原来她这是看中了乐鳌的能力，想要让乐鳌做她的帮手，同她一起振兴原田家。只是，她想怎么让乐鳌帮她呢？难道是要嫁给乐鳌，让乐鳌做她们原田家的女婿吗？

即便林鸿升知道乐鳌绝对不会答应，可此时听到原田的话，整个人也几乎要气炸了，于是他一把抓住原田的肩，大声道："我不能帮你，那个乐鳌就能帮你吗？你真以为他能帮你？再过几日，你就会亲眼看到他的真面目了……晴子，你醒醒好不好！"

原田晴子身子一晃，就甩开了林鸿升的手，然后幽幽地道："所以，乐善堂的事情也有你的一份对不对？"

林鸿升愣了愣，这才意识到，自己一怒之下，将他插手乐善堂的事情透露了出来，不过，正当他想着如何向原田晴子解释的时候，却听原田冷哼了声，再次大声问道："林生，果然是你让那个张副官的手下去找我的吧！乐善堂的事情我听说了，本来正奇怪着，现在终于明白是谁搞的鬼了，你就是因为如此，才会针对乐鳌、针对乐善堂的吧！你实在是让我太失望了！"说完，原田晴子转身就要离开。

看到原田要走，林鸿升急忙拦住了她："晴子，你听我解释、我是真的怀疑乐鳌不是普通人，才会让张副官帮忙的，我不是故意要瞒着你的。"

"放手！"甩开林鸿升的胳膊，原田冷哼，"他是个法师，当然不是普通人，这点我早就知道了。我也是法师，难道你也要调查我吗？"

"不是，我怀疑他根本不是法师。"林鸿升急忙道，"我怀疑他是个怪物，一个强大的怪物，你怎么能同他在一起？"

"林生，你不要再说了。在鹿场的时候也是这样，他明明是来帮你的，你却那样针对他，难不成这世上所有会法术的法师都是怪物吗？这么说，我也是个怪物喽？林生，我以为你同其他人是不同的。"

"晴子你别生气，我不是说你，我是说乐鳌，只怕他真的是怪物。晴子，你一定要相信我，我相信，只要你好好调查，一定能够发现。现在就是最好的时机，只要你能帮着张副官找到那个刺客，就一定能引来乐鳌，等到了那个时候，你就明白了，我根本就没骗你。而那个刺客，张副官也对你说了吧，他也不是普通人！你想想看，如果乐鳌真是个法师，他怎么可能让那个人在他的药堂登堂入室？你也说乐鳌法力强大，若是连你都能察觉的事情，乐鳌却根本不在乎，那就只有一个解释，他同那怪物根本就是同类。"

林鸿升的这番话，终于让原田停住了脚，她很认真地看了林鸿升一会儿，却突然冷笑了一下说："好，那我就去找找看。不过林生，我要告诉你，如果我真找到了那个刺客，我绝不会多留他一分钟，我会立即杀了他。"

"杀了他？为什么？"林鸿升怔了下，"难道你不想……"

"不想！"原田面无表情地道，"有一件事情我没告诉你，那个张副官失踪的太太，根本就是只九尾狐妖，我当时差点就杀了她了，结果却被她暗算。若不是乐鳌及时赶到救了我，我早就成了那只狐妖的晚餐了。而那个张副官，只怕就是因为这个缘故才会处处针对乐鳌，说到底，是乐鳌代我受过。你觉得，我会怀疑一个杀了狐妖，又救了我的恩人吗？谁知道那个刺客是不是你们安排的，我根本不会相信那个张副官！"

"晴子！"

原田晴子说完，便快步离去，林鸿升正要追上去，却听旁边的墙后传来一声轻轻地"咔吧"声，他心道不妙，急忙停下脚步，看向声音传来的方向。

这个时候，他才意识到这里紧邻着安排夏秋住下的雪院，而刚刚那声响动……

等他绕到雪院的时候，墙后面早就没了人影，他本想直接找夏秋问个明白，但想了想却放弃了。他不傻，夏秋也不傻，他若是直接去问，肯定没有结果。不过，这里是林家，他是这里的主人，有些事情他若是想知道，办法多得很……

06

回去的路上，小环一言不发，夏秋也没同她说话，只是想着心事。等回了房间，夏秋正要让小环帮忙打水洗漱，却见小环眼神闪烁地道："夏小姐，我以为……我以为您同少爷是……是……"

"是什么？"夏秋回头看着她一笑，"你这丫头是不是很少离开雪院？"

小环脸色一红，点了点头道："我才来一年，刚来就被分配在了雪院，这里一向很冷清的，只有我和小双负责打扫，管事的说了，等我们大些了再去伺候其他的主子。"她本来以为少爷亲自送夏秋回来，是对夏秋有意，可今天听了他同原田晴子的话才知道，她完全理解错了……

夏秋又笑道："我想你家少爷一会儿肯定会找你同小双去问话的，到时候你照实说就是。"小环一愣，而这个时候夏秋却对她摆了摆手，"你放心，我不会害你的。对了，一会儿热水打过来，你就回去休息

吧，我自己来就是。"

"好……好的。"小环应着，一脸迷茫地退了下去。

看着小环离开，夏秋心中暗暗冷笑，小环年龄小，一来又被分在雪院这种没什么利益冲突的地方，还没伺候过主人，所以才会没什么心机，不过，林鸿升让小环来照顾她，是想让她少些戒备，更相信他一些吗？

好吧，她承认，他差点就成功了。只是，林鸿升只怕不知道，若不是发生了刚刚那件事情，她也已经打算今晚离开林家去乐善堂查探情况了，因为虽然白天的时候她有些动摇，可后来她仔细想了想，觉得有些事情还是开诚布公地同东家谈更好。她可没工夫在这里瞎猜，不管是她还是乐善堂，还有很多事情要去做，哪怕东家真的不接受她，她该做的事情还是要一件不落的做完的。因为，她要对自己的行为负责。吃多出去遛弯儿只是个借口，哪怕小环不提，她也会自己提出来的，因为她要知道自己该怎么离开林家，而嘴快的小环已经给了她答案。不过可惜，如今她偷听的事情应该是被林鸿升察觉了，这对她今晚的计划很不利，她若是没猜错，小环只怕马上就会被叫去问话了，而且，搞不好明天一大早林鸿升就会来"问候"她，然后，雪院的看管也一定会比以往更严。她要想离开，只能趁现在，这会儿才七八点钟的样子，原田晴子也不过是刚刚才离开，想必那个小环口中的后门还开着吧……

小环没想到，她不过是去厨房烧个热水的工夫，夏秋就从房间里消失了，而还没等她开始找人，少爷就派人来传话，说是要问她话。紧接着，等她出了雪院的门去少爷院子的时候，才发现雪院门口和围墙外面多了不少家丁，这更让她心惊胆战。

见到少爷后，林鸿升立即问了小环刚才在墙后偷听他同晴子说话的事情，只是等小环回禀完，林鸿升正要叮嘱她看紧夏秋的时候，却见小环吞吞吐吐地说道："少爷，夏小姐她刚才就不在屋子里了。"

"什么？"林鸿升一愣，一时半会儿竟然没反应过来。

然后小环只得接着道："刚才夏小姐说让我去烧水，可我烧了水给她端过去的时候，她就不在屋子里了，我还以为她去如厕了，正打算等她回来，您就派人来叫我了……"

"糟了！"不等小环说完，林鸿升一下子从椅子上站了起来，冲到门口大声吩咐道："去，全去后门那里，快去给我追，给我拦住她！决不能让她今晚离开！"

"少爷！"看到林鸿升气急败坏的样子，小环知道自己猜测的事只怕是真的，忍不住讷讷地唤了他一声。

听到小环的声音，林鸿升转头看向她，怒道："你怎么不早说？"

小环吓得脸都白了，连忙"扑通"一下跪在了地上道："我不知道……我不知道会这样，少爷问我什么我答什么就是了，只不过刚才看到雪院外面的家丁，又听了少爷的问话，我才觉得不对劲儿……可那么短时间，夏小姐她……她能离开咱们林家吗……"

即便雪院离后门很近，可因为要穿过内花园，至少也要走十分钟的路程才能到后门处，更不要说这个时间，后门很可能已经落了锁。而且更重要的是，她只告诉夏秋那扇小门能通往外面的夹道，外面的夹道能通向后门，可是方向却并没有对夏秋说，夏小姐就算想走，也该问清楚方向吧！

不过，她的话还没说完，就被林鸿升打断了，他重重地一哼："你以为她是普通人？"说着，林鸿升便头也不回地离开了屋子，指挥家丁们追人去了。

小环本来也想跟过去，可想了想后，却终究没有跟着少爷一起追人，甚至还把一旁的小双给拉住了。

看着小双一脸的疑惑，小环低声道："小双，咱们现在什么都做不了，还是在这里等着少爷的消息吧！少爷不是说了，夏小姐她……不是普通人……"

乐鳌赶到青泽那里的时候，青泽早已筋疲力尽，所以一进了屋，乐鳌一句话也顾不上说，就开始先为黄苍注入灵力续命。而这个时候，他才知道为什么这次连青泽都搞不定黄苍的伤了，因为黄苍的

伤实在是太重了。

黄苍的身上不仅有刀伤，还有枪伤，虽然没有击中要害，可有一处伤正在胸口上，实在是凶险，即便他们是妖，也全是血肉之躯，虽然可以设结界拦截子弹，可看黄苍此时的情形，怕是他当时根本就来不及设界，应该是事情发生得特别突然。

虽然这几日发生的事情每一件都让菁菁吃惊，可乐鳌就这么突然出现在屋子里，而且一出现就把青泽推开，代替青泽替黄苍疗伤，还是把她吓了一跳。

好在青泽这会儿缓过些劲儿来，急忙过来安抚她道："这是乐善堂的乐大夫，他来了，黄苍一定会没事的。"

青泽不解释，菁菁也看出来了，连忙点头道："我认识乐大夫，是乐颜的堂哥……"不过说到这里，她又顿了顿，迟疑地道，"只是，乐大夫他难道也是……"

青泽知道，从黄苍救了她那刻起，这位菁菁小姐就再难以同他们这群人摆脱关系了，只得道："我知道这几天你一定看到很多奇怪的事情，不过，现在最重要的是救小黄师傅，不如等他好了，你自己问他。"

菁菁听了立即使劲点点头说："只要黄苍大哥能平安无事，我什么都不问，什么都不说。"说到这里，她眼圈又红了，"若不是黄苍大哥，我和我哥哥，只怕……只怕早就没命了！"

张副官叛变，让她哥哥交出指挥权，还想以她为人质要挟。只是，谁不知道，若是他哥哥真的交出了指挥权，那就只有死路一条了，而他哥哥死了，她也必定是活不了的，他们最后还是一个死。那个时候，也不知道黄苍大哥怎么就出现了，从那些乱兵手里抢走了她，还冲出了那些乱兵的包围带她离开。

虽然黄苍受伤后，第一个通知的是青泽，但是青泽来了以后就立即帮黄苍疗伤，对整件事情的前因后果也只是了解了一个大概，甚至还不如落颜了解得清楚。此时，乐鳌既然已经到了，他只觉得自己肩上轻松了不少，于是对菁菁道："曹小姐，咱们不如到外面等吧，不要在这里打扰了乐大夫，正好，这件事情的前因后果，你也好好同我说一说。"

虽然菁菁不舍，但也知道，自己留在屋子里没什么用，便点了点头，同青泽一起出了屋子，往旁边的书房去了。

一进了书房，青泽便问道："这件事情究竟是怎么发生的？我听说曹旅长在士兵中威望甚高，怎么会突然出这种事呢？那个张子文，不过是个小小的副官，还是被曹旅长一手提拔上来的，怎么会有这么大的胆子和本事？"

曹小姐听了，脸上闪过一丝愤怒，低声道："青泽先生说得没错，这个张副官的确是我哥哥的心腹。我回国以后，我哥哥也是一直让他负责我的安全，我们都很信任他。可这次……这次我们怎么也没想到，他会想要夺我哥哥的指挥权。"

"这一阵子，可是发生了什么特别的事情？"青泽又问，"你哥哥同张副官是不是在什么事情上有了分歧？"

曹小姐摇了摇头说："军队上的事情我不懂。我只知道有一次，我哥哥发了好大的脾气，把他最喜欢的茶碗都摔了。我问他为什么这么生气，他却说张副官不识好歹，我再问他怎么了，他就不肯对我说了。只是从那以后，张副官就称病，好一阵子都没有出现，我的警卫工作也交给了别人。后来，因为时局动荡，临城的官员们一个个人心惶惶，我哥哥这才把张副官叫了回来，让他代理警察局长的工作。"

"即便如此，他也只是个警察局的代局长，怎么可能让士兵叛变呢？"青泽眼神微闪。

07

菁菁说得简单，但是在青泽看来，这表示曹旅长已经不打算让张子文留在自己的军队里了，是要借着警察局长这个名头，削掉他在军队里的权力。警察局长，说得好听，可要同军队比起来，那可

就不够瞧了。不过，想想学潮才刚过去没多久，张子文就算是被曹旅长踢出了军队，但是兵权也不是一时半会儿能交出来的，这也难怪张子文会在这个时候铤而走险了。

而这个时候，只听曹小姐又道："青泽先生你不知道，我哥哥的兵马都是驻扎在城外的，没有我哥哥的手令根本进不了城，进城的只是一小队亲兵，而这队亲兵一直以来都是张子文负责管辖的。另外，所有人都知道，张副官是我哥哥的心腹，所以，如今他只要把罪名推到黄大哥身上，然后再拿了我哥哥交出指挥权的手令，做出一副临危受命的样子，不会有人怀疑他。而到了那个时候，我哥哥就可以'重伤而亡'了。"

"既然如此……"听到这里，青泽想了想，然后微微一笑，"曹小姐，我觉得你应该帮帮你哥哥。"

"帮我哥哥？怎么帮？"曹小姐重复了一遍，但很快明白过来，"青泽先生的意思是……"

"嗯，今晚我就送你出城。"青泽道，"军营的位置，你应该知道吧？"

"我当然知道，我哥哥带我去过好几次。"曹小姐点点头，但是马上，她又看向黄苍所在的那个屋子的窗口，"黄大哥他……"

"只有你和你哥哥安全了，黄苍才会安全，不然的话，如果你哥哥出了什么事，这个刺客的罪名他就背定了！"

曹菁菁并不是只会哭的小女孩儿，甚至还在国外独立生活过很长一段时间，这几天只顾着担心黄苍的伤势，这才有些蒙了，如今被青泽点醒，当即明白过来，于是使劲地点点头道："我听青泽先生的，不过，万一那些兵不听我的……"

青泽笑了笑说："城外驻扎的是不是有一个孙团长？"

"孙团长？"曹菁菁一愣，"是有这么个人，不过我哥哥说他是……"

"有勇无谋对不对？"青泽一笑。

曹菁菁点头道："我哥哥是这么说的。"

"你去了营地，直接去找这个孙团长，就说……你哥哥已经被张子文害死了，你让他帮你去报仇，说得越悲痛越好、越哀伤越好。"青泽不紧不慢地道。

曹菁菁的脸上先是露出一丝疑惑，但马上恍然大悟，然后轻轻摇了摇头道："我哥哥……真的很不容易，难怪他在我很小的时候就把我送去留学了。"

"你哥哥是个好哥哥，所以这次，能不能帮你哥哥，能不能替黄苍洗脱罪名，全靠你了！"

"我知道了，青泽先生。"曹菁菁点点头，但是紧接着，她歪着头看了看青泽，缓缓地道，"舒学姐前几日还让我劝乐颜，如今看来，乐颜眼光不错，有你在，我就再也不怕这丫头吃亏了！"

青泽先是一愣，然后笑道："你先去休息吧，今晚，你要赶好长一段路呢。"

曹菁菁笑了笑，然后再次看了眼黄苍所在的屋子，最后道："还有黄大哥……等他醒了，你告诉他，我很快就回来……"

晚上的时候，青泽刚把曹小姐送出城回来，就看到乐鳌从屋子里走了出来，递给他一张方子道："这些药，你应该能弄到吧！"

青泽简单看了一番，点了点头说："放心，都不是太难找的药。他……没事了吧？"

"还要再等一天才能度过危险期，等一会儿你去找药，我还要帮他运功疗伤。他这是外伤，我的净化之术起不了太大作用，你这几天帮他疗伤，怕是费了不少灵力吧！"

青泽笑了笑说："灵力早晚会练回来的，人死了就再也活不过来了。我若不是功力不济，也不会叫你来。只是没想到他们竟然是冲着乐善堂去的，这幕后策划的人只怕不简单，只凭张子文，怕是没这么大的本事。还有……"说到这里，青泽的眼神闪了闪，"我已经听到你的传话了，虽然已经过了这么多天了，不过我已经去查了，最后一次见到她是在雅济医院，不过那晚风大雨大，城中的树有不少都被连根拔起，怕是要费些时间了，但只要她在城里，我相信最迟明晚就能有结果。"

"雅济医院?"乐鳌脸色沉了沉,"她是自己去的?"

青泽深深地看了他一眼,然后摇了摇头道:"不是。不过我刚才送曹小姐离开后,回来的时候顺便查探了一下,发现那里的有些东西似乎在前几日被人召唤出来过,如今那些东西还在四处飘荡着,所以,雅济医院这几天发生了不少怪事。只是,那晚医院里的树也被吹断了几棵,混乱中也没有谁注意到她离开。"

"我知道了!"乐鳌沉默了一会儿,又抬头看了看天色,这才道,"我要进去继续为黄苍疗伤了,你去帮我准备药材吧!"

青泽一愣,然后又犹豫了一下说:"你若是想要去找她,不如我来帮……"

"你不行,你已经是强弩之末,不然,你也不会舍得让落颜冒险去乐善堂找我!"乐鳌挑了挑眉,"你能帮我找她,就是帮了我很大忙了……而且,她若是在,也一定会赞同我这么做的……"说到最后这一句话的时候,乐鳌的声音很低很低,而他的人已经再次到了房间门口,然后他走进屋,轻轻关上了房门,房间里再次陷入了寂静。乐鳌正要走过去继续帮黄苍疗伤,都听黄苍仿佛在小声说着什么。

待乐鳌又走近了些,才听黄苍道:"主人……主人,你怎么可以比我先死去,难道你忘了,你答应了阿黄,一定会等阿黄回来的……我……我会找到你,会找到你的……"

乐鳌眼神微闪,轻轻地叹了口气。

关于黄苍以前的事,虽然乐鳌从没听黄苍亲口讲过,但是也从其他人口中知道一些,尤其是从陆天岐那里,因为几乎从他刚记事起,陆天岐就化为黑猫待在他身边,然后不停地向他讲述着临城中每个妖怪的来历和八卦,而如今看来,黄苍等待的人应该就是菁菁小姐,也难怪黄苍会舍命救菁菁了,只是这件事情之后,菁菁这段经历的记忆必然是留不得的,那个时候,黄苍又该如何自处呢?难道继续留在暗处默默守护他那个已经不知道轮回了多少世的主人吗?照此看来,究竟是那个活得久一点的人更痛苦,还是活得短一点的人更痛苦呢?

想到这些，乐鳌自嘲地一笑——他又有什么资格考虑这些，他只能活到三十岁，根本给不了任何人幸福，他能留下的，只有痛苦吧！

刚刚离开雪院没一会儿，夏秋就看到雪院被家丁们包围了，而后是小环被叫走，再然后就是林鸿升气急败坏地赶来，亲自在雪院搜查一番之后，带着人直奔后门的方向去了。而林府的家丁们，也在他的带领下，全部扑向后门。紧接着，夏秋就看到通向后门的方向灯火通明，却是家丁们拎着火把灯笼站满了整个夹道，在这种情况下，别说一个人了，哪怕是一只猫一只狗都无所遁形。

看到这位林少爷竟然动用了整个林家的家丁，只是为了阻止自己离开，夏秋冷笑了一下，却沿着夹道往后门相反的方向快步走去。

此时，她穿着小环借她的那件衣服，头发也编成了林府丫鬟们统一的长辫子，如果不是熟悉她的人，一眼看过去，根本不会认出她曾是林家少爷的座上宾，只会以为她是林家哪个院里的丫头。也正是因为如此，这一路上，偶尔遇到了几个下人，他们也只是看了看她就不再理会她了。虽然时间不长，可林家各院的仆人们早已听说，林少爷带着整个林府的家丁往后门去了，据说是要去追什么人。只是他们却从没想到，有人会反其道而行，偏偏往正门的方向走。

夏秋要的正是这个效果……同从没有走过的后门比起来，前门才是她最熟悉的地方，尤其是林鸿升今天让她去的那个芍药园，她已经去过三次了，第一次是帮鹿兄夺回铁木鱼，第二次是差点被原田晴子杀掉，第三次就是今天。所以，即便从雪院到那里需要走至少二十分钟的时间，可是，她估算着，从雪院到后门，怎么也需要十分钟，来回就已经二十分钟了。林鸿升就这么带人去追她，肯定要在后门耽搁一段时间，这样至少又要五分钟，这就是整整二十五分钟。

而这个时间，她早就到达芍药园了。

芍药园的另一头，就是分隔前面药堂和后面后宅的夹道，只要

能穿过芍药园，到达那处夹道，她就等于有了两条逃离的途径：一条是通过夹道，转到外面的街道上，另一条就是想办法让前面药堂的人将大门打开，从种德堂离开。

第一条路虽然简单，但是她耗费的时间会有些长，而第二条路，虽然危险些，但只要穿过种德堂后面的院子进入种德堂里面就行了，一旦进入种德堂的大堂里，离外面的街道就只有一门之隔，那个时候，她就算是闯，也能闯过去！不过，这两条逃离方法在她的脑海里盘算了半天，她却有些左右为难，拿不准该走哪条，便决定到时候随机应变，看情形再说。

赶往前院的路上，夏秋正好路过林家的祠堂，也就是林家世世代代供奉铁木鱼的地方。这么晚了，祠堂的大门早就关了，只有两盏白色的灯笼在门口飘来飘去，衬得黑漆漆的大门阴森森的。路过大门口的时候，夏秋停了一下，认真看了那扇黑漆大门大概一两分钟的样子，这才继续往前赶路。

她若是没记错，到了祠堂以后，就已经走了一半的路，也就是说，这个时候林鸿升很可能已经发现不对劲儿往回赶了，她必须更快赶到芍药园才行，这让她不禁加快了脚步，甚至小跑起来。好在这会儿已经很晚了，夹道上早已没什么下人丫头，所以，她虽然走得快些，却再也没碰到什么人，很顺利就到达了芍药园的月亮门处。

08

到了这里，夏秋就剩下了两道障碍，一道是芍药园的守园人，另一道就是前面通向种德堂的那道大门。要想离开林家，这两道障碍她是怎么都绕不过去的。于是，深吸一口气，夏秋来到芍药园的门房前，然后用力地敲响了大门道："快开门呀！老爷不好了，少爷让我到前面拿药，快开门呀，救命呀！"

随着急促的敲门声，门房里很快有了动静，先是里面的灯亮了，然后是一阵窸窸窣窣的声音，像是有人在披衣服。而紧接着，只听房门一响，门开了，一个五十多岁的驼背老头出现在门房口。

这个老头白天夏秋来见林鸿升的时候扫了一眼，但是当时他正在角落站着，头也是垂着的，夏秋只记得他微驼的后背。不过，白天的时候，她穿的是自己的衣服，头发也不是这个样式，因此，她决定赌一赌。

老头姓张，大家都叫他老张头。此时门开了，老张头先是眯着眼睛看了夏秋几秒钟，然后才一脸迟疑地道："你是……"

"大叔快开门呀，我是少爷房里的丫头小茶，老爷不好了，少爷让我赶快去前面药堂取药，再耽搁，老爷怕是……怕是……"

夏秋这一路小跑过来，头发已经散了，脸上也全是汗，再加上天色晚，老张头年纪大了眼神不好，所以虽然看着有些眼熟，竟然没有认出眼前的丫头竟然就是白天被少爷请到芍药园里来的那位小姐。

如今一听老爷快不行了，老张头又怎么敢耽搁，连忙从旁边的墙上取了钥匙，就往芍药园的大门冲来，边冲边道："好，我这就给你开门！"

"快些，快些！"夏秋心中暗喜，可还是在不停地催促道。

老张头虽然是驼背，可腿脚还算麻利，很快就来到芍药园的门口，帮夏秋打开了内宅的大门，然后又小跑着穿过芍药园，来到了通往前面夹道处的那道小门处，从里面打开了拴着铁栅栏门的链锁。

随着链锁"哗啦"一声打开，夏秋终于到了必须选择的时候——究竟是沿着夹道离开，还是干脆闯进前面的药堂去。

就在这时，随着一阵"沙沙"响声，夏秋仿佛听到一个声音在身后不远处低低地说道："找到了，找到了！"

夏秋吓得一个激灵，连忙转回头去，却看到了那棵拴过鹿兄的桂花树正轻轻摇着自己的树冠。这桂花树虽然是长在药园子里的，但因为十分高大，夏秋在外面仍旧能看到它茂密的树顶，也一眼就认出了它。

"怎么了，小茶姑娘？"见门开了她却不出去，而是看着身后发

呆，老张头一脸疑惑地问道，"那桂花树怎么了？"

"没什么，咱们还是快点给老爷拿药去吧！"虽然觉得奇怪，但夏秋决不认为自己刚刚听错了，不过此时她顾不上理会这些，先离开林家才是最重要的，于是她一脚跨出了院门。

从小门到前面的大门，只有四五步路，可这四五步路，夏秋却想了无数种可能，眼看就要到达种德堂的后门处，老张头也打算上前敲门的时候，夏秋突然听到身后传来一阵脚步声。

这一次的脚步声很杂乱，但是声音却不大，想必离得还有一段距离，大概是刚刚进了芍药园的内院大门。

夏秋知道，林鸿升终于来了，而且比她预计的要早很多！

此时，老张头也听到了身后的动静，不禁一脸狐疑地看向身后道："又有人来了？"

几乎是在瞬间，夏秋便做出了决定，着急地说道："怕是少爷等不及亲自来了，大叔快点把门叫开，看来老爷的病不能再耽搁了！"

救人如救火，又何况这个被救的人还是自己家的老爷，于是老张头更不敢耽搁了，使出吃奶的力气迅速拍打着大门："开门，开门，救命，救命呀！"

老张头拍得很使劲，值夜的伙计很快便从里面打开了大门，一看是老张头，不禁吃惊地道："张大叔，怎么了……"

只是还不等他问完，一个漂亮的女孩儿便将他推到一旁，然后大喊着"来不及了"，挂着一身的冷气冲进了院子里，沿着回廊，往前面的药堂冲了去。

被人猛地这么一推，值夜的伙计第一反应就是要拦住她，结果还不等他出手，却被老张头先拉住了，然后只听老张头低声且快速地说道："老爷快不行了，少爷让人来前面取药。"

"取药？"伙计愣了愣，"前面的药堂里多是些药材，成药很少，贵重的成药更少，为了老爷的病，少爷几乎把老爷用得着的好药全都拿到内宅库房去了，这丫头怎么跑前面取药来了？"

老张头一听，这才想起，好像还真听说过这件事，于是愣了愣，支支吾吾地道："大概，老爷的病发得急，少爷准备不足吧！"

"不对！"伙计摇了摇头，"很不对，这个丫头真是少爷房里的？"

老张头也觉得事情有些蹊跷了，连忙道："她说她叫小茶。"

"小茶？还是不对！"

虽然前面的伙计对后宅的侍女丫头什么的不全认识，可漂亮的丫头他们总会在没事的时候讨论一番，刚才虽然夏秋跑得很快，可他还是看出这是个漂亮的丫头。但是，在他的印象里，伙计们聊起来的那几个出众的丫头中，并没有一个叫小茶的呀。想到这里，伙计立即追了上去，边追边喊道："喂，你站住，你到底是谁？"

看到这种情形，老张头也意识到不妙，因为若是真出了什么事，这人可是他给放出来的呀，于是也急忙跟了上去。不过，他同这个值夜伙计一前一后追到通往前面药堂的小门处的时候，夏秋早就进了种德堂里面，而他们想要推开小门时却发现，小门被人从里面锁住了。

这扇门，虽然里面有插销和暗锁，但是却很少用，因为来来去去进人出人，全要从这里走，以至于晚上都不会插上。不过，上次夏秋来的时候，就已经看到了门上的插销，所以这次一进来，就立即将门反锁。

此时，种德堂才刚刚锁门不久，值夜的大夫正坐在诊案后看书，本来看得正入迷，哪想到房门一响，竟然进来了一个丫头，不过，他暂时还没注意到夏秋已经将门锁了，只是对有人突然闯进药堂有些不悦，大声问道："你是从后宅来的？哪个院的，这么晚了来药堂做什么，怎么这么莽撞？"

夏秋连忙向他走去，仍旧一脸的焦急："大夫，老爷不好了，少爷让我来取些安宫回去。"

一听是老爷的事，大夫又怎敢怠慢，连忙道："老爷怎么了？"

"大夫，一句两句说不清楚。您还是快些给我取药吧，再晚，怕是就来不及了！"夏秋大声催促道。

"好，好！"大夫听了，连忙走到放着贵重药材的柜子，拿出钥

匙将柜子打开，但是边取着药，他还不住地问道，"老爷怎么突然发了病，前两天我去看他，他都能认出我来了，应该是有很大好转了呀……"只是，大夫絮絮叨叨地说着，却没有注意，身后的夏秋早就悄无声息地往大门口走了去，虽然大门已经锁上了，可要从里面打开，还是很容易的，只要她能打开大门，就能冲到外面的街道上离开林家了。

可就在这个时候，夏秋却听到从她刚刚进来的小门处传来一阵剧烈的撞击声，而后林鸿升的声音穿过小门透了过来："给我把门踹开！"

而在此时，拿药的大夫也发觉了不对劲儿，不过，他也只是看了小门一眼，然后奇怪地道："门怎么锁上了……"只是，当他再看向夏秋，却一脸的吃惊，"你……你要做什么？"

事已至此，夏秋知道，自己想要悄无声息地离开已经不可能了，于是脸一沉，低低地道："这位大夫，对不起了……"

"你……你要做什么……"大夫本来想要冲过去拦住夏秋的，可随着一股阴寒之气迎面扑来，他的脸色立即变得煞白，却不由自主地向后退去，同时结结巴巴地说道，"你……你……那是……那是什么东西……"

当林鸿升指挥着家丁们将小门撞开后，刚要冲进去，却感到一股阴冷的寒气从药堂里涌了出来，跟在原田晴子身边这么久，他当然知道这是什么，心中不禁暗叫糟糕。而等他冲进药堂，看到倒在地上口吐白沫的大夫以及打开的大门后，他知道，自己最担心的事情发生了。

之前在医院地下室的时候，他还以为只是巧合，而如今他算是明白了，这个夏秋的能力比他想象的还要大。不仅是他，此时随着他一起冲进来的家丁和伙计们也全都是一脸的诧异，有人甚至还嘟囔道："这屋子里怎么这么冷，像冰窖一样！"

林鸿升听了心中暗暗冷笑，这种冷，可比冰窖的冷危险多了，那是会要命的！边想着，他的手已经悄无声息地伸到了裤兜里，然

后又迅速抽出，最后朝着那个向自己气势汹汹冲过来的黑影轻轻
一弹……

09

随着一道红光划过半空，这黑影尖嚎着化成了普通人看不见的
烟雾消失得无影无踪了，不过，在这黑影消失之前，他脖子后面那
条粗粗的辫子却扫到了林鸿升的脸颊上，让林鸿升感到自己的半个
脸颊都被冻木了！

狠狠用手背蹭了脸颊一下，林鸿升咬牙道："她跑不远，我知道
她要去哪里！"

在这临城，这个夏秋除了去乐善堂还能去哪里？

既然知道了夏秋的目的地，所以想要追上她简直太容易了。刚
刚，他已经找人将他的车开过来了，一会儿就能到，他完全有把握
在她到乐善堂之前抢先拦住她。就算她真的比他先到一步也无妨，
乐善堂现在被张子文的兵围得严严实实，她根本就进不去。而且，
如今临城已经全在张子文的掌控之下，警察局和军队都听张子文的
指挥，既然已经撕破脸，也就没什么好顾忌的了。

原本林鸿升还对张子文提出的合作要求有些犹豫，不想借助他
太多的力量，这才想从夏秋口中套出神鹿一族的藏身之地，拿到自
己想要的东西也就算了。可如今，他显然已经没了选择，就只有同
张子文合作了，这样的话，这个夏秋既然敬酒不吃吃罚酒，也就别
怪他以她为质要挟那个乐鳌了。反正只要今晚原田能抓住那个刺客，
找到曹小姐，他们就再无后顾之忧了。然后等杀了曹旅长兄妹，夺
了军权，这临城就是他们的了！这乐鳌本事再大，能抵挡得住城外
的千军万马吗？

想着想着，林鸿升已经冲到了药堂门口，可他正要踏出药堂时，
却感到一股更凛冽的冷气从外面直扑进来。与此同时，他突然觉得
脚下一紧，仿佛被什么绊住了，而等他低头看去，却看到了一张嘴

巴咧到耳根的丑脸。

此时，随着这张丑脸的嘴巴里参差不齐的牙齿上下碰了碰，一个细小的声音响了起来："咯咯吱……咯咯吱……药……药……"

眼前的情形让林鸿升后背的汗毛都竖起来了，然后他想也不想就是狠狠一甩腿，将脚上的那东西甩到了一旁。那东西一落了地，便化成黑烟散掉了，倒是没有再继续纠缠他。只是，他刚要松一口气，等他再看向外面街道上的时候，整个人却像是坠入了冰窟之中，只觉得牙根儿一阵阵发酸，头皮都要炸开了……

晴子说得对，这个夏秋，果然是个怪物……

答应了张副官的请求，原田只是向他要了一把沾了老黄血的刺刀，而在闻了闻之后，她的脸色却一下子变得凝重起来。张副官正想问她是不是发现了什么，她却转头离开了张副官的办公室，等张副官追出去之后，她的身影早就消失得无影无踪了。

原田几乎是毫不费力地就找到了青泽租住的小屋，而她赶到的时候，黄苍的伤刚刚度过最危险的时候，青泽则出去查探夏秋的下落了，也不在这里。

因为，万籁俱寂之时，也是草木万灵神识最敏感的时候，青泽自然要趁夜晚好好调查夏秋的下落了。所以，小院里除了仍旧昏睡的黄苍，只剩刚能歇口气的乐鳌。

在乐鳌的调理下，黄苍基本上已经没有生命危险了。乐鳌后来又帮黄苍煎好了药，并喂黄苍喝下了。之后，就是慢慢等药效发挥，等黄苍自己醒来了。

屋子里一盏灯都没点，不过这对乐鳌和黄苍来说并没有什么影响，别说他们现在一个昏睡不醒，一个盘坐在椅子上暗暗调息，就算是平时，夜中视物对他们来说也是轻而易举的事。

也不知道过了多久，乐鳌突然听到一个微弱的声音在屋子里响起："乐……乐大夫……是你吗？"

乐鳌缓缓睁开眼，看向床上躺着的黄苍，却见他已经醒了，于是笑道："可是渴了？"

"嗯，嗯，有……有点儿。"黄苍局促地道。

乐鳌立即去桌上倒了一杯水，然后走到床边，慢慢扶起黄苍，让他就着杯子喝了几口水。

几口水下肚，黄苍觉得自己的精神更好了，便立即向屋子四周看去，发现屋里只有他同乐鳌两人，于是他犹豫了一下，还是问道："菁菁……菁菁小姐她。"

"她没事。"乐鳌淡淡地道，"她去城外搬救兵去了……"

"她……她一个人去的？"黄苍听了脸上闪过一丝紧张，挣扎着就要坐起来。

乐鳌轻轻扶住了他，低低地道："放心，青泽早就护送她出城了，现在，她大概已经带着救兵快到城门口了。你现在最需要的是好好休息。"

"这样……这样就好，这样就好！"听乐鳌这么说，黄苍才算是松了口气，整个人也似乎松懈了下来。

乐鳌扶着他重新躺好，又替他诊了脉，然后犹豫了一下道："你的情况应该没什么大碍了。不过，有件事我要问你。"

"乐大夫请说。"黄苍立即道。

"菁菁小姐她可正是你等的那人？"

黄苍沉默了一会儿，然后点点头说："没错，她几世前是我的主人，我……同她有过承诺。想当初，她眼睛不好，还以为我是一条猎犬，可是……可是，其实我却是一头狼，不但野性难驯，有好几次我还差点伤害了她，可最终她还是原谅了我。那个时候我就发誓要护她生生世世，只是……只是在她身边的最后那一世我没能护她周全……为此，我寻了她好久，总算在这一世找到了她……"

乐鳌又沉吟了下道："黄苍，你知道的，这件事情过后，她怕是不能保留这段时间的记忆了，也就是说，她只怕再也想不起来，你曾经救过她。"

黄苍的脸上闪过一丝怅惘，然后勉强地笑了笑说："乐大夫，规矩就是规矩，你该怎么做就怎么做，我……我……嘿嘿，其实，她

不记得我也是一件好事。"

黄苍的话让乐鳌有些诧异，于是他看着黄苍道："她不记得你是好事？你真这么认为？据我所知，你等了她几百年吧！"

黄苍摇了摇头说："岂止，只要她还在轮回中，我还会一直找下去、等下去的……不管她是不是记得我，也不管她以后是不是还能想起我。"

"那你……"乐鳌的脸上闪过一丝诧异，显然有些不太明白。

黄苍抬眼看向乐鳌，脸上却不知怎的露出一丝红晕："这世上哪有什么绝对的事，我只知道，我愿意守着她，愿意护着她，愿意一世又一世的找寻她。至于其他，至于她能不能把我放在眼中，是不是能记住我，都不重要，哪怕我们之间有一刻的欢愉和开心，对我们来说，就是天长地久，总好过悲悲切切、冷冷清清的抱憾终身得好！"

"悲悲切切、冷冷清清……"喃喃地重复着这几个字，乐鳌似乎陷入了沉思。

"乐大夫，乐大夫？"不知过了多久，发现乐鳌一直不说话，黄苍小声地唤道。

乐鳌这才回过神来，对他笑了笑说："没什么，我只是想到一些事情罢了。你刚刚脱离了危险，先好好睡一觉，其他的事情就不要再担心了。"

不过显然，随着原田的到来，乐鳌却注定是消停不了的。在察觉到院子里的异样后，他第一时间是用结界先把黄苍护了起来，然后才走出了屋子，来到了院子里。

一出门，看到台阶下脸色铁青的原田晴子，乐鳌微微一笑道："原田小姐，你怎么来了？"

"怎么，难道这里我不能来吗？"原田说着，挥着手中的念珠，指着手中的式盘，对乐鳌道，"他就是那日跑掉的黄包车夫吧？我的念珠已经记住了他的血，这才带我来到这里，乐大夫，我想听你的解释。"

"解释什么?"乐鳌又笑了笑。

"解释什么?"原田的脸色更难看了,"难道你不该向我解释下,为什么要护着一只妖吗?你不可能不知道他的身份吧!"

"知道又如何?"乐鳌走下了台阶,"这是我们乐善堂的事情,没必要向你解释吧!"

原田立即语塞,脸颊也被气得通红:"乐鳌,你怎么可以如此自甘堕落!"

乐鳌听了笑着摇摇头说:"我一向如此。原田小姐,我劝你还是回去吧,这里不是你的地方,更不是你的国家,有些事情也轮不到你管,你也管不了。我不知道你是为什么而来,但是无论你为了什么,你都不可能是我的朋友,趁着我还没改变主意,你快走吧,你是打不过我的!"

乐鳌是笑着说出这番话的,可他的笑容看在原田的眼里却像刀子一样。原田晴子怎么也想不到,他会用这种语气说出这么冷酷的话语来。这也让她意识到一个她怎么也不想相信的现实,她在他眼里根本就一文不值!可她既然已经来了,又怎么肯甘心认输,无论如何她都不会就这么离开,说什么都要将这件事情弄个清楚明白。而且,那个黄苍之前逃了一次,这一次,她说什么都不能让他再逃掉了,她必须维护他们家族的荣誉和她身为巫女的荣誉!

于是,原田晴子强吞了口气,缓缓地道:"乐鳌,我不想同你为敌,那个黄苍是我的猎物,我必须负责到底,至于你的事情,等这件事情结束了,咱们再谈。"

听到她到了现在还这么说,好像完全没意识到刚才自己已经同她摊牌了,乐鳌冷笑了下道:"看来,原田小姐的国语还是不精通,没听懂我的意思。"

"我不想懂!"看着乐鳌脸上的冷意,原田突然大声喊道,"不管什么事情,都等我杀了他再说!"说着,她不再理会乐鳌,而是立即向屋子里冲了去,却是要一意孤行杀掉黄苍。

只是,看到原田冲进去了,乐鳌却纹丝未动,只是冷眼旁观,

结果，原田冲进去不过十几秒的时间，只听一声闷哼，然后一个人影从屋子门口摔了出来，重重地摔到了门口的台阶下，好半天都站不起来。

看着摔在地上的原田，乐鳌淡淡地道："原田小姐，我们有个成语叫作知难而退，有我在，你杀不了他的！"

原田刚才是被结界的力量弹回来的，她根本就没想到，这世上竟会有这么强大的结界，让她连靠近都不能，更不要说杀掉结界中的妖怪了。只是从小到大，她杀掉了无数妖怪，从未失手过，又怎么可能就这样放弃，当即站起来又冲了上去。不过可惜，这次的结果一样，而与上次稍稍有些不同的是，因为她这次释放的法力更大、更强，她也被弹回来得更远、摔得更重，这一次，她正好摔到了乐鳌的脚底下。

乐鳌低头看了看她说："原田小姐，自从你来了临城，有多少无辜的妖怪死在了你的手里，多少妖怪百年甚至千年的道行被你毁于一旦，我如今只是让你走，已经是很客气了，你若是再执迷不悟，只怕想走都走不了了！"

"乐鳌，你以为我会怕你？今天，我非要杀了他不可！"原田说着，突然咬破自己的手指，然后狠狠地吮吸起来，紧接着，她再次冲进了屋子里。

而这次，看到她的做法，乐鳌的眉头稍微皱了皱，终于向前挪了一步。只是，也就是他挪了一步的工夫，便见原田再次从屋子里飞了出来，而这次，虽然她被摔得更远，也更惨，脸上却充满了惊恐之色。

等她好不容易从地上爬起之后，却死死地盯着屋子的大门口说："怎么可能？我的血……怎么可能不管用？"

她刚才把自己的血喷了一大口在结界上面，可刚开始的时候，虽然结界被她的血腐蚀了一个小小的口子，但是眼见着，那个她好容易打开的口子就再次愈合了，她的血也随之消失不见。

看到她整个人都像傻了一般，乐鳌皱了皱眉道："原田晴子，你放弃吧，我不想杀你，你别逼我动手！"

"杀我？"原田这时才像是回过神来，机械地将头转向乐鳌，哑着声音说道，"为了这些妖孽，你竟然想杀我？一个法师？"

"我说了，我不想杀你，也不想杀任何人，你还是回到你该回去的地方吧！"乐鳌抿着唇道。

"你不杀我？你不杀我？"喃喃地重复着这几个字，原田突然狂笑起来，"哈哈哈，乐鳌呀乐鳌，你以为我的命是你的？你不是不想杀我吗？呵呵呵，我偏偏不如你的愿，我就不信，我杀不了屋子里的那个该死的妖怪！"原田说着，突然从地上弹跳起来，然后拔腿就往屋子里冲，那副疯狂的样子，简直比怪物还要像怪物！

乐鳌皱了皱眉，这次终于跟了进去，而他刚进屋，便见原田晴子竟向自己的手腕一口咬去。

乐鳌当即明白了，立即冲过去，一把抓住她的手腕，冷道："你想做什么？"

"做什么？我就不信，流尽我全身的血，我破不了这个结界，我杀不了那只妖怪！"原田疯狂地大吼道。

"真是个疯子！"乐鳌斜了她一眼，"哪怕十个你，也做不到！"

"我不信，我不信！"虽然被乐鳌紧紧抓着，原田却不断挣扎着，想要挣脱乐鳌的手，咬破自己的腕脉。

乐鳌正要再说些什么，突然浑身上下一个激灵，连忙转头看向院外，脸色也在刹那间变了。

10

此时，原田一心只想杀了黄苍，对于周围的异动完全没有感觉到，仍旧大声嚷嚷道："放开我，放开我，我要杀了他，杀了他！"

随着乐鳌的脸色越来越难看，他已经没有耐心同原田纠缠下去了，只见他回过头来，盯着原田冷笑道："你想死？好呀，我成全你！"

话音刚落，只见他手起掌落，狠狠地劈在了原田的颈后，于是

原田身子一软，便向后倒了去，不过，在她意识离她而去的最后一刻，她咬牙切齿地说道："乐鳌，我恨你……"

原田晴子恨不恨他，乐鳌不在乎，他只知道，不能再让这个女人再在临城待下去了，这也是他同原田彻底撕破脸的原因，因为他本来已经决定让原田忘记这一切，老老实实离开临城，不要再在这里添乱了。不过，眼下发生了更严重的情况，他的计划要稍稍做些改变了。

乐鳌将原田晴子放在地板上后，只见他用手在她的脸上晃了几晃，口中则道："醒来后，你就什么都不记得了，你唯一记得的就是，你父亲来信让你回国，而且是立即启程……"

抹去他人的记忆，乐鳌已经驾轻就熟，这次，鉴于原田的特殊身份，为了保证让原田在回国之前不会想起这里发生的事情，他甚至用了比往常多一倍的灵力来封印原田的记忆。只是，原本他还打算再在这段记忆上多打几个封禁，就像红姨封印丽娘的记忆一样。可眼下，他怕是只能暂时放弃了。他若是没猜错，就在刚刚，临城已经发生了大事，他不能把自己的灵力全部耗费在封印原田身上，他必须多留些余力才行，否则的话，后果只怕不堪设想……

离开了林家的种德堂，夏秋自然是直奔乐善堂而去，但是她也清楚，单凭自己两条腿，是根本跑不过林家的家丁，更跑不过车子的。她当然知道，自己现在最好的做法就是先找个地方藏起来，藏到明天天亮，那个时候，街上人来人往的，林鸿升再想抓她，就没那么容易了。不过，想法是好的，却有一个问题，她没想到林鸿升竟然来得这么快！

她离开种德堂的时候，林鸿升他们已经破门而入了，她就算现在跑出了种德堂，只怕还来不及跑到巷子口，找到藏身之处，就会被他们发现，结果她还是会前功尽弃。

虽然她在离开雪院的这一路上，考虑了很多从种德堂离开之后摆脱追踪的方法，但是，那个时候她以为自己应该有五到十分钟的藏身时间，重点也是放在"硬闯"出种德堂这件事上。所以，她路上路过林家祠堂的时候突然停了，并不是站在那里只顾发呆，而是因为她无意间发现了一只徘徊在大门口的"黑影"。

这个黑影时隐时现，圆圆的脑袋后面还有一根辫子，他不停地在祠堂门口游荡，但是却似乎久久不得门而入，夏秋几乎是不费吹灰之力就将他带走了。

后来的事情大家就都知道了，正是因为这个黑影，夏秋才得以放倒种德堂的值夜大夫，顺利打开种德堂的大门。不过可惜的是，她前脚刚踏出大门，后面便传来林鸿升破门而入的声音，不要说五分钟的藏身时间，哪怕两分钟她都没有。

在那一瞬间，很多想法都从她的脑海里冒了出来，但没有一个能用的，直到一阵"沙沙"的声音突然又响了起来，一个声音在她耳边轻轻地说道："找到了，找到了！"

这个声音同刚才那棵桂花树的声音完全不同，略显嘶哑，倒像是一个男人的声音。夏秋连忙向自己的左边看去，却看到了一棵梧桐树。

同刚刚那棵芍药园的桂花树一样，此时它的树冠也在轻轻摇摆着，手掌般大小的树叶相互摩擦，不停地发出"沙沙"的声音，夏秋又仔细听了听，脸上立即闪过喜色，因为她再次清清楚楚地听到它在说："找到了，找到了！"

几乎是在同时，夏秋便明白过来了："青泽先生，是青泽先生让你们来找我的吗？"

夏秋在心中欢呼了一声。

她当然知道这满城的树木都是青泽的眼睛和耳朵，只是，她也只是曾听说，却从来没有体验过，而如今，她已经能听到这些树木的声音了吗？

而这个时候，却听那个声音竟然回应了她在心中说出来的话："是的，不过，他现在在城的另一边，要过一会儿才能过来！"

"你……你竟然能听到我的话？"夏秋吃了一惊，但马上，她心中又问道，"大家都好吗？东家好吗？是东家拜托青泽先生来找我的吗？"

不过这次，这棵梧桐树并没有立即回答她的话，而是提醒道——"他要出来了！"

他？

夏秋立即明白了，这个"他"指的是林鸿升，这让她心中闪过一丝焦躁，默道："我跑不过他们。"

"那又如何？"梧桐树突然轻叹了声，"你可是同青泽先生一样，连我的声音都能听到的人呀！"

那又如何？

那又如何！

在这一刹那，夏秋突然茅塞顿开，她立即看向四周，看向周围黑漆漆的夜色，然后她轻轻地闭上眼，感受着那些她以前不想感受，甚至不愿接受的东西，渐渐地，她突然感到一股巨大的气围绕在她的周身，这气冷得刺骨，让她如坠冰窟之中。可这种冰一样的寒，以前让她惶恐，今日却给了她从未有过的安心。

没有多久，她渐渐可以感受到，自己周身的这团气已经形成了一个漩涡，不停地将那些让她既畏惧又充满安全感的东西卷到身边。而随着这股气越来越强大，夏秋只觉得自己的全身都已经被冻得麻木了，但与之相反的是，那种恐惧感却越来越淡了。

这个时候，她只觉得自己的灵魂似乎已经成了一种超脱肉体的存在，自己仿佛拥有了可以吸纳世间一切的力量，这让她更是无所畏惧，仿佛可以操控这天地间一切可以操纵的能量！

突然，夏秋有一种感觉，她觉得自己完全可以就这么离开，抛却一切的离开，不管是世间的烦恼还是无助，不管是悲伤还是喜悦，不管是肉体还是那些羁绊，她都可以就这么抛开，而她自己在抛掉这一切后，就会到达一个极乐的所在，再也不会被世间的喜怒哀乐烦扰……没有痛苦、没有伤痛、没有眼泪……那个地方似乎真的很适合她，她似乎早就期待这样一个让她安心的地方了……

"不行！"

就在这个时候，突然一个声音在她的耳边响起，随即，夏秋只觉得自己的身子一坠，然后就是浑身上下从里到外针扎一样的疼痛，紧接着是她的身子一颤，整个人则剧烈地颤抖起来，她转过头，却看到了一张熟悉的脸，忍不住唤了一声："东……东家……"

看到她终于睁开了眼，乐鳌松了口气，轻轻地抚了抚她的头顶，低低地道："你太累了，睡吧。剩下的，交给我便是！"

"嗯！"

夏秋安心地应了一声，然后头一歪，几乎是在瞬间就昏睡过去……她实在是太累了……

青泽赶来的时候，乐鳌已经在这里了，看着乐鳌怀里抱着的夏秋，青泽脸色难看地说道："这到底是怎么回事？刚刚那些东西……怎么……怎么一下子全冒出来了……"

看着怀中脸色发青的夏秋，乐鳌摇了摇头说："看来，她就是传说中的驭灵人，可以操控人世间一切灵怪的驭灵人！"

"什么？"青泽吃了一惊，"怎么可能？上古的确曾有过驭灵人，可是……可是，她不是在妖神大战中魂飞魄散了吗？怎么可能……"

乐鳌面无表情地道："我不知道，我只是以前曾听我父亲对我说过，这世间应该是真的还有驭灵人的后人，只不过这些人的能力好像一直都被什么力量压制着，让她们难以承继先人的全部灵力，可眼下，只怕……"

"那你刚刚既然把她召集来的那些灵怪们全都压下去了，是不是说她的力量也没有完全觉醒呢？"青泽的脸上闪过一丝期待。

乐鳌摇了摇头说："我早知道她与众不同，却没想到她竟然是驭灵人！正如我当初没有把握封印她的记忆一样，我也不知道能不能完全压制她的能力，而且，我怕我这次的压制只会适得其反！"

"适得其反？"青泽脸色一沉，"什么意思？"

"难道你忘了……我是谁？我们乐家又是因为什么而存在的？"抬眼扫了他一下，乐鳌露出了一个苦笑。

这句话让青泽的脸色更难看了，而后，只见他沉吟了一下，低声道："若是这世上真有了驭灵人，我们妖族怕是就再也没有自由自在的日子了……乐鳌，不如……把她交给我吧……"

"不行！"还不等他说完，乐鳌的脸色便蓦地沉了下来，"你想都不要想，谁也别想！青泽，这件事情，除了我，只有你一个人知道，我不希望再有第三个人知道，哪怕是天岐也不行，你明白了吗？她……"说到这里，他低下头深深地看了夏秋一眼，"她为了一个入了魔的童童尚且奋不顾身，为了那个丽娘洒泪，你觉得，就算她是驭灵人，又能对你我做什么？"

乐鳌的话让青泽沉默了好久，终于，他重重地叹了一口气道："好吧，我就暂时先听你的吧，只是，即便你不想将她如何，是不是也该把她送走呢？毕竟，留在你身边……"

这个时候，乐鳌已经打算带着夏秋离开了，听到青泽的话，他顿了一下，低声道："青泽先生，若是让你把落颜送走，你会如何……"

青泽一下子怔住了，等他回过神来的时候，乐鳌早已没了踪影，而此时，随着一阵枪响，西城门处突然亮起了火光，几乎映红了临城的半个天空……

第十七章　驭灵

01

夏秋的老家宣明镇大概离临城有三百里左右，若是步行，大概需要走半个月，快马的话，也需要三天的时间，不过有乐鳌在，千里之外的陵水县他们还能半日就到，故而去宣明镇，他们也就只用了三个小时就到了镇子外面的宣明河边。

这条宣明河从镇子中蜿蜒而过，镇子里的居民也都是祖祖辈辈居住在此处，夏家是宣明镇上最古老的家族之一，从镇史有记载的时候，就已经有他们家了……而这座宣明镇有记载的镇史，能追溯到夏商之时。

站在宣明河边，看着小镇的入口，夏秋却有些犹豫。见她都到了家门口还不肯进去，知她必有心事，一旁的乐鳌也不催她，只是在旁边静静地等着她，顺便也欣赏下宣明河两岸的风景。

乐鳌之前为了调查夏秋的身世，曾经来过宣明镇一趟，不过来去匆匆，又是夜晚，所以根本就没有注意到这边的景致。而此次前

来，正是上午，也是光线最好的时候，阳光照在宣明河的河面上，闪过点点粼光，清风拂过河岸两旁的垂柳，着实是绿荫如雾、碧水如玉，景色清雅漂亮，很容易就让人沉醉其中，忘记了时间的所在。

如此充满灵气的地方，也难怪会养出夏秋这样充满灵气的女孩儿了……不由自主地，乐鏊又向夏秋看去，却见她眉头微微皱着，仿佛在做什么难以抉择之事，他终于忍不住问道："可是近乡情怯？"

被他的话音打断沉思，夏秋总算回过了神，可看了乐鏊一眼，眼神便又重新挪开了，闪烁地说道："东家，真要那么说吗？"

"说什么？"乐鏊微微一笑。

"说……说……说你是我的未婚夫……"说到最后几个字的时候，夏秋的声音已经微不可闻，脸颊也在瞬时涨得通红。

乐鏊又是一笑："不这么说也行，只是，你又如何打算同你七伯介绍我？说我是你的东家，你在我的药堂打杂，医专也早就不上了，如今飘零在外，无着无落？而即便如此，你此次回来也不是为了回乡居住，等事情办完，还要跟我这个东家回临城去，然后再无名无分地继续做你的药工……"

乐鏊越说，夏秋的脸颊越红，到了最后，几乎红得要滴出血来，只得一脸尴尬地打断他道："东家不要再说了，我不会再回来的，未婚夫……就未婚夫吧！不过东家，有一点你可要清楚，我去乐善堂可是做大夫的，是大夫！"

"有区别吗？"乐鏊的嘴角向上弯了弯，然后一把抓住夏秋的手腕往镇子走去，同时说道，"在你七伯眼里怕是都一样的，还是未婚夫更有说服力些。"

被乐鏊就这么大大方方地抓住了手腕，夏秋的脸颊已经红得不能再红了，只得匆匆低下了头，连抬头看路都不敢，只是盯着乐鏊的脚后跟看，心中的感觉却复杂无比。因为此时的她不得不承认，在她的心中不仅仅有紧张、忐忑，甚至还有着那么一点点开心甜蜜……只是，这种感觉她又怎么可能说得出口？

从那日她醒来后，东家脸上的笑容似乎就多了起来，而不是像以前那样整日冷冰冰的，让人看不出他的心思。东家的变化让她觉得，这样的东家越发有血有肉了，反而比以前更加像人。也更让她想起在逃离林家后，她整个人都快被那股阴冷的寒气扯碎的时候，东家突然出现，将她的意识拉回来后说的那番话。

他说剩下的全都交给他，还让她好好地休息。

她醒来之后，发现所有的事情果然全都解决了，她回到了乐善堂自己的房间，曹小姐也带着她哥哥留在城外的兵打进了城，张副官兵败退走，藏到了山里，就连林鸿升也消失了踪影，不知道去了何处。

等两日后她终于能下地的时候，临城里似乎又重新恢复了平静，就连女子师范都重新开了课。虽然上不了几日就要放假，可落颜却欢欢喜喜地拎着书包上学去了。下学后，落颜甚至还带回来了曹小姐，然后招呼了一声，便让小黄师傅载着她们去夜市玩儿了，只留下青泽先生一个人脸色难看地生闷气。但最终，青泽先生还是借口下工回家，而人却是朝着落颜离开的方向走了。

于是，所有的一切似乎都恢复了以前的样子，甚至更好。乐善堂的伙伴们也一个人都没少，甚至连陆天岐都回来了，虽然仍旧对她不理不睬的，可他以前就对她阴阳怪气的，他若是真有什么变化，她反而觉得奇怪了。

因此，在外人看来，大家还像以前一样，仿佛一家人般，其乐融融地生活在一起。只是，看着眼前的一切，夏秋却清楚地明白，别人虽然没有改变，可她却不一样了。

昏迷前的那一幕她久久不能忘怀，好几次她一闭眼就想起了那日灵魂几乎要远离她身体的一幕。她总觉得，那日的她仿佛不是真正的她，可又的确是她。她很想弄明白这是怎么一回事，可有前车之鉴，让她轻易不敢离开乐善堂，甚至连想都不敢想。直到昨日，乐鳌突然对她说，她该回去一趟了，而且他会陪着一起去，她整个人这才松了一口气……

没错，她想要的是真相！

她真的很想知道自己是谁，自己的能力是从哪里来的？自己的

亲生母亲又是谁，真的是那个叫作朱砂的女人吗？而她的养父养母，究竟是怎么离开这个世界的，又是为了什么？那个隐蔽在后院屋子里的神龛，到底有什么能力，怎么会让她突然间就变得不一样了？

她心中实在是有太多疑问了，多到几乎将她淹没，多到让她窒息，多到她不找出真相，根本不知道自己接下来该怎么走，该怎么继续自己的生活！

于是，这个时候，乐鳌一句轻轻的"我陪你回去"，让她的眼泪都快涌出来了，只是下一句"作为你的未婚夫"，却又将她快要涌出来的眼泪生生憋了回去，只剩下了惊愕和无所适从，以及眼前那张从没有见过的、坦然的、笑盈盈的脸。

这真的还是她认识的那个冷情冷性、不苟言笑的东家吗？

快进镇子的时候，夏秋只觉得自己更加心慌意乱了，连忙拉着乐鳌站住了，低低地道："东家，我七伯他不会怀疑吧？"

乐鳌转头看了她一眼说："本来不会怀疑，可听到你还叫我东家，只怕定会怀疑了。"

"啊！"夏秋回过神来，结结巴巴地说道，"乐……乐鳌……"

"嗯！"乐鳌点了点头，拉着夏秋的胳膊继续往镇子里面走，边走边说道，"我听说你同你七伯家不是很和睦，怎么如今要见他了，你看起来倒像是有点怕他呢？我以为，你不会怕什么人呢！"

听到他这么说，夏秋知道，自己同七伯家的那点恩怨乐鳌应该早就知道了，于是撇了撇嘴道："本来我七伯同我家的关系最好，不过在我七婶死后，七伯就不怎么同我家来往了。我七婶死得不明不白的，在她死后我亲眼看到她站在我七伯的身后，浑身还湿淋淋的，当时我还小，不知道自己看到了什么，立即就喊了出来，还想去找我七婶要点心吃，我想，我七伯是怕了吧……又或许，他心中有鬼……"

以前乐鳌还是只知道个大概，此次听夏秋这么详细地说了出来，才知道她同她七伯的梁子是怎么结下来的。于是他想了想，又结合之前自己调查的内容道："或许，只是有愧。"显然，是他那个七伯被她怪异的能力吓到了。

"有愧？"夏秋一愣，"东家的意思是，我七婶的确只是不小心落了水？"

乐鳌猜，夏秋的七伯，当时只是被她怪异的能力吓倒了，所以才会对她日渐疏远。但是这也只是他结合这段时间调查的内容猜测，并没有向夏秋说明，接着他又道："那你五哥呢？你又是怎么得罪他的？"

听到这里，夏秋的脸色白了下，低低地说道："我五哥从小就爱欺负我，向来都是七婶护着我，那日，他叫我从学校里回来，一路上一言不发，回来就说我娘害死我爹同人私奔了……你觉得，是我得罪了他吗？"

看到夏秋的脸色一下子变了，乐鳌立即停住了脚步，摸了摸她的头顶，低声道："别伤心了，事情总会真相大白的！"

被他抚着头顶，一股暖流仿佛从上到下贯穿了她的全身，让夏秋心中更是涌上了浓浓的委屈。她家里的事情，她从不屑同外人提起，而到了乐鳌这里，她不知不觉就这么充满怨气地将自己心中的怨愤全都一股脑儿倒出来了，这让她竟然感到了从没有过的畅快。

也许只有在这个男人的面前，她才可以毫无顾忌地将自己的不甘显露出来吧，哪怕是当时在童童面前，她也从没有这种感觉，那个时候，她不是不想，而是童童的表现太过冷静了，连带着让她也不得不冷静下来，再加上同童童之间她一直是保护者的角色，所以在大哭一场之后，她的理智很快便压住了尚未宣泄完毕的情感。而在乐鳌面前，她却觉得痛快淋漓多了，夏秋觉得，若不是此时在街道上，若不是此时是光天化日，想必她一定会扑到乐鳌的怀里哭个痛快！

"到了！"正聊着，乐鳌突然停了下来，看着眼前那处黑漆大门说道，"你真的决定先去你七伯家？"

虽然早知道乐鳌调查过她的身世，可夏秋没想到，连她七伯家他都这么轻而易举就找到了，显然当时他下了不小的功夫，于是夏秋立即点头道："虽然我七伯不喜我，我也不愿意见他，可他是族中的长老，我将家里能卖的东西卖掉后，宅子还是族里的，所以不能卖，便被七伯暂时看管起来，再怎样，我也要从他这里拿大门钥匙的。"

看到她的样子，乐鳌笑了笑说："我还以为你会让我带你跳进去呢。"

夏秋立即抬起下巴，一字一句地说道："我自己的家，自然要光明正大地回去，我想，我爹娘也不想见到我偷偷摸摸地回家吧！"

说到这里，她摸了摸自己随身带着的包袱——里面有两块硬邦邦的东西，正是她爹娘的牌位，这次回来，她将他们一并从灵雾寺取出来了，就是让他们随她一起回家。

"如你所愿！"乐鳌也点了点头，"正好我也想看看你这个七叔，究竟是怎样的人。"说完，他再次握紧夏秋的手腕，带着她上了门前的台阶，然后使劲叩响了门环……

红姨是在灵雾山的山谷里找到张子文的，此时的张子文一身狼狈，身边只跟着一百多个士兵，而且每个人都已经筋疲力尽了。

孙团长带着军队冲进来的时候，张子文还想同他联手，不过可惜，也不知道孙团长是从哪里得到的消息，说是曹旅长已死，还是被他害死的，所以根本就是打着为旅长报仇的旗号冲进来的，又怎么可能同张子文、孙团长联手。于是乎，结果根本就没有任何悬念，手中的几百士兵以及上百警察在孙团长两千多人的攻打下。根本连还手之力都没有，他最后只能带着几个贴身的士兵从另一个城门出了城。

而在撤退的时候，张子文竟然撞见了开车找他来帮忙的林鸿升，原来在发觉外面情形不对后，林鸿升立即过来找他，其实是想找原田，结果原田没找到，却被他用枪逼着开着自己的车随他逃离了临城。紧接着，他们又在城外碰到了一队败退的士兵，最后几经辗转后终于摆脱了孙团长的追击，藏入了灵雾山的山谷里。

看到红姨竟然找到了他们，林鸿升第一个冲了过来，抓住她就问道："你……你是雅济医院的那个清洁工红姨？你怎么来了这里？不过这不重要，你先告诉我，临城怎么样了？种德堂怎么样了？"

红姨甩掉他的手，笑了笑说："种德堂呀，已经被曹旅长的兵给查封了，幸亏你跑出来了，不然的话，你只怕就要被抓走关起来了。"

林鸿升听了大吃一惊，转头就往山谷外面跑，口中则道："凭什么，他们凭什么查封种德堂？！"

"凭什么？"看他想走，这次张子文也不拦他，冷笑道，"你真以为曹旅长什么都不知道？就算他不知道，他妹妹曹菁菁同乐善堂是什么关系？这次若不是乐善堂的那些怪物帮忙，你真当曹菁菁能在我的严密监视下出了城，还跑到城外来找援兵？而且，若是没人提点，就凭她的阅历，她能对孙团长说她哥哥已经死了？若不是如此，你真当这个孙团长肯出兵救那个姓曹的？他是巴不得姓曹的快点死了好上位呢！他以为自己冲进来杀我给那个姓曹的报了仇就能名正言顺取而代之了，真是异想天开。我现在真想看看他看到活着的曹旅长时的表情，想必一定很精彩！"

张子文的话立即让林鸿升停住了脚步，他脸色难看地看向张子文道："你说的都是真的？"

"呵，不信你可以回去试试，只怕一进城就被抓起来了。你也不想想，你们种德堂怎么会无缘无故被查封？你动了那个女人，你真以为乐鳖那怪物能饶了你？还有……"说到这里，他转头看了红姨一眼，冷笑道，"这位红姨也不是什么医院的清洁工，可是一位本事高超的法师，你要是想回去，怕是只有靠她才行了！"

虽然张子文早想把他这个帮手带到红姨面前了，可是自从红姨带他看了六劫鞭后，她就失踪了。在兵变之前他本想找红姨帮忙的，

但却因为不知她的踪迹这才作罢。如今想想，他当时真该找个帮手的，否则的话也不会让黄苍带着曹菁菁跑掉，即便后来他通过林鸿升请了原田晴子帮忙，可还是晚了，不但黄苍没找到，还让曹菁菁引来援兵，最后功亏一篑。

"法师？"林鸿升一愣，然后恍然大悟道，"我明白了，是你带我找到医院地下的实验室的对不对？你……你为什么这么做？"

"林少爷，我可是救了你。"红姨笑了笑，"你难道没发现，你最后一次靠近医院后院的事情已经完全记不得了吗？我引你去别的地方，可是一片好心，省得你过早趟进这潭浑水中，早早丢了性命！"

林鸿升的脸色一阵红一阵白的，他自然不会全信红姨的话，但是却又不得不承认她有些话的确是说到他心坎里去了，因为最后一次靠近医院后院后，除了一只诡异的手臂，他的确是什么都记不得了，根本不知道在自己身上都发生了什么！

看到林鸿升沉默不言，红姨不再理他，而是看着张子文道："张副官，我真没想到，我不过是闭关疗了几日的伤，你就将局面弄到了不可收拾的地步，你还真的很有本事呢。在行动前，你为何不找我商量一下再动手呢？"

"找你商量？"张子文冷冷地道，"向来都是你找我，我又何时找到过你？怨我不同你商量，你倒是告诉我你在什么地方呀？今天若不是林少爷说你在医院做过清洁工，我还真不知道，你竟然已经在临城潜伏这么久了呢！"说到这里，他的嘴角向一旁歪了歪，"既然你说让我找你商量，那么现在你告诉我，我们该怎么样才能重新杀进临城，杀了那个乐鳌，将那个乐善堂彻底荡平呢？"

红姨听了微微一笑："我来就是来找你们说这件事情的，这几天你们好好在这里休息，等时机成熟了，我自会来找你们。"

"时机成熟？什么时机？你打算让我们在这里等到什么时候？等到死吗？"张子文咬着牙道，"我恨不得现在就把那个怪物大卸八块！"

他们这个山谷并不隐蔽，很快就会被人找到的，等到了那个时候，他们这些残兵败将还不是只有死路一条。这若是正常情况下，他就应该立即撤离临城，然后找一个地方重新把队伍建立起来，等壮大之后，再卷土重来。

张子文其实早就给自己留了后路，既有钱也有枪，反正这些年乱得很，只要他有钱有枪，不愁找不到兵源，现在他缺的就是时间。但是他也知道，若是他此时走了，等再回来的时候就是几年之后了，而到了那个时候，也不知道乐鳌还在不在临城，乐鳌若是不在了，丽娘的仇他就永远都报不了了，所以，这次他哪怕是兵败退走，也要想办法杀了那个怪物。

他是亲眼看到过红姨手中的六劫鞭的，也知道那东西能杀了乐鳌，所以，说到这里，他盯着红姨压低了声音道："就看，你肯不肯帮我了！"

红姨当然明白他的意思，但她马上摇了摇头说："你别忘了，还差一个引子呢，等找到了最后一个引子，它才能有威力。"

"你不是说……在临城找个妖怪很容易吗？"张子文怒道。

"你以为随便哪个都成？"红姨冷笑，"总之，你们在这里好好休息，我一会儿就会让人给你们送些吃的过来，山洞里也足够你们遮风避雨了。你也说了，当初那个孙团长对你穷追不舍是想用你的命换指挥权，如今既然曹旅长没死，我倒觉得，他应该巴不得让你多活几天呢。最起码我刚刚过来的时候，就看到好多士兵在山里搜查，可就是在山谷周围绕着圈不肯进来，他应该是想放你一马吧！"

"那又如何，难道我要一辈子像个老鼠一样活着，还要感谢他们的不杀之恩吗？那样的话，倒不如死了痛快！"

"一辈子？"红姨轻笑了声，"你想多了，即便你想，我可没这打算，你以为谁都有一辈子？"说着，她转身往谷外走，边走边道，"你也说了他是怪物，所以我们对付他又怎么可能用对付普通人的方法，而你这次吃亏就吃在这里！我会在谷外设个阵法的，这样你们就更安全了，我出去一趟，最多三天必定返回。"

对她的话，林鸿升深有同感，不过看到她要走了，林鸿升连忙

道："红……红前辈，若是有机会，您能不能帮我看下晴子，看看她好不好，自从那夜，我就失去了她的消息，也不知道她到底怎么样了？"

既然曹旅长重新掌管了临城，那就是说明张子文的计划失败了，所以他除了担心种德堂、担心自己的家，他最担心的就是晴子了，虽然她有外国侨民的身份，可是前一阵子的学潮正是针对他们的，这让他实在是不放心。

林鸿升的话再次让红姨停住了，她转头看了看他，然后微微一笑："巧了，我就是要去找她。你放心，你的话我一定会带到的！"说着，她身形不过闪了闪，便从山谷里消失了……

03

坐在七伯家的客厅里，夏秋发现，这里同她记忆中的一模一样，客厅中的两张太师椅还放在正中间的位置，两边用来待客的椅子也仍旧整整齐齐排列着，就连一进门就看到的那幅八仙报喜图也仍旧挂在原来的位置——主人座椅正后面的墙上。只不过同以前相比，这图有些发黄了，有的地方竟然还出现了破损，可即便如此，这宅子的主人还是舍不得将它换下来，只是用纸小心地裱糊好了，仍旧贴在墙壁上。

此时七伯正坐在他惯坐的左边椅子上，已经比以前高壮了很多的五哥则站在他的身后，而右边原本属于七婶的椅子则空着没人坐。不过，虽然空着，可这椅子却一尘不染，经年的红木椅子甚至还散发出幽幽的红光，很是漂亮。

显然，对于夏秋的突然回来，七伯还是有些吃惊的，因此在他们落座后好一会儿，在他仔细端详了他们一番，尤其是乐鳌一番后，这才开口问道："九丫头，你不是说再也不回来了吗？"

七伯一开口，他唯一的儿子夏丰登也在他父亲身后开口道："九妹，我记得你当初走的时候很干脆，怎么又回来了？可是外面待不下去了，想回来让族里收留？"

原本夏秋还有些忐忑的心，在听到夏丰登的这番话后，立即充满了怒气和斗志，她冷笑一声道："五哥说的哪里话，我毕竟出生在这里，难道连回来看看都不行吗？听你的意思，我是被族里除名了，还是被赶出去了？"

夏丰登正要反驳，七伯立即喝道："丰登，归根结底她也是你九妹，都是姓夏的，年轻人火气大些可以理解，毕竟大家都年轻过，你还做不了族里的主！"

夏丰登听了之后脸色一红，急忙恭敬地道："是的父亲，儿子知错了。"说完这句话，他便站在七伯背后，垂着头，不肯再发一言了！

夏丰登虽然闭了嘴，可此时场面已经打开，却不会再冷下去了，于是七伯看着乐鳌道："请问，这位先生是……"

乐鳌微微一笑，站起来对七伯行了个礼，不紧不慢地道："七伯父，我这次是陪夏秋回来祭扫的。"

听乐鳌喊他七伯父，七伯的眼睛眯了起来，再次仔细打量了乐鳌一番后，说道："伯父不敢当，阁下说……陪九丫头回乡祭祖？"

"正是！"乐鳌看了夏秋一眼，这才道，"我是临城乐善堂的东家，我同秋儿已经两情相悦，互许终身了，这次回来，一是要回乡祭扫秋儿的父母，再就是想向夏家提亲。纵然现在时局动荡，可老礼还在，我总不能让秋儿受委屈，总要用三媒六聘风风光光地将她娶回去。既然秋儿父母已然不在了，那么也就只有夏家族里的长辈能够代她父母应允此事了，故而我才会跟她一同前来。聘礼已经在路上了，比我们要慢一些。我们先来七伯父这里，是因为我听秋儿说，您从小就对她关爱有加，她父母去世之后，也是您在一旁帮衬，才没让她受更多的委屈。所以，先来七伯父这里，只是想让七伯父先点个头，这样我也好，秋儿也好，我们就能放一半的心了！"

乐鳌一口气说完这番话，不但七伯和夏丰登呆了，就连一旁的夏秋也惊得合不拢嘴；虽然她答应乐鳌用未婚夫的身份随她回家，

可她这一路上也没听他提起聘礼的事情呀。而且，是真的有聘礼还是东家随口说的？这若是随口说的话，只怕聘礼不到，他们可就离不开夏家了，可若这聘礼真的到了……

夏秋的心突然快速地跳了起来，她只觉得自己整个人都有些发飘，这让她暗暗掐了自己手心一下，生疼生疼的，这也让她确定，她不是在做梦！她张了张嘴，可最终还是什么话也说不出来，也不知道该说什么，如今的形势好像已经不在她的控制范围之内了，她现在只能是乐鳌说什么，她听什么了。

客厅中又冷场了片刻后，七伯父也回过神来，他盯着乐鳌问："你说你要娶九丫头？你这次是来下聘礼的？"

乐鳌笑了笑，又看了一旁的夏秋一眼道："秋儿只是让我陪她来祭扫，这件事情我也是一直瞒着她的。虽说现在我们只要领张结婚证书就是合法夫妻了，秋儿也没提家里的事，可我觉得，这么做终究是委屈了她，这才决定瞒着她做下这件事。我想，她心里也是极度希望我们的婚事能得到族中长辈认可的吧！"

夏秋从不知道，乐鳌口才竟然这么好，三句两句便把她描述成了一个满腹委屈又有口难言的样子，以至于连她自己都有些相信了，想到一个新娘子到了成亲的时候，自己家中连个宾客都没有，也的确是够凄凉的。而这么想着，她竟然觉得鼻子发酸，眼圈也竟然有些发红了。

就在这个时候，却听七伯突然拍着桌子站了起来，然后一脸怒气地大声喊道："不行，这怎么可以！"

被他的声音一下子驱走了心中的哀痛，夏秋也忍不住站了起来，可她正要喊回去，却被乐鳌一下子拉住了手腕，然后对她轻轻摇了摇头，这让她立即冷静下来……没错，这未婚夫本来就是假的，七伯不同意不是正好吗？而且，日后她就算真的嫁人，也完全不用她这些所谓族人们同意，更何况，她也根本就不是夏家人。正如乐鳌所说，只要去市政府领张结婚证书也就是了，还可以登报声明一下，族里不承认，有政府承认也是一样的。

不过，夏秋刚刚冷静下来，却听七伯气呼呼地说道："什么狗屁结婚证书，我们夏家的闺女怎么可能不明不白地就凭一张纸就算嫁了人呢？运送聘礼的车什么时候到？"

乐鳌也是一愣，答道："三日后！"

"好，还来得及！"七伯父说着，突然转身，对身后的夏丰登说道："你十叔当初存在我这里的，给九丫头准备的嫁妆呢？"

夏丰登立即道："一直在库房里。"

"好，这几天你给我清点下，等过几天聘礼到了，正好让车一并拉回去，然而现在只要礼数到了就行，临城可在三百里之外呢，咱们也得知道变通明白吗？"

"是的父亲，我这就去清点！"夏丰登说着就要往外走。

可他刚走两步，却又被他父亲拉住了，然后又问道："咱们夏家在临城可还有产业？"

夏丰登想了想，答道："好像有一处米庄，对了，东湖边好像还有个小院儿！"

"这就好。"七伯父点点头，然后看着夏秋道："等你回去了，嫁妆先放到那小院儿里。等日子定了，我不管你之前住在什么地方，你出阁前就住在那里，直到成亲那日，你听到了吗？"

此时，夏秋已经被七伯父父子的一番话弄蒙了，已经不知道该回什么好，而这个时候，看到她呆呆的不说话，夏丰登不耐烦地皱皱眉道："欢喜傻了吗？我爹跟你说话呢，你怎么不吱声？"

直到此时，夏秋才被他喝得回过神来，她盯着七伯，声音干涩地说道："七伯父，我爹是什么时候把嫁妆放到你这里的？他……他怎么会把嫁妆放到你这里的？"

扫了她一眼，七伯的脸色沉了下道："当时你还小，所以这件事情我并没有对你说，就是你父亲出事前那几日，应该就是你休假回去之后吧。不然，你以为镇子上的传言是怎么来的？你不想想，若不是你父亲早有预感，又怎么会像交代后事那样托孤于我？不过，这件事情后来在镇子里传得很不堪，丰登当时也听到了一些传言，

才对你说了不该说的话，我也狠狠教训他了。但是，不管事情的真相如何，这东西是你的就是你的，我不会占去分毫，反而可以松一口气了。"说着，他看了乐鳌一眼，"乐善堂？我听说过。如果你真是乐善堂的东家，也算是同九丫头的父亲一脉相承，他就喜欢悬壶济世，以至于连正经事都不怎么上心，只可惜他救人无数，而他自己却……"说到这里，七伯的眼圈儿有些红了，看来是真的心疼自己这个族弟。

听了他的话，夏秋却一直呆呆的，显然，有些事情同她想象中的完全不一样，她现在必须重新将这件事情的前因后果捋一遍，把自己小时候没想到的事情，或者想当然的事情也重新再思考一遍。没错，她当时再聪明，再有童童帮着，也实在是太小了，看来有些事情的确并不是像她想象的那样，还是很值得再去推敲的。

看到他们两个一个暗自神伤，一个发呆，乐鳌连忙道："七伯父放心，我一定会对秋儿好的。"

"嗯，我看出来了。"七伯回了回神，看着乐鳌的眼睛道，"你既然这么远都能送聘礼过来，只为了不让九丫头受委屈，足见你对她的真心，也足见你是一个有担当的男人。不然的话，你以为我这么容易就会把九丫头的嫁妆搬出来吗？"

04

乐鳌没想到，这次的事情竟然这么顺利，而这个七伯看起来也是性情中人，更是个大智之人，竟然这么容易就应允了这桩婚事。而这个时候，七伯已经开始翻黄历找日子了，还管乐鳌要了生辰八字，说是要让族里的老人合一合，七伯的作风也实在是有些太过雷厉风行了。

于是乐鳌急忙笑道："七伯不急，这次回来，我们还要住几日，秋儿还想回她家里再看看，再收拾些之前没带走的东西。因为，只怕这次之后，下次再回来这宅子就要住进新的族人了吧！"

到了这会儿，七伯张罗亲事的劲头才稍微降了些，然后看了夏秋一眼，他叹气道："这也是没有办法的事情，谁让十弟只有这么一个女儿，这宅子又是夏家的祖产，肯定是要分给其他族人的，我如今一直没有分出去，就是因为九丫头还没有嫁。这点是夏家一直以来的规矩，我们整个家族在这里落地生根这么久，这规矩自然也是不能改的。所以，也只能委屈九丫头了。不过，在九丫头出嫁前，这宅子还是她的，你们若是想回去看看，就去看看吧。可那里已经很久没人打扫了，住人只怕勉强，你们看过后还是回我这里住吧，我让他们收拾好客房，这里总比那里舒服些。"

"谢谢七伯！"乐鳌连忙道谢。

说话的工夫，夏丰登便拿来了夏秋家大门的钥匙，亲自交到了乐鳌的手上，不过，给他们钥匙的时候，他瞥了旁边默不作声的夏秋一眼，犹豫了一下道："九妹，那天……"

"五哥，我们……我们先回家了！"

说完，夏秋拉着乐鳌就离开了七伯家，向自己家走去……

红姨到达日侨会馆门口的时候，看到门口停了很多车，有马车，也有汽车，还有板车。等她找到原田晴子的房间时，却发现原田晴子果然在收拾东西。

屋子里猛地多出了一个人来，原田马上就察觉了，第一反应是从枕下掏出了一把手枪。

只是，不等她扣动扳机，枪脊却已经被红姨握住了，然后红姨看着她笑道："你是个法师，用这种普通人用的东西，有意思吗？"

"你是谁？"原田晴子盯着她道，"我不认识你！"

"可我认识你！"红姨冷哼道，"是林鸿升让我来找你的。"

"林生？"原田一愣，"他找我做什么？他不是同那个张子文因为军队叛变的事情逃走了吗？他在哪里？"毕竟是从小一起长大的，之前听说他出事，原田还是有些担心的。

红姨没有回答她，而是看着她快要收拾好的行装道："你这是做什么？"

"我父亲捎来口信让我回去，说是有急事，正好有几位伯父也要回日本，我们约好了在上海见面，然后一起回家。"

红姨一愣，然后却笑了，摇头道："乐鳌真是厉害，看来，你是真的将前几天的事情完全忘记了！"

"前几天？怎么了？"

原田醒来就是在会馆，除了头有些痛之外，什么不舒服的感觉都没有，再就是她还记得一件事，就是她父亲前几日捎来的信是让她回国，说是有重要的事情要同她商量。

"怎么了？"红姨一笑，"我怎么听说，就在张副官兵败逃走的那晚，你受他所托去找那个带走曹小姐的人。而你只不过是闻了闻沾了那人血的刺刀就脸色大变，立即走了，而再后来，直到张副官他们离开临城，都没你的消息，也不知道你是不是找到那人了？"

她的话让原田的脸色立即沉了下来，眼睛一眨不眨地盯着她道："你在胡说什么？我什么时候见过那个张子文了，我又什么时候去帮他找人了？你说的是我吗？"

"你真的一点儿都不记得了？亏你还是个法师！"看着原田铁青的脸色，红姨顿了顿，幽幽地说道，"不过，虽然你找没找到那个人我不知道，可看你现在的样子，有一点我可以肯定，你一定是遇到了乐鳌，而且还起了不小的争执，否则，你也不会变成这个样子。"

"我还遇到了乐大夫？"原田冷笑，"我不知道你是谁，我是看在林生的面子上，你们才允许你说这么多话，可你若是再胡言乱语，就别怪我不客气了。"说完，她继续收拾她的行李，同时下了逐客令，"如果你真是林生派来的，正好回去帮我告诉他一声，我要回国了，就不同他当面道别了，至于其他，我送他一句你们的成语——好自为之吧！"

原田不相信她的话，红姨一点儿都不吃惊，毕竟她对原田来说还是个陌生人，于是她笑了笑说："没关系，你不相信我是正常的。只是，原田小姐，你一个人的时候不妨想一想，你真的能想起来张副官兵败那天发生的所有事情吗？若是想不起来，难道你不觉得奇怪吗？"然后见原田不理她，红姨又低声补充道，"若是你想不起来，或者记不清楚了，我建议你晚几天回国，我一定会证明给你看的……你的乐大夫可不是一个普通的人，更不是一个同你一样的法师，他的真正身份，就算你不想承认，也明明白白地摆在那里，哪怕刻意逃避，他也不会变成你希望的那种人！"

逃避？

原田微微一怔，再转头看向身后时，红姨早已不见了。

这个时候，原田的脸色才彻底沉了下来，收拾行李的手也停下了，整个人则在榻榻米上呆坐了好一会儿——刚刚那个女人说得没错，她的确记不起来那日发生的事情了，只是隐隐记得自己头很痛，在房间里睡了一天，而等她醒来的时候，就传来了临城中张副官叛变失败，带着残兵败将逃出临城的消息……

打开家门，看着眼前熟悉却已经凋敝的景象，夏秋心中难免再一次生出几分凄凉来。

虽然她在父母离世后在这里独自生活了好几年，可有童童在，从没见过屋子里的哪个角落积下灰尘，而满院子的花花草草，更是被童童打理得很好，修剪得也很整齐，从来都是生机勃勃的。虽然童童是妖，可有些事情并不是只有妖力就能做到的，这一点，夏秋对她实在是佩服得不行。

而后来，她决定离开这里去临城上学的时候，本来打算再也不回来了，更以为她们一离开，七伯父就会将这间祖屋分出去，并没有想太多。以至于有次在临城偶尔碰到一个同乡，得知自家的宅子一直闲置着，并未被族里处置之后，她也只是吃惊了下，并没有太在意。

因为在她看来，这宅子分不分已经同她没有任何关系了，因为她肯定不会再回来了。不过可惜，世事难料，她今天竟然又回到了这里，只不过这次陪着她的不再是那个从小陪她一起长大的蛇妖童童，而是乐鳌。

看到夏秋打开大门后，站在门口迟迟不进去，乐鳌低低地叹道：

"这里果然有很久没住人了。"

乐鳌的话让夏秋回过神来，转头看着他微微扬了下嘴角道："现在还早，天黑前总能收拾出两间屋子住人的。"

从七伯家出来的这一路上，夏秋一直低着头不发一言，乐鳌虽然担心，可有聘礼的事情在前，他一时间也不好开口。

因为，他本以为夏秋一出了七伯家便会质问他的，如今她这种情形，倒是让他始料未及，便只能在她身边默默跟着。而现在她终于开口了，这让他稍稍松了口气，笑了笑说："这是当然，不过，你七伯怕是要失望了。"

"不会的，我能住在这里的机会已经不多了，同七伯好好说，他会理解的。"夏秋对着乐鳌笑了一下，便沿着小路往里走去，"咱们先去后院吧，先把这次来的正事办了再说！"

乐鳌略作犹豫，然后几步赶到夏秋身后，对她说道："可是嫌我太过自作主张了？只是，我若是就这么跟了来，顶着你未婚夫的名头却没有任何承诺，你七伯怕是会以为我是骗子吧！"

他的话让夏秋顿了下，她转头看向乐鳌道："东家，那运送聘礼的车难道是假的？"

乐鳌怔了一下，然后摇头道："当然不是，若是那样的话，我岂不是就真成骗子了。"

夏秋又笑了："听我七伯的意思，这聘礼是要连同我的嫁妆再一起运回临城的，到那个时候，东家打算怎么办？"

夏秋这个问题问得实在是刁钻，等于是把球又踢回给了乐鳌，于是他沉吟了片刻，爽朗一笑："那就要恭喜你，如今有了双倍嫁妆了。"

夏秋听了先是愣了下，然后撇嘴道："我已经有一份了，不需要别人再送一份，东家的好意，我心领了。"说完，她便立即快步地穿过前厅的回廊，小跑着往后院去了。

夏秋的反应让乐鳌先是皱了下眉，但马上他反应过来，脸上闪过一丝喜色，人也急忙追了上去。不过夏秋走得很快，他直到穿过分隔前后院的月亮门才追上她。一追上她，他就拉住了她的手腕道："秋儿……"

"咦？"

只是，不等乐鳌说出下面的话，却见夏秋突然自己停住了脚步，看着后院皱眉道："东家，你有没有觉得，这里好像有些不同？"

05

乐鳌此时也进入了后院中，听了夏秋的话立即向院子中望去，然后皱了下眉，将夏秋拉到了身后说："的确是有些奇怪，咱们小心些。"

原来，进入后院后，两人举目望去，却见这后面的院子同前面的院子完全不同。不但地上一尘不染，就连花草树木都郁郁葱葱的，哪里有半分凋敝衰落的样子，根本就不像已经很多年没住人了。

将夏秋拉到身后后，乐鳌仔细感受了一下，发现也没有什么特别的气息，更没有生人的气息，这让他更奇怪了："难道这后院一直有人打扫吗？你七伯不是说……"

"这种事，我七伯不会骗咱们的，也没必要。"此时，夏秋已经从乐鳌的身后绕了出来，"再说了，前院那么破败，怎么到了后院反而一下子干净了，一定是有人不想让人知道他在这里，故意布下的障眼法。"还有一件事情她没有说，就是她这个怪人在族中，甚至是整个镇子里都是有名的，更有人在她父母离世后，说她家风水不好，有时候宁愿绕道也要躲着她家的大门走。

想必七伯没有将他们家的宅子分出去，一部分是因为他父亲的托付，另一部分就是族人因为那些传言对她家的宅子敬而远之的缘故。

不过说实话，这件事情她其实也曾推波助澜过，父母刚离世的时候，很多亲戚都来找茬，她又不相信七伯会主持公道，便索性做了几件事，把他们吓走了，而如今，看来是有人钻了这个空子，鸠

占鹊巢了。

想到这里，夏秋的底气立即壮了很多，干脆大大方方地往主人房走去，也就是她和父母居住的那几间屋子，想要找出那个不声不响就住进她家的人。

不过可惜，在主人房转了一圈儿之后，除了发现每间屋子都窗明几净，非常的干净外，她一个人都没看到，更看不出有任何人在这里生活的迹象。这让她既有些奇怪又有些担心，于是又不甘心地在院子里又找了一圈儿，可结果仍旧是一样的，仍旧没看到她同乐鳌以外的人。

这下，连乐鳌都觉得奇怪了，不禁疑惑道："难道是有什么人受了你家的恩惠，所以经常来你家打扫，就是想等主人回来？"

夏秋摇了摇头说："东家，我没有感觉到妖术的气息，你有吗？"

乐鳌向四周看了一眼，也摇了摇头说："没有，不过，收拾屋子也不一定要用妖术吧！他若不用，咱们肯定感受不到。如今正是正午，你家的院子又是向阳的，即便有遗留下来的其他气息，怕是也早就被阳光驱散了，就算这里有东西作祟，咱们怕是也要等晚上才能觉出来了。"

这一点不用乐鳌说，夏秋也知道，只不过，她又犹豫了一下，突然一转身向主人房的后面跑了去，乐鳌以为她发现了什么，也急忙跟了过去，结果却见她一绕过屋子，便直接冲进了一间破败的小屋里。

而等他跟着她进了屋，却见夏秋正盯着正前方的一个小小的神龛发呆。

看到那个神龛，以及神龛供奉的牌位上写着的"夏朱砂"三个字，乐鳌明白了，看来这里正是夏秋突然获得灵力的那个小屋，只是此时，神龛前面的供桌上不但摆着贡品，就连长明灯也燃着，同夏秋来的路上对他说的一模一样。

乐鳌皱了下眉道："这就是你说的那个夏朱砂的牌位？你的……亲生母亲？"

此时，夏秋终于转头看向他，但已经泪流满面："这牌位……这牌位……"

"这牌位怎么了？"看到她这副样子，乐鳌的眉头皱得更紧了。

"这牌位……这牌位……不该在这里呀……"夏秋哽咽道，"这种摆法，同我娘……同我娘摆得……一模一样……"

就在她父母离世的第二天早上，她就把这牌位连同香案前的两盏长明灯全都埋到了院子里的大树底下。因为，那个时候她根本就不相信父亲的话，不相信她不是爹娘的亲生女儿。而等后来渐渐冷静下来，她也渐渐接受了这个事实之后，已经是好几个月之后的事情了，那会儿，这牌位已经埋了那么久，她觉得早就应该腐烂了，再加上也没出什么事，便也没将它再挖出来。至于后来，她也就慢慢将这件事情忘记了。

而如今，看到这原本应该腐烂的牌位突然又重新出现在神龛里，就连香案上贡品和长明灯的摆法都同以前一模一样，这让她立即想起了一种不可能的可能。于是，还不等说完话，她就立即冲出了屋门，跑到了院子里，大声喊道："娘……娘！你是不是在这里，你是不是在这里呀？我是囡囡，囡囡回来了，囡囡回来了呀……"

随着日头渐渐偏西，小院里的阳光也渐渐褪去，微风拂过，给潮热的天气增添了一分凉爽。

夜幕降临，风随着夜色渐深也大了不少，随风而来的还有一丝沁人的香气，让乍闻到这种香气的人忍不住沉醉其中，久久都不愿意睁开眼睛。只是，香气虽让人陶醉，可随着这气味，一个纤细高挑的身影却无声无息地闯入了小院之中，然后身影一闪，进入了这院子里唯一亮着灯光的屋子里。

这屋子里的灯光虽然微弱，在这漆黑的夜中就像是夏日河边的萤火，可它却坚强而倔强地燃着，就像在静静等着自己燃烧殆尽的那日。

随着人影的闪入，灯光也晃了几晃，只是，这个人影刚进入屋子，便听她发出一声低低的惊呼，看样子是想转身离开。只是显然，

她的打算并没有成功，因为随着灯光更加剧烈的晃动，屋子里又多了几个人影，他们的影子映在窗纸上，忽闪忽闪地几乎要把这灯光扫灭，竟是同刚进入屋子的那个人影打了起来。

只不过，又过了一会儿，却听一声吃惊又失望的声音响了起来："你是……木槿阿姨……"

随着这个声音，打斗戛然而止，然后是一个颤抖的声音响了起来："囡囡，是你？真的是你！"

夏秋怎么也没想到，那个一直默默帮他们打扫庭院的竟然是已经很久不见的木槿阿姨，她上次见她的时候，还只有五六岁，若不是木槿阿姨同她娘亲长得非常相像，她根本就不可能在这么多年后还能认出她来。只不过，长得再像也只是像罢了，夏秋根本不可能将她认成自己的母亲，这也正是她失望的原因……虽然，她知道自己的母亲肯定不在了，可身为一个女儿，哪怕只有一线希望，也是不愿意放弃的。

"囡囡，我就知道你会回来的，我等在这里果然没错！"看到夏秋，木槿立即上前拉住她的手，眼中也充满了泪，"你知道我有多想你吗？你就这么离开了家，你知道我有多担心吗？"

虽然失望，可木槿阿姨已经算是自己在这世上最亲密的人之一了，夏秋还是很激动的，于是也一下子拉住木槿的手点头道："木槿阿姨，您是什么时候来的？母亲离世后我就想去找你们了，可却不知道你们住在何处，这个神龛是您重新摆好的吗？您怎么知道牌位在哪里？"

夏秋一连串的问题让木槿不知道该先回答哪一个好，而这个时候，却见一双手搭在了夏秋的肩膀上，乐鳌缓缓地开口了："这里不是说话的地方，咱们还是去书房吧。"说完，他看着木槿一笑，"您是秋儿的阿姨？也就是她母亲的娘家人了？"

夏秋的父母离世后，她同童童在这里单独生活了好几年，可那个时候不见她的这些母家人前来，结果却偏偏等夏秋离开这里，不打算再回来之后，这个木槿阿姨才出现，而出现之后，也根本就没有去临城找夏秋的意思，而是一直留在这里，这也实在是有些太不寻常了些，所以，乐鳌现在根本就不相信木槿。

乐鳌虽然笑着，可木槿也不是小孩子了，从他的眼神里就看出了乐鳌怀疑和不信任。虽然木槿不知道这个男人是谁，又有什么本事，可他保护夏秋的姿态她还是能看出来的。于是她也点点头，拉着夏秋的手道："没错，这里不是说话的地方，咱们去书房谈吧。"

书房在主人房的正中，连着后院的客厅，这里自然也是一尘不染，被木槿打扫得很干净。三人一进入书房，夏秋就端出了早就备好的茶。

一杯热茶进肚，捂着仍旧有些发烫的杯子，木槿垂下眼皮低声道："囡囡，你早知道我要来？"

夏秋笑了笑说："这后院一看就是有人经常打扫的，您这一阵子住在哪个房间？"

抬头看了她一眼，木槿笑了笑说："客房。这是姐姐的家，我就算来了，也只能住客房。"

她的一声姐姐让夏秋立即收起了脸上的笑，她捧着茶杯并不喝，而是缓缓道："木槿阿姨，您一定知道这是怎么回事吧，能不能跟我说说？我真的很想知道我和我们家，怎么会变成这个样子？"

扫了她旁边的乐鳌一眼，木槿沉吟了下道："我不知道你知道多少，不过，你这次就算不问，我也要把这件事情的前因后果告诉你的，因为，我等在这里，就是要告诉你真相！"

06

"我想，你应该知道，你的娘亲并不是你的亲生母亲，你的母亲是朱砂小姐，一个灵力强大的驭灵人，对吧？"

想了想，木槿还是决定从这件事情开始讲起，而此时夏秋听到木槿阿姨终于将自己的身世明明白白说了出来，藏在她心底的那一点点期待也立即被击得粉碎，于是她眸子一黯，点头道："没错，这

件事情，爹爹娘亲出事前，爹爹曾经亲口告诉过我。"

"我就知道。"木槿似乎松了口气，"姐夫果然是个君子，这件事情他早晚都会告诉你的。"紧接着，她又道，"不过，你爹一开始并不知道你娘亲的身份，更不知道我们一家人的身份，你娘亲一直觉得对不起他，因为我们是妖，他是人，所以，很难有自己的孩子。可即便如此，你爹还是很爱你的娘亲，哪怕是你娘亲将你抱回了家，还将朱砂小姐的牌位供奉在家里，你爹都没有任何反对，不但认下了你这个女儿，还视若己出，姐姐她的确没有看走眼。"

"我娘亲和朱砂，她们到底是什么关系？"听到她谈起自己的爹娘，夏秋心中更加难过。

"你娘亲是朱砂小姐的守护灵。"木槿道，"没人知道你娘亲是怎么成为朱砂小姐的守护灵的，我们只知道，有一天，你娘亲突然就不见了，而等她再出现的时候，就告诉我们，她已经成了驭灵人的守护灵，要随驭灵人离开。而后来，等你娘亲同你爹成亲的时候，我们才有了她的消息，可我问她朱砂小姐的事情，她只是笑笑却不说话。后来问得急了，她才说朱砂小姐是好人，同意她同你爹成亲，不然的话，若是没有朱砂小姐的同意，他们是永远都无法在一起的。"

"没有我母亲的同意，我娘亲永远都无法同爹爹在一起？"夏秋愣了愣。

木槿点了点头说："没错，我曾经听你娘亲说过，之所以驭灵人需要守护灵，是因为她们的力量还没有完全觉醒，所以需要守护灵在一旁保护。而驭灵人的能力同守护灵的能力是相辅相成的，驭灵人的灵力越强，相应的，守护灵的能力也会变强，两人连性命都是息息相关的。不过，作为守护灵也不是永久的，有的驭灵人在成年后灵力渐渐消失，守护灵的能力也会相应减弱。不过，守护灵毕竟不是人，他们本身也是有灵力的，故而，当守护灵的能力大大强于驭灵人的时候，契约就会自动解除，守护灵也就恢复了自由，而驭灵人也变成了普通人，甚至会因此死掉。"

"这么说，夏秋的母亲是因为灵力衰竭才会去世的？"听到这里，乐鳌问道。

听到乐鳌的话，木槿露出了一个苦笑，摇头道："如果真是那样的话，又怎么会发生后面的事情，姐姐和姐夫，只怕也不会死了。"

"木槿阿姨，这话您是什么意思？"夏秋的眉毛蹙成一团。

木槿叹了口气道："朱砂小姐实在是这么多年来难得一见的驭灵人。你知道你娘亲为什么能够摆脱守护灵的身份嫁给你爹爹吗？"

"难道不是因为解除了契约吗？"

木槿又摇了摇头说："的确，契约的确是解除了，但是却是被朱砂小姐强行解除的。因为，朱砂小姐的灵力已经强大到不需要守护灵的地步了。之前所说的守护灵的灵力大大强于驭灵人的能力后，契约会解除，若是驭灵人的能力大大强于守护灵的能力，只要驭灵人愿意，契约也会解除。而且，驭灵人还可以自己去寻找更强大的守护灵，让他们继续辅助自己，从而提升灵力。朱砂小姐的灵力当时实在是太强大了，你娘亲已经远远不及她，所以，她才能够放你娘亲自由，让她嫁给了姐夫，而且，听你娘亲说，朱砂小姐当时并没有找新的守护灵的打算，因为她已经不需要了！"

强大到不需要守护灵的地步？

乐鳌微微一怔，不禁看向旁边的夏秋。几日前他才刚刚见识过夏秋的能力，即便是他，也是费了好大的力气才将那些被她唤出来灵物压制下去，而即便如此，据他所见，夏秋也还不能完全驾驭自己的能力，甚至还没有将能力发挥到最大。而如今，这位木槿阿姨说那位朱砂小姐已经强大到不需要守护灵的地步，他实在不敢想象是怎样的一种存在！只是，既然朱砂都这么强大了，又怎么会……

显然，夏秋同他想到一起去了，听了木槿阿姨的话，她颤着声音问道："既然她已经如此强大了，她又是怎么死的？是谁杀了她？"

木槿顿了顿，却摇了摇头说："我不知道，我只听你娘亲说，朱砂小姐遇到了一个妖力更加强大的怪物，故而受了重伤，弥留之际，她将你娘亲叫了去，将你交给你娘亲抚养，并把自己的灵力封印在

了灵符之中，只待有朝一日可以让有缘人继承。"

"灵符？就是那张贴在灵位后面的灵符？"夏秋的脸色一下子变得煞白。

"就是那张。"木槿叹了口气，"本来你娘亲是想要找个时机交给朱砂小姐的家人的，可是她舍不得你，怕你会被他们带走，就想等你大些，将事情的真相告诉你之后，由你亲自交给他们，不过可惜，还不等你长大，你竟然亲手烧了这张灵符，继承了朱砂小姐的灵力，你娘亲就更不敢同朱砂小姐的家人联系了。"

"原来如此。"夏秋重重地靠在了椅背上，垂着眼皮道，"那童童……"

"没错，你继承你母亲灵力的同时，守护灵也会出现，只是你同她全都没有选择，只能靠天数。除非有朝一日你的能力像你母亲一样变强了，你才能自己选择守护灵，同守护灵签下契约。"

夏秋虽然早就知道童童的出现并不是偶然，可眼下才真正明白了她们两个之间的关系，这个时候，她突然想起木槿之前说过的话，不禁问道："如果契约不解除，我娘亲就无法嫁给我爹爹吗？"

木槿点了点头说："守护灵同别的妖物不同，在获得强大灵力的同时，自然也要保持同驭灵人最亲密的关系，否则的话，一旦远离，就会渐渐衰弱下去，甚至会因为灵力枯竭而死去，除非解除了契约。虽然因此守护灵会丧失大部分灵力，可命还是能保下来的……"

听木槿说到这里，夏秋的眼泪终于忍不住落了下来。她现在终于明白，为什么后来童童会发狂了，原来正是这个原因，她若是早点同童童解除契约的话，也许童童也不会发狂入魔，更不会死掉了。

看到夏秋的样子，木槿吃了一惊："这是怎么了，怎么突然就哭了？"

乐鳌看了夏秋一眼，替她说道："她的守护灵已经死了。"

"死了？"木槿吓了一跳，"童童……那个白蛇妖，已经死了？怎么可能？！"

"的确是死了。"乐鳌低声道，"她被人所骗，发了狂，后来秋儿怕她惹事，就将她囚禁了，可在这期间，她却被人下毒，最终入了魔，后来，被我失手杀了！"虽然最后童童是被陆天岐所杀，可陆天岐也是为了救他，而且也是被红姨所骗，所以，乐鳌还是把这个责任算到了自己头上。

"你？杀了她？杀了囡囡的守护灵？"木槿听了更吃惊了，"你到底是什么人？"

"我是谁不重要。"乐鳌缓缓地道，"只是您刚才说驭灵人和她的守护灵之间密不可分，我只想知道，童童死了以后，会对秋儿有没有什么影响，会不会对她不利？"

他的话让木槿沉吟了一下，然后她走到夏秋面前，轻轻拥住了她，低声道："既然囡囡现在好好地在这里，就算有影响又能有多少呢？那契约，归根结底限制守护灵多一些，对驭灵人影响都有限。"

影响有限？那就是说还是有影响喽？

乐鳌眼神微闪，终究还是没有揭破木槿，因为她既然这么说，就意味着有些事情不想让夏秋知道，他就算问了估计也没用，更何况，除了这些，他们还有太多的疑问，至于其他，也总要一点点地去调查。

"那我娘亲和爹爹又是怎么死的？"就在这时，却见夏秋擦了擦脸颊上的泪，低声问道，"难道也同我的身份有关？"

夏秋的眼神锐利得像刀子，在她的注视下，木槿不禁别过了头，但还是点了点头说："就是那个杀了朱砂小姐的怪物。他不知道从哪里知道了你娘亲和朱砂小姐的关系，便找了来，逼问朱砂小姐留下的灵符下落。你娘亲先施计拖延住了他，然后找机会逃脱，回娘家求助，临行前还让你爹爹先藏起来，暂时不要回家，结果……"

"结果，我爹爹没听我娘亲的话，仍旧留在了家里……"想到最后一次被爹爹接回家的时候，爹爹对她说的那些话，夏秋语气发颤，声音也越来越小，"我爹爹根本就没想离开，还特意去学堂接我回来，将我的身世全都告诉了我，木槿阿姨，我爹爹和娘亲之间到底发生了什么？他这么做……他这么做……"

他这么做分明是自己一心求死吧！

07

后面的话夏秋说不出来，木槿也陷入了久久的沉默，过了良久，她才悠悠一叹："我想，你爹爹大概是已经猜到你娘亲那会儿已经一心赴死了吧。"

"什么？！"夏秋瞪圆了眼睛，"木槿阿姨，您刚刚不是说，娘亲是回家求助去了吗？"

"她的确是回家求助，可她却不是求家族帮忙，因为她知道，那个怪物连朱砂小姐都能重创，根本就不会将我们这一族看在眼里。她回家求助，是想让我们在她离开后，不要再去找你们，让你同你爹爹彻底同我族断了联系，让你们做回普通人。而且，她临离开的时候还对我说……"

"她说什么？"夏秋迫不及待地问道。

"她说，你们本来就是普通人，只要也过普通人的生活就是了，何必同我们一族牵扯上，平白多出这么多是非来！"说到这里，木槿的眼圈儿一下子红了。

"普通人？"喃喃地说着这几个字，夏秋摇了摇头，"可我……哪里像普通人了？我的确……很想做个普通人，可惜……"

看到她们两人暗自神伤，乐鳌皱了皱眉道："这么说，那个怪物他还并不知道秋儿的身份？"

乐鳌一语中的，木槿立即收起伤心点头道："没错，我一开始也不明白姐姐的良苦用心，再加上担心姐姐、姐夫，便偷偷地跟了过来。可我还是晚来一步，只见到了姐姐最后一面。"

"您见了她最后一面？她对您说了什么？"乐鳌急忙问。

"那个时候，姐夫已经死了，她也奄奄一息，可她还是拼着最后一口气告诉我，她已经让那个怪物误以为她已经将灵符送回了朱砂小姐家，怪物短时间内应该不会再回来了。可即便如此，她还是让我找机会将囡囡支走，让她最好离开这里，到一个谁也不认识的地方去，以防那个怪物有朝一日知道真相再找回来。"

"所以，我去临城是您故意引导的？"夏秋一愣，"我就说，临城的招生传单，怎么会无缘无故落在我家大门口，原来，您是故意让我看到的？"

木槿点点头，一脸无奈地道："我根本就不敢靠你太近，因为你的感觉越来越敏锐，我的气息一旦被你察觉，你一定会想方设法找到我，这也是你娘亲最不希望的。"

"那秋儿去临城后，您可曾探望过她？"乐鳖问。

听到他这么说，却见木槿盯着他道："没有，因为我知道临城不是一个普通的地方，可正是不普通，才会让囡囡能够隐藏其中不被那个怪物察觉，才能让她更加安全。"

"那您为何又守在这里不肯离去？"

这一次，木槿想了好一会儿才缓缓地道："姐姐的想法虽好，可是正所谓当局者迷，旁观者清。囡囡这么聪明，即便走得决绝，可我知道，她有朝一日一定会怀疑的，而那个时候她一定会回来调查真相。"

"所以您就守在这里，等她回来？"乐鳖眼神微闪，"而她一回来，您就把所有的事情全都告诉了她，这样一来，您就不怕辜负了秋儿娘亲的托付了吗？"

木槿微微一笑："我大概已经猜到你是谁了，只是，若是乐大夫也处在我的位置，又会如何做呢？"说着，她慈祥地看了夏秋一眼："姐姐之前的交代，我该做的都已经做了，如今囡囡长大了，我觉得有些事情，还是她自己做主比较好。"

"就算您不告诉我，我也会设法自己查出来的。"夏秋立即道，"您说得没错，我这次来，就是来调查我的身世，您既然全都对我说了，我也省了不少力气。"

听了夏秋的话，木槿一脸欣慰："囡囡不愧是朱砂小姐的女儿，我就知道，我不会白白等待，你一定会回来。"

"木槿阿姨，我能不能再问您最后一件事……"

不等夏秋说完，木槿便回答道："我知道，你是不是想问那个杀了朱砂小姐和你父母的凶手是谁？"

夏秋立即点头道："没错，您知道吗？"

木槿缓缓地摇了摇头说："我来的时候，那个怪物已经离开了，我根本不知道那个怪物是谁，你娘亲也没告诉我，我只知道强大如朱砂小姐都死在了他的手上，所以，如果有可能的话，我希望你一辈子都不要遇上他。因为，不管你知不知道他的名字，你遇到他的结果都是一样的，就像你的娘亲和爹爹……"

夜已经很深了，三人的谈话也接近了尾声，要回房间休息的时候，夏秋说什么也要同木槿阿姨睡在一起，因为她还有很多很多的话问她，木槿自然欣然应允。不过临出门的时候，趁着夏秋走在前面的工夫，乐鳌悄悄地问木槿："您真不知道凶手是谁？"

"乐大夫……"木槿也压低了声音，"正如我刚才所说，知不知道他的名字并不重要，重要的是，在你们遇到他的那一刻，一切就已经太迟了，倒不如让囡囡开心几年，也许过一阵子，等她的能力消失，那个怪物就会放过她了。"

"消失？"乐鳌一怔，但马上他便明白过来，又沉吟了一下，"过几日，聘礼就到了……"

"聘礼？"这下换木槿愣了，但马上却见她一笑，轻轻说了句什么，不过，却被夜风很快吹散了。

第二天早上，乐鳌还没有起床，便听到一阵急促的敲门声，他打开门，却看到一脸泪痕的夏秋，她头发披散着，鞋带都没系，身上也只披了一件外衣。他吓了一跳，急忙将夏秋拉进了房间，随手扯过来一张毯子将她包在了里面。因为即便是夏日，在这座人迹罕至的宅子里，早上的风还是很凉的。

被他包着毯子拥在怀里，夏秋还是忍不住瑟瑟发抖，过了好一会儿，她才颤着声音道："木槿阿姨……木槿阿姨她不见了，我找了所有的房间，都看不到她的影子。"

"嗯，我知道了。"乐鳌心疼地低声应道。

"她想走的话，我不会拦她的，可她为什么连声再见都不同我说呢？"乐鳌的声音似乎让夏秋安心了些，可她还是忍不住闷闷地说道。

"也许，有些人害怕说再见吧！"

隔了好久，随着夏秋身体的颤抖渐渐缓和，却听她用低低的声音说道："我不会，我永远都不会不声不响离开的！"

乐鳌一愣，然后唇角向上扬了扬："我知道你不会，我，也不会……"其实，他很想告诉她，实际上木槿昨天就已经告别过了，昨晚那句随风而逝的话，就是她在向他们说再见。

她说："真好，不过可惜，我怕是看不到了……"

夏秋感受到了她的灵气，可她却并没有分辨出她另外的气息，大概也是她藏得太好了吧，也不知道是谁帮她聚的灵……可也正是因为如此，说明夏秋的火候还远远不够！

如今木槿阿姨心愿已了，怕是不会再回来了，也难为她在这里等了这么多年，守了这么多年！由此看来，她娘亲的家族，只怕也……

正沉吟着，乐鳌突然觉得怀中一动，夏秋已经抬头看向了他，她的眼中仍旧有尚未落下的泪水，眼圈儿也仍旧通红，此时她紧紧盯着他，小声却坚定地说道："好，这是我们的约定！"

太阳升起，透过窗户的缝隙照在夏秋的脸上，让她脸上的绒毛都变成了金色，乐鳌略略失了下神，但马上对她笑道："好，这是我们的约定！"

炎炎六月，正是天气最潮热的时候，夏秋没想到，她同乐鳌回家乡的时候只用了半天的时间，而返回临城竟然足足用了七八天时间，即便如此，这七八天也不过是到达了临城的郊外。而眼下天色已暗，他们怕是今日进不了城了，最快也要明天午时才能进城。

其实夏秋和乐鳌早就归心似箭，只是耐不住身后庞大的聘礼和嫁妆车队，更耐不住同他们一起前往临城的人，只得耐住性子一步步赶回来。如果只有他们自己的话，只怕他们早就撇下车队自己先回去了，毕竟，临城里还有太多的事情需要处理。

"九妹夫，我听说临城有个东湖，景色雅致，不但可以泛舟湖

上，听说还在湖边圈了一处浴场，可以去湖边乘凉，可有此事？"

这次，夏丰登作为夏家的娘家人，押着嫁妆同乐鳌他们一起前往临城，一路上妹夫长妹夫短的，显然已经完全将乐鳌当成了夏家的女婿。只是，这本来是件好事，可他那副自来熟的架势，连夏秋都怕极了他，一上路就躲得远远的，同几个陪同的丫鬟老老实实坐在马车里，任由他去缠着乐鳌说话。

不过，虽然她在车上，乐鳌他们骑着马离她却并不远，故而外面的对话听得一清二楚。她这才想起，这位五堂哥从小就极喜欢玩儿水，水性也极为了得，曾经还有沿着宣明河一路游水穿镇而过的壮举，为此没少让七伯七婶担心。不仅如此，甚至宣明镇附近的那些水潭河流，只要条件允许，他更是游了个遍，也因此养成了见水必游的怪癖。

08

对于这位一同上路的"大舅哥"，乐鳌自然不敢怠慢，从来都是有问必答，知无不言，言无不尽。此时听他提到了东湖浴场，乐鳌立即笑道："倒是有这么个地方，是很多年前几个外国人开的，进进出出的也多是外国人和买办商家，本地人倒是很少，一般本地人若是夏天热得狠了，会去郊外东湖边野游纳凉，也很不错。"

"还有这等好地方？等到了临城，你一定要带我去看看。"夏丰登兴奋地道。

他的话让乐鳌愣了愣说："你想去野游？"

夏丰登点了点头，然后看着乐鳌一脸疑惑地问："你不会没去过吧？"不过想了想又释然了，"对了，你是乐善堂的东家，在外面赤身露体总是不妥。"

"那倒不是。"乐鳌笑道，"我从小就不擅水，等咱们到了临城，我替你打听一下，看看还有什么有趣的地方。"

"那自然好，我现在都迫不及待想要快点赶到临城了，哈哈！"

夏丰登说着，开心地笑了起来。

正说着，便有押车的管家前来请示，说是天色暗了，只能到最近的一家小客栈过夜。这一点，刚才众人就已经有了心理准备，当即乐鳌便作了决定，前往客栈休息，等明日一早再启程赶往临城。

下了车，住了店，安顿好一行人后，夏秋总算找了个机会把乐鳌拉到了一旁说话，还没开口，脸上已经是一副不好意思的样子："我五哥他……是不是很烦？"

看到夏秋的样子，乐鳌不以为然地笑了笑："倒是个直爽的性子，我猜，他当初说出那番话后就已经后悔了。"

"这不重要，我已经看淡了！"夏秋摆了摆手，"我现在只是担心，他若是回乐善堂发现了什么不对劲儿的地方，回去一定会告诉我七伯的。那个时候该如何是好？"

"我还以为你不会在乎你七伯的话呢。"乐鳌打趣道，不过马上，他又安抚她，"你多虑了，不会有那种事情发生的。哪怕是法师都察觉不了乐善堂一众人等的身份，又何况你五哥？再说了，他又不同咱们朝夕相处，是要住在你们夏家的小院里的，也就更不可能发现什么了。"

听他提起了法师，夏秋立即想到了那日在林家隔墙听到的话，更想起了原田晴子说过的话，不禁道："你说的可是原田晴子？"

从林家回去之后，不仅夏秋告诉了乐鳌那晚在林家听到的话，乐鳌也把原田那夜去小院找麻烦的事情对她说了。此刻见夏秋担心，乐鳌又道："若不出意外，她应该已经离开了。"

"真的吗？那可真是个好消息。"果然，听到他的话，夏秋松了一口气，然后吐槽道，"有这个女人在，总觉得不踏实，实在是不知道她什么时候会发疯！"

想到那日在小院中原田晴子的所作所为，乐鳌眸子微闪，附和地点点头说："你说得没错。"

如今张子文兵败遁入山中，他几乎可以肯定，此人一定会同红姨联起手来，他们的对手能少一个是一个，尤其是像原田晴子这样

的法师，就算他不怕她，可不代表她不麻烦，所以，能支开还是支开的好。哪怕过一段日子原田回过味儿来，又重新返回，可远渡重洋这一来一回哪有那么容易，所以，即便她又回来了，红姨的事情他基本上已经解决了，到了那个时候，就可以专心对付她了。不过他现在唯一担心的是，他想到的只怕那个女人也想到了，她很可能会做手脚。但她本事再大，也无法恢复原田的记忆，至于其他，反正她根本就是冲着他来的，而他，也正求之不得！所以，夏秋知道得越少反而越安全。

多日的奔波，反而让快到家门口的众人更容易觉得疲惫，吃过晚饭后，大家很快就各自回房休息了，打算明日一早启程，一鼓作气返回临城。乐鳖也是一样，虽然他睡不着，但也躺在床上闭目养神，默默思索着这一阵子在临城中发生的事情，想着那个女人的目的，想着那把诡异的生锈匕首。

据他所知，这匕首已经出现过四次了，第一次是黑石先生，第二次是童童，第三次则是他自己，第四次是神鹿一族的鹿零族长。现在想起来，这其中，除了童童死了之外，其余几人，包括他在内，都只是受了轻重不同程度的伤而已。或者说，那个女人似乎只想让那诡异的匕首沾上他们的血。

这种做法，简直比那把诡异的匕首还要诡异，倒像是那个女人在施什么邪术。而她使用这种邪术的目的，很明显，就是为了要对付他，或者说是要对付乐善堂。鹿零族长此前让黄苍转告他，让他去神鹿一族一趟，想必就是为了这匕首的事情。只是，军队叛变平息后，他立即就陪着夏秋赶往宣明镇，虽然在上路前他曾去了神鹿一族一次，不过可惜，等他到了阵法外面，发现阵法竟然出现了变化，他根本就不能像往常那样进去了，也没在外面看到任何神鹿一族的族人，便只能暂时作罢。可他本以为这次去宣明镇三日内就会返回，却没想到足足耽搁了十余日。所以，这次回了临城，他第一件事情就是要去灵雾山，去找鹿零长老，把这匕首的事情问清楚。

越想，乐鳖就越睡不着，恨不得天色立即就亮了，而最后，他索性从床上坐了起来。他想到此地离灵雾山不远，现在是不是应该立即赶往神鹿一族问清楚情况呢？凭他的脚程，这一来一回耽误不了多长时间，很可能天亮之前，他就会重新赶回来了。一边想着，一边已经穿衣下床，他先是走到了门边，但马上又改了主意，立即转到了窗边，打算从窗子离开。不过，他刚刚推开窗子，却见对面房顶上有一个黑影，却是站着一个人。此时，月光照在此人的脸上，让她的脸颊像雪一样白，她正在对他微微笑着，甚至看到他看向她，还对他招了招手。

"好巧啊，乐大夫！"说完这句话，她身形一闪便向客栈的外面闪去。

乐鳌先是一怔，可看到她跑了，立即低喝一声"站住"，然后也尾随其后冲出了窗子，跟着她的背影，往客栈旁边的一片林子追了去……

阳光，小院，娘亲哄她入睡的歌谣声，爹爹绕口的汤头歌声……夏秋仿佛回到了她儿时的时光，那时光让她安心舒服，就像是所有的一切都镀上了一层金色的光。不过渐渐地，这光换了颜色，不再是金得刺眼，让人印象深刻，而是变成了暖暖的橙光。在这团橙色的光线下，所有的一切都像是有了温度，而那些在橙光下晃动的人影，她也全都认了出来，有落颜、青泽先生、老武、小龙，甚至还有那个一向同她不对付的陆天岐，自然，在他们的身后，一个更让她感到温暖的身影向她缓缓走了过来，却是乐鳌。而就在乐鳌出现的那一刹那，所有的一切一下子变成了火红，她看到了大红的帐子、大红的嫁衣、大红的绣球、大红的蜡烛、大红的喜字，所有的一切都像是着了火，把她的脸颊都烤得热辣辣，她猜，她的脸颊一定已经红透了……

不由自主地，她就向乐鳌走了去，而他也向她微笑着伸出了手。他的手纤细修长，实在是一双极好看的手，看着这双手，夏秋甚至有些出神，想到从今以后，这双手会牵着她走下去，她的心中不但有着小小的激动，还有着一丝忐忑。终于，她还是将自己的手伸了

过去，慢慢地靠近他，想要将自己的手交到他的手上，而他的笑容也在这一瞬间绽放得大大的，让她根本就不忍挪开眼。只是，眼看她的手就要碰到他的指尖了，她突然感到一道刀子一样的光落在了她的身上，让她忍不住打了个寒颤，脊背上的寒毛也立即竖了起来……

夏秋猛地睁开眼，竟看到一个人影正坐在床边盯着她看。

此时窗子已经大开，凄冷的月光投到这个人的脸上、眼上，让她的眼中闪耀着寒冰般的光。

"原田……晴子……你怎么……"

你怎么还没有走！后面的话夏秋硬生生咽了下去，而是立即坐起，冷静地说道："原田小姐，你怎么来了？"

看到她眼中的警惕，原田晴子笑了笑说："我来接你们呀！"

"接我们？"夏秋眼神微闪，"我们明天就到家了，你有事找我……不对，你若是有事找东家，明天去乐善堂就是。"说到这里，她勉强扯出一个笑容，"如果你着急的话，我现在就去帮你把东家叫醒，你们自己谈好了！"说着，她披衣下床，就往门口的方向走去。

看着她就这么往门外走，原田一开始只是看着她，直到她想要开门的时候，才抢上一步，按住了房门。

夏秋脸色一沉，盯着她道："原田小姐，你想做什么？"

"他不在。"原田一笑。

"不在？"夏秋一愣。

"对呀，他不在。"原田又笑了笑，"不过，有一件事情，我觉得你同我一起去见证最好！"

"见证？见证什么？"

夏秋向后面退了两步，开始默默戒备起来，不过可惜，自从上次逃离林家后，她的能力似乎受到了影响，乐鳌只说养几日就好了，而眼下看来，她的确还需要些时日。

"去了你就知道了……"

话音刚落，一股香气便迎面扑来，然后夏秋只觉得眼前一黑，便什么都不知道了……

第十八章　红姨

01

"你把我引到这里来，想做什么？"看着周围黑魆魆的林子，乐鳌沉着声音问道。

"我知道，陆天岐已经把我的身份告诉你了，所以，难道你没有什么想对我说的？"来人正是红姨，黢黑的林子衬着她的脸颊更苍白了，她幽幽地对乐鳌说道。

"你觉得我该说些什么？"紧紧盯着她，乐鳌低声道，"你做的一切已经足够说明问题了，况且，就算我问了，你就一定会回答吗？"

"你可以问问看。"红姨眯了下眼。

"你那匕首究竟是什么东西？"乐鳌想也不想地问道，"你想用它做什么？"

"呵呵，呵呵呵。"听了乐鳌的问题，红姨立即笑了，"我还以为你会问我为什么要杀了你父亲，又为什么舍你而去，甚至还想要杀了你呢！"

"问这些？"乐鳌冷笑一声，"你做都已经做了，我问还有什么意

义，你若真想回答，就告诉我你打算用那匕首做什么坏事，你告诉了我，我兴许还会放你一条生路。"

"你放我生路？"红姨轻笑了一下，"别忘了，你是妖，你若是杀了人，就只有死路一条，就像那个童童，不然的话，我可能还会放过她。"

"那黑石先生呢？他处处救人，不还是让你差点杀了？若不是他命大，被小龙救了，只怕早就烟消云散了。"

"黑石先生？崔嵬那个老滑头？呵呵，他就算死了也同我没关系，我可没让那个女孩儿杀了他，你要找，去找那个女孩儿好了！"

"诡辩，若不是你，她能上得了玉笔锋？"乐鳌怒道，但是马上，却见他语气缓了缓，"你不告诉我也没关系，我也没指望你会告诉我，我只要抓住了你，一切就真相大白了，也不怕你会再出来害人！"说着，乐鳌便向红姨冲了过去，却是打算擒住她。

归根结底，最近的这些事情都是这个女人在背后暗暗筹划，只要他能将她抓住，不管是张子文也好，林鸿升也好，还是那个原田晴子，就会犹如一团散沙般，再怎么样也不会翻起大浪来，到时候他分而克之也就是了。

"你就这么迫不及待吗？还是说，你根本就不敢面对现实？因为不管我如何做，不管你如何恨我，我都是你的母亲，这一点，是谁都改变不了的，所以，你才这么着急要杀了我。"

看到乐鳌冲了来，红姨却仍旧一动不动，只是定定地看着他，甚至乐鳌都已经冲到了她的面前，掌风都已经逼近了她的脸颊，她仍旧连躲闪的意思都没有。这让乐鳌犹豫了，于是，眼看就要抓住她肩膀的时候，他一下子收回了手，甚至还后退了一步，同她保持了一定的距离。

乐鳌倒不是相信这个女人的话，也不是被她这番突然冒出来的话所打动，而是他绝不相信这个女人会老老实实的束手就擒，她向来狡猾，所以如今这种反应让他觉得更加可疑。

不过，看到他就这么停了，红姨又阴阳怪气地道："怎么，被我说中了？你不是说要抓我吗？怎么这就停手了？我提醒你，你这次若是不抓，以后可就没机会了。"

没有理会她的挑衅，乐鳌沉了沉心，低声道："你这次来，到底想要做什么？"

红姨顿了顿，突然垂下了眸，然后轻轻一叹："我说，我就是想来看看我儿子，你信吗？"

她这句话一出口，树林中立即陷入了一团死寂，隔了好久，乐鳌发出一声轻嗤："所以，既然你看过了，是不是也该走了。你若真把我当你儿子，以后就不要再出现在我的面前。我觉得这样，对你我是最好的！"

这么多年来，她从未出现，虽然他恨她入骨，恨她杀了自己的父亲，可陆天岐说得也没错，他又能拿她如何？更何况，他很快就三十岁了，而在三十岁之前，他还有很多事情要做，根本没有时间为了仇恨活着。他要安顿好乐善堂里的所有人，要把乐家的继承人接到身边教导，还要给自己安排一个合理的结局。他向夏家七伯提出的成亲日子是在两年以后，借口也很充足，因为夏秋还小，他想等她长大些。这些安排，他承认，是有着自己私心的，尽管希望渺茫，但他总想着，万一自己三十岁之后没有步上父辈的后尘呢？而他若是仍旧不能幸免，他还有时间为夏秋安排妥当，绝不会让她再像这几年一样生活如浮萍一般。最起码，经过这次，她已经又同自己的家族恢复了联系，而且，那个时候他还想过，若是她同家族关系修复不了的话，最起码乐家还是能作为她的保障的，毕竟，她只要顶上他"未婚妻"的名头，乐家就绝不会不管她。要知道，如今世道还不太平，他实在是不敢想象，一个无根的女孩儿，身处这种乱世，又身怀异能，会有什么下场。

事实证明，结果要比他预计的好得多，因为夏家根本就没打算放弃这个女儿。由此一来，他也就没有后顾之忧了。

现在，红姨突然出现，又对他说出这番话，虽然他不知道这其

中有几分真心又有几分假意，又或者全部是假的，但是，她若真心悔过，告诉他她的计划，告诉他那匕首的作用，然后再也不出现，他也未必要赶尽杀绝。即便他心中清楚地明白，这种可能哪怕万分之一都不到，而她即便承诺了，他也不见得会完全相信，但这世界上总会有奇迹发生不是吗？

不过，奇迹终归只是奇迹，不是随随便便就能发生的，下一刻，在听了乐鳌的话愣了一下后，红姨的眼睛向黢黑的夜空扫了一眼，嘴角露出了一个诡异的笑容："你还记得我刚才说的话吗？"

"刚才……"

乐鳌的话才说了一半，便觉得眼前人影一闪，竟然是红姨冲了过来，然后她的声音再次在夜空中轻飘飘地响起："我刚刚说过，你刚才不抓我，以后就没机会了！"

"卑鄙！"乐鳌怒喝一声，也立即迎了上去，同红姨交起手来。

红姨不愧是红姨，即便是乐鳌，一时间也占不了上峰，不过，他毕竟年轻，体质又异于常人，没一会儿工夫，红姨的速度便慢了下来，看起来竟然有些力不从心之感。不仅如此，在交手中，乐鳌发现，红姨的脸色似乎越来越苍白，喘息声也似乎越来越粗重，露出一副很疲惫的样子，看样子倒像是受了伤。

这让乐鳌大为诧异，照以往的经验，红姨最擅长的是设置陷阱，最不济也是同他比拼法力，而不会像这样同他面对面硬抗，更不要说还是在可能受了伤的情况下。她这么做，根本是以己之短，攻他之长，是完全没有胜算的。或者说，她根本是在这里同他拖延时间……

突然，乐鳌一下子明白了，她刚刚同他说的那些话，可不就是在拖延时间吗？而她既然把他引出了客栈，那么她的目标只有一个……想到这里，乐鳌立即收手，然后转身就往回走，想要赶回客栈。

而这一次，见他竟然想要离开，红姨才施了法术，转到了他的前面，拦住了他，似笑非笑地说道："你不是想杀了我吗？"

"滚开！"乐鳌咬牙，"不然你一定会后悔莫及！"

看到乐鳌凶狠的样子，红姨一怔，然后冷哼道："就是这副样子，你同你父亲一样，有哪一点儿像人，真是让我看到就恶心。"说着，她突然手指结印，身子做出了几个奇怪的动作，口中也念念有词。看到她这副样子，乐鳌大惊，急忙向她冲去，想要打断她的动作，可终究晚了一步，眼看就要到达她面前的时候，却被一堵无形的墙拦住了，而他转身再想向其他方向冲时，却发现四周也被拦住了，却是再次陷入了红姨的阵法中。

只是这次，乐鳌并没有像第一次那样无助，更是比第二次在灵雾山那次更加冷静，他没有试图用蛮力突破这困住他的力量。他冷冷地看着眼前的红姨，低声道："难道，你就只会这一个阵法吗？"说着，他的手臂一晃，随着一道金光闪过，妖臂终于显现出来，然后只见他向面前那道无形的墙壁狠狠一击，于是眼见着，一道道裂纹便出现在他周身三尺见方的区域里。

此时才发现，这个区域，就像是一个巨大的水晶球，将他包裹其中，不过马上，随着这些裂纹加深，这个"水晶球"化成了银色的碎片，消失在他的四周，无影无踪了……

几乎是在那个困住乐鳌的"水晶球"碎裂的同时，他的身影一闪，立即向林子外面冲去，伴随着他身影消失的还有他冷冷的声音："她若是有事，我会让你生不如死……"

02

乐鳌刚刚离开，红姨就因为力竭瘫倒在地上，在喘息了好一会儿后，她这才看向旁边的一棵大树，笑了笑道："你都看到了？"

语音刚落，两个身影一起从树上落了下来，而看到靠在其中一人肩膀上昏迷不醒的另一人，红姨一怔，皱了皱眉问："你怎么把她也带来了？"

出现的两人，一个正是原田晴子，而另一个，则是被她劫持来

的夏秋，显然，在红姨的计划里，并没有劫持夏秋这个打算，是原田晴子自作主张。

只是，原田晴子并没有向红姨解释的打算，而是将夏秋一把推到地上后，盯着乐鳌离开的方向幽幽地道："你赢了，我果然被他蒙骗了。"说着，她的手一抖，一把女士手枪出现在她手中，她把枪口对准地上不省人事的夏秋，面无表情地道，"这么说，她也是妖怪了？她也骗了我？"

"等等！"见她想要在这里就杀掉夏秋，红姨皱着眉阻止道，"你疯了，枪声一响，他一定会返回来的，再说了，她的确不是妖。"

眼皮抬了抬，原田看着红姨冷笑道："证据。"

这倒让红姨怔了下，但马上她眯了眯眼，扶着旁边的树干慢慢地站了起来，似笑非笑地道："不管她是不是，她对我都很有用。你就这么杀了她，太可惜了！"说着她擦了擦自己嘴角的血迹，看着自己染血的手指低声道，"实不相瞒，这个女孩是我小妹的孩子，我小妹的能力很奇怪，是可以代代相传的，而我偏偏知道传功的方法……"

原田先是皱了皱眉，然后一脸厌恶地看着红姨道："你要用她练功？"

"你若不信，等我把她的功力全收了，再把她重新交给你处置，到时候，哪怕你把她大卸八块，都同我没有半分关系。况且……"

"况且什么？"红姨的话让原田的枪口向下垂了垂，但她却仍旧没有挪开枪。

"况且，你若是在这里杀了她，那个怪物一定会像狗皮膏药一样黏上你，你还怎么做你想做的事情，倒不如先将她留一留，反而会让他投鼠忌器，它对咱们岂不是更有利？"

"我想做的事情？你知道我想做什么？"原田的眼睛也眯了起来，但显然，她的口气已经松动了。

"你在临城打听了这么久，什么消息都没打听到，难道你不觉得奇怪吗？"红姨笑了笑，"不过，虽然你没打听到，我却替你探听到

130

了，你找的不就是东湖底下的水麒麟吗？据说此兽千年才现世一次，不过，这么古老的神兽，你问这些小妖们，他们又怎么会清楚，你问错人了！"

红姨的话让原田一愣，而紧接着，她的枪口一抬，已经转而指向了红姨，就听她一脸警惕地道："你怎么知道？我从没对别人说过……"

即便说过了，也是在拷问妖怪的时候提到的，不过往往知道她目的的妖怪，下一刻便会被她杀掉灭口，这也是为什么她抓一个杀一个的原因之一。

"呵呵，我就是知道。而且，我也知道谁清楚水麒麟的下落！"此时，红姨已经完全占据了主动，说话也变得不疾不徐。

"谁？"原田晴子立即迫不及待地问道。

红姨一笑，扫了地上的夏秋一眼，原田会意，终于将枪收了起来，点点头说："好，那我就先让你练功。"

"原田小姐放心，等一会儿咱们同张副官他们会合了，我就带你们去找他们，保证让你心想事成。"

"他们？谁？"

"能知道水麒麟这种上古神兽下落的人，自然也是最古老的家族。在这东湖附近，除了临城郊外灵雾山中的神鹿一族，还能有谁？"

"神鹿一族？"原田一愣，"难道是抢走林生家宝物的那些鹿妖？"

"没错！"红姨笑着蹲下身，用手摸了摸夏秋的鼻息，见她呼吸尚算平稳，唇角总算变得平缓了些，之后她重新站起来，看着原田继续道，"其实在很多年前，我家的祖先曾经帮过林家，也正因为如此，知道了这个神秘妖族的存在。不过当时守卫他们一族的阵法甚是厉害，我家的祖先只得无功而返，暂时放过了他们。但是，虽然我家祖先离开了，但终其一生都未曾放弃找寻破局之法，并留下了大量的笔记。而刚巧，我在研习祖先的笔记后，找到了破阵之法。不过，这个法子我一个人用不了，还要找些帮手，所以才会找原田

小姐帮忙。我想，原田小姐应该也不会拒绝的吧？"

"我怎么会拒绝呢？"原田晴子咬牙道，"我就是为了水麒麟而来的，只是，你为什么帮我？这件事对你又有什么好处？你总要给我说清楚，否则的话，我要怎么相信你？"

"对我有什么好处？"红姨的眼中闪过一丝厉色，"我要对你说，那个怪物的父亲就是我杀的，他心心念念要找我报仇呢？我要对你说，人妖天生势不两立，作为法师，同这些妖物更是必须分出个你死我活呢？原田小姐，实不相瞒，我唯一的目的就是要杀了那个怪物，而此族同他颇有渊源，所以，法师捉妖，还需要什么理由吗？"

红姨脸上的愤怒和仇恨，连原田晴子看了都愣了愣，但马上，她却"呵呵"地笑出了声，点头道："好，我暂且信你，就同你去那个鹿族一趟，不过，我必须先回会馆一趟。"

"你要回临城？"红姨皱了皱眉，"难道你现在就想去杀他？不可能的，他不是那么容易被杀死的，否则的话，我也不会如此大费周章了……"

这次不等她说完，原田晴子便对她摆了摆手道："你放心好了，我既然答应同你合作，就不会再鲁莽行事。如今水麒麟有了下落，我总要知会家里一声，我回会馆就是要给家里发一封电报，把这个好消息告诉他们。一旦发了电报，我立即赶到山上同你们会合。"

"发电报？"红姨眼神微闪……

原田晴子执意要走，红姨也不好阻拦，只得告诉了她张子文他们所在的位置，放她离开。不过，目送原田离开之后，却见红姨斜睨着地上一动不动的夏秋，冷冷地道："不愧是朱砂的女儿，你早就醒了吧！"

见到自己被拆穿了，夏秋自然再也装不下去了，翻身坐起，抬头看着红姨道："你为什么救我？"

"看来你早就醒了，那为何不开口呼救呢？"红姨冷笑，"那样的话，他或许还会留下来救你。"

抬头看了她一眼，夏秋站了起来，拍打着身上的灰尘道："我的确早就醒了，可正因为如此，当我看到东家亮出来的妖臂时，我就知道，原田晴子这次已经打定主意要杀我了，我那会儿呼救，只会让她更早扭断我的脖子。"

乐鳌身份一暴露，整个乐善堂也就暴露了，别人也就算了，可原田晴子早就想杀她了，这次又怎么会放过这么好的机会呢。再说了，就算她呼救了，原田不马上杀了她，但她一时间也绝对挣脱不了，必会被她当作人质要挟东家，丽娘和胡二叔的事情历历在目，即便东家的能力比胡二叔高出好一截，但她也不能冒险。所以，审时度势下，她决定继续假装昏迷，等原田晴子松懈了，再想办法逃走。不过没想到，原田竟然这么迫不及待，这么的疯狂，若不是红姨阻止，她这次只怕仍旧讨不了好去。

夏秋的小心思，红姨看得一清二楚，不禁冷笑道："你倒是挺为他着想的，不过，你知不知道，他根本就活不过三十岁，乐善堂的东家，每一个人都活不过三十岁！"

红姨的这番话，让正在拍打身上灰尘的夏秋一下子愣住了，她抬起头来盯着红姨看了好一会儿，突然一转头往林子外面跑，边跑边说道："不可能，他刚去我家下了聘礼，我不信！"

可红姨又怎么肯让她这么离开，一把将她拽了回来，幸灾乐祸地道："你还真不知道呀，还真是傻得可以，天下怎么会有你这么傻的姑娘呢！你不会是为了逃跑装出来的吧？"

"你放开我，我不信，我要亲口去问他！"夏秋仍旧挣扎着，可也不知道红姨用了什么法子，她根本挣脱不开。

不过过了一会儿后，红姨也有些不耐烦了，冷哼道："你要再不老实，我就用手段了，你真想同上次在鹿场的时候一样，变成行尸走肉？"

她这句话让夏秋稍稍停止了挣扎，但回头看向她的时候，眼中却有大滴的泪水滚落下来，哽咽地道："他说两年后再迎娶我，说我

年纪还小，我不知道……我不知道他……他怎么会……我求求你，让我去问问他好不好，我不信，我真的不信……"

"是又怎么样，不是又怎么样，你能做什么？到最后还不是眼睁睁地看着他死掉！"红姨的声音一下子冷得像冰。

"那又如何，我总不能什么都不做吧？我一定能找到办法的！"夏秋又想挣扎，她盯着红姨的眼睛，"你快放了我，你刚才救下我，不就是想放了我吗？"

"我的确没打算抓你，不过，如今既然你已经知道了我们要偷袭鹿族的消息，你就只好随我走一趟了。"说着，红姨的眼睛眯成了一条缝，"至于最后是杀了你还是放了你，等我们抓住那些鹿妖之后，再做决定也不迟！"

说完，她拽着夏秋就往林子深处走去……

03

虽然见过鹿兄几次，也知道神鹿一族的存在，但是夏秋从没有去过神鹿一族的栖息之地。而这次，让她没想到的是，将她带走之后，红姨一没有去找张子文他们会合，二没有联系原田，而是直接将夏秋带到了灵雾山深处。甚至在到达落脚地后，还毫不讳言地告诉夏秋，她们现在的所在地离神鹿一族连一里的距离都不到。于是，夏秋是越发看不懂红姨的做法了。

在夏秋疑惑的眼神中，红姨只是告诉她，让她这几日好好伺候，兴许自己一高兴，就把她给放了。而说完这些，红姨便钻进了山洞深处，打坐练功了，对夏秋根本连管都不管了。

一看这山洞里简单的生活用品一应俱全，夏秋就知道，这应该是红姨的长期落脚地之一，由此看来，她之前告诉原田晴子的，关于已经找出破解神鹿一族阵法的说法肯定不是空穴来风，她早就盯上神鹿一族了。只是，红姨就这么让她自由随便地走动，真的不怕她会逃走吗？

事实证明，红姨还真不怕，因为夏秋借口出去找吃的，离开她们藏身的山洞，在原地转了几圈后才发现，这个山洞方圆几十米的范围内都被一股奇怪的气息笼盖住了，而在这股气息的外面，则是白色的浓雾，她若是仔细听，还能听到从浓雾深处传来的野兽怪叫声，让人只是听到就觉得毛骨悚然。

夏秋不是第一次见结界了，但是以前的结界范围很小，只在她周身几尺开外，所以，也不知道这种气息是不是也是一种结界的存在，所以，在转了几次之后，她只能悻悻地返回山洞。

不过，她本以为红姨是故意让她知难而退的，所以心中已经抱定了必被红姨诘难的准备，但她没想到的是，诘难虽有，却不是因为她想逃而逃不了，而是红姨见她空手而归，冷笑着骂了她句"真没用"。

这一骂，把夏秋立即激怒了，再加上心中走不掉着急，便顶撞了句"你自己怎么不去找"。于是，听了她这句话后，红姨继续冷笑着出了山洞，不过片刻工夫，便带了只奄奄一息的山鸡回来，扔到夏秋面前后就一脸鄙夷地继续回里面打坐练功去了。

夏秋怎么也没想到，红姨竟然真的出去找吃的了。此时看到地上的山鸡，她才觉得自己早已饥肠辘辘，想到自己就算是想要逃跑，也需要积蓄体力，她当即吞下心中的不忿，老老实实升起火，将山鸡收拾了，又从山洞的一角找到了红姨存放佐料杂物的地方，将鸡配了佐料串好烤熟，又从洞口外面的野果子树上摘了几只果子，寻了些野菜，做了一小瓦罐野菜汤。

汤刚刚煮好，红姨就从里面出来了，看到她忙活了两个小时的成果后，愣了愣，然后瞥了夏秋一眼后，面无表情地道："怪不得自从你来了，他就很少在外面吃饭了。"

夏秋正在盛汤的手一顿，抬眼看向她道："你怎么知道东家经常在外面吃饭？"

红姨冷笑道："我要杀他，自然要把他的作息起居摸得一清二楚，不然又如何找机会下手？"

夏秋自然知道她一直都要杀乐鳌，只是她竟然如此强调，反而让夏秋觉得有些怪怪的。不过她也没再多想，而是将刚刚盛好的一碗野菜汤递给红姨道："尝尝看，你这里佐料不全，我只能做到这样了。"

接过夏秋的碗，红姨小心地喝了几小口，尝了尝味道，然后道："我口重，下次多放些盐。"

看到她小口但快速喝着汤，夏秋的脸上露出一丝古怪，而等她把汤喝下去小半碗儿后，夏秋终于忍不住道："你就这么喝了？你不怕……"

"怕什么？怕你在汤里下毒？"红姨笑了，"不会的，先不说你有没有这个胆子。即便你有，你又不是傻瓜，在没有找到出去的路之前，你不会让我有事的。不然，你就彻底困死在这里了。"

夏秋的脸色一下子变得一阵红一阵白的，但顿了顿，还是不服气地道："也许你死了，这结界就被破开了……很多法术不都是这么破开的吗？"

"好呀，你也说了也许，要不，你就试试看？"红姨轻蔑地道。

夏秋立即语塞，不知道该如何回答了。

而这个时候，红姨已经将碗中的汤喝得差不多了，于是自己又盛了一碗，不过边着着汤，她边缓缓地说道："其实你真该杀了我。"

"什么？"夏秋以为自己听错了。

红姨抬起眼皮对她一笑："你知道我是要杀了那个怪物的，你杀了我，他可就安全了。不过，你杀了我后，自己也一样活不了，我再怎样也会在临死前杀了你，所以，你可愿意为了他的安全赴死？"

夏秋没想到红姨会这么激自己，愣了愣后，却笑了，然后垂下头，这才给自己盛了一碗汤，然后又揪下一只鸡腿，小声却坚定地说道："我不知道你到底想做什么，但是，在弄清楚你的目的前，我不会杀你的。官府定人死罪尚需要过堂，还需要证人证据，我若是不问青红皂白就杀了你，那我又成了什么？而且……"夏秋总觉得这件事情太过诡异，即便童童因这个女人而死，那个时候她也真的想杀了这个女人，但是冷静下来之后，尤其是在听了木槿阿姨对她说的那些往事后，她反而觉得这件事情大有蹊跷，必须要查清楚才行。不但如此，虽然红姨口口声声说要杀乐鳌，但是直到现在为止，东家还都好好的，甚至，红姨还从原田的手中救了她。

按说，敌人的朋友就是敌人，红姨就算觉得她没有被杀的价值，任她自生自灭也就是了，又何必救她呢？难道只是顾念着朱砂的姐妹之情？可这么久过去了，朱砂也去世好久了，情分也不见得能留下多少了，不然的话，鹿场的事情，她也不会被这个女人利用得这么惨……

心中正琢磨着，却听红姨又开了口，盯着她道："而且什么？和你娘一样妇人之仁，注定不会有好结果的！"说完这句话，红姨将碗重重地往地上一放，转身又回里面练功去了，只留下了仍旧愣在原地莫名其妙的夏秋。

对于突然发起火来的红姨，夏秋在心中忍不住腹诽——难不成自己不杀她还错了不成？

这让她想起以前看爹爹医书的时候，《黄帝内经》中曾提到过，女子"七七，任脉虚，太冲脉衰少，天癸竭，地道不通，故形坏而无子也"，所以这个时候的女人会喜怒无常，还特别爱发脾气。看这个红姨的样子，应该刚好是这个年纪，大概就不能用正常人的情况去理解吧，她也只能自认倒霉了！

不过，自此以后，红姨除了吃饭的时候，再也没有离开过山洞深处，吃的也是夏秋自己打回来的。这个时候夏秋才发现，在这个奇怪的结界中想要打到猎物非常容易，野果、野菜也很丰盛，而山洞外不远处就有一个清澈的水潭，水源也不成问题。

显然，这里是红姨特别找好的地方，说是世外桃源也不为过，夏秋觉得，哪怕在这里待上几年，她们都不用担心生存问题。但是，这种情况也是让夏秋最担心的，因为，若是自己真的在这里陪着红姨待上几年，那外面岂不是就翻天了！

事实证明，红姨比夏秋更着急，因为在三天后，她便穿着一身崭新的黑色道袍从山洞里面走了出来。虽然黑色的袍子同她的脸色对比鲜明，但是此时她的脸色已经不再只有苍白了，总算多了些血气。她的身上还背着一个大挎包，一看就是要出去的样子。

她出来的时候，夏秋正蹲在山洞的角落准备晚饭，结果她扫了一眼夏秋收拾了一半的野兔子，撇了撇嘴道："不必了，咱们该走了。"

"走？去哪里？"夏秋"嗖"的一下站了起来。

红姨一笑："还能去哪里，自然是神鹿一族了。"

"你……你要去破阵？"夏秋的嘴唇抿成了一条线。

"不然你以为你能离开这里？"红姨扫了夏秋一眼，已经快步走出了山洞。

夏秋见状，也急忙紧紧跟上，生怕跟丢了，被她继续扔在这里。

几十米的直线距离并不远，她们很快就到了结界的边缘，浓雾升起的地方，而此时，野兽的怪叫声仍旧从浓雾深处清清楚楚地传来，那尖厉的声音，已经不止一次让夏秋身上起满了鸡皮疙瘩，这次也不例外。

到了这里，红姨便停下了，然后她头也不回地道："我知道，你这几天不止一次想从这里出去，可都被挡住了对不对？"

夏秋脸色一红道："你是法师，这若是妖怪设的结界，我早就走了。"

"呵呵，呵呵呵！"

她的话让红姨笑出了声，这让夏秋更恼火了，怒道："怎么，难道我说得不对吗？"

这个时候，红姨才回头看了她一眼，轻蔑地道："法师如何？妖怪又如何？不管哪个都是一种逆天的存在，本质上是一样的。你可是驭灵人，若是连这点本事都没有，真是白做朱砂的女儿了！"说着，她径自往浓雾中走去，边走边说道，"有的时候，心中有魔，处处都是魔障，同是人是妖又有什么关系……"

04

见红姨就这么走出去了，不像是解除了法术的样子，夏秋吃了一惊，也连忙跟了上去，不过可惜，待到达浓雾处，她又被一股奇怪的气息阻住了，根本就出不去。这个时候，红姨的身影已经快要消失在前面的浓雾里了，夏秋心中大急，只是连冲了几次后，仍旧冲不出去。

她正要叫住前面的红姨，却听她充满鄙夷的声音悠悠地透过浓雾传了过来："还真是个笨蛋。"

你才是笨蛋！

夏秋心中暗暗腹诽道。但是，经过红姨这一骂，她的脑中灵光一闪，突然想起红姨出去时说的那句话，于是略略沉吟后，她闭上眼，暗暗对自己说：就当自己周围全是妖气吧！

一边想着，她一边将自己体内的气凝聚于指尖，然后小心翼翼地向前探去，而这次，随着一股凉意从指尖慢慢延伸开来，等她再次睁开眼睛的时候，她发现自己竟然真的出来了。只是，出来之后她再回头向后看去，却见身后只有密不透风的树林，之前那个世外桃源般的地方，已经消失得无影无踪了。

正在她看着身后发呆的时候，却听红姨慢条斯理的声音再次响起："看来还没有笨到无可救药。"

这让夏秋立即回过头去，却见原本的浓雾早就没了，而红姨则站在离她十步远的前方，正静静地看着她。见她终于回过神来，红姨撇了撇嘴，继续往前走，同时说道："怎么样，想不想去看看神鹿一族的藏身之地？"

就算夏秋现在急于离开这个女人，可眼下天色已经快要黑透、周围也全是陌生的树林，她还是不太敢莽撞行事，于是只得硬着头皮跟在了红姨身后，随红姨七拐八拐穿过树林，找到小路，走到了一片相对宽阔的空地上。

可就在她刚刚踏上这片空地的时候，远远地便看到一座锥形的

石头山突然就凭空出现在了她们的面前。只是此时，借着傍晚的余光，她发现在这座山陡峭的山壁前似乎黑压压的聚集了不少人。

一开始的时候，夏秋还以为是神鹿一族的族人，便忍不住从里面找寻鹿兄的身影，可再仔细一看，却发现这些人中很多都穿着灰色的军服，她甚至还看到了他们手中端着的枪。

夏秋立即明白了，那些人竟然是军队的人，而能带军队来到这里的人，除了那个恨他们入骨的张子文张副官还能有谁？他们……竟然早就到了，这是要协助红姨破阵吗？

而很快，一个更加让她吃惊的身影也跃入了她的眼帘，竟然是那日回去的原田晴子。此时，原田晴子背对着她，身上则穿了一身红白相间的袍子，上白下红，那条血红的裙子即便是在这昏暗的傍晚也扎眼得很，就像是一团火，又像是一摊血，让人想不注意都难。

"她怎么也来了，她怎么会知道这里？"夏秋吃惊地道。

红姨冷笑道："你以为我不出去，就无法通知他们吗？"

"你……到底是什么时候？"

夏秋看向红姨，自己这几天同她朝夕相处，她根本就不可能去通知他们，甚至带他们来这里呀。

红姨似乎懒得理夏秋，而是看着前面那群人，缓缓地说道："你现在有两个选择。第一，跟我一起过去，让那个日本女人杀掉；第二，就是趁着我还没改变主意之前赶快离开。"

"你现在放我走？"夏秋愣了愣，看了看眼看就要黑下来的天色和密不透风的树林，"这个时候？"

红姨转头像看傻瓜一样盯着她道："怎么，还想让我雇顶轿子、打着灯笼送你回去吗？"说完，红姨又回过了头，缓缓向山壁的方向走去，边走边心不在焉地说道，"要是见了那个怪物，别忘了告诉他，今晚我们就会杀进神鹿一族的老巢，将里面的那些妖怪们抽筋剥皮，他要是来得及时，应该刚好能赶上一顿全鹿宴。呵呵呵……"

全鹿宴！

夏秋心中一凛。

看来，不管今天这神鹿一族的阵法能不能破开，神鹿一族怕是都很危险了，她必须赶快去通知乐鳌，让他迅速来这里救援鹿兄他们。

她回头看了看身后已经显得越发漆黑可怖的树林，然后将心一横，转头往相反的方向跑去。她就不信，这林子再诡异，能诡异得过这几天困住她的那片浓雾！

这个女人说得对，心中有魔，处处都是魔障——张子文他们没有人领着不是也到了这里吗？她只要能走出这个林子，哪怕只找到一条小路，就有机会下山找到大路，那个时候，她就一定能找到回临城的路。

不一会儿，夏秋的身影就消失在了阴暗的树林中，而这个时候，红姨已经向前走了好长一段路了。

似乎有所感应，她正想回头看一眼，却听一个不客气的声音在她的前方响起："喂，你来晚了！"说着，声音的主人看了看她的身后，脸色不禁一沉，"她呢？你把她给放了？"

看着眼前脸色阴沉的原田晴子，红姨笑了笑，然后轻轻拂了下身上崭新的道袍，不紧不慢地说道："你见过哪个怪物被人用来练了功、吸了妖气，还能活蹦乱跳的？"

原田晴子满脸不信地说："你是说，她死了？"

"只剩一口气罢了！"红姨说着，继续往山壁的方向走，"带着她过来太累赘，等这里的事情结束了，我就带你去找她，只要她到时候还有口气，随便你处置。"

红姨的话让原田晴子半信半疑，而这个时候，红姨已经离开她有一段距离了，然后红姨转了话题道："今夜，咱们还是先全力以赴了开这阵法吧。这一刻，我可是已经等了好久了，原田小姐，你的伏魔珠和式盘，也可以拿出来了……"

原田一怔，忍不住捻了捻自己脖子上挂着的珠串，也就是她常常用来捉妖、杀妖的那串珠子说："你怎么知道这是伏魔珠？"

"呵呵，你们家族同我的祖先还是有一些渊源的，况且，没这两

样东西，你们怎么敢寻水麒麟？退一万步讲，若不是知道你有这两样东西，我会同你合作？"

红姨的话让原田的脸色越发阴沉，很有一种让人扒光了衣服的感觉，而更可气的是，对这个女人口中所谓的他们一族，她竟然半点不知，更是对这两样宝贝的来历生疑。因为，她的父亲只告诉她，这两样东西是千年前他们家的祖先前往中土的时候被人所赠，而她的父亲，也是被他的父亲这么告知的。

原田心中不忿，却也更想看看红姨的本事，便点头道："好，让我拿出来没问题，不过，你总要告诉我们接下来做什么吧？"

"很简单。"红姨一笑，"不过首先，原田小姐还是先用你的式盘找到阵法的入口位置吧。"

夏秋发现，她还是高估自己在野外寻路的能力了，她从天色擦黑开始一直寻了几个小时，可除了感到自己不停地在原地打转后，她更是觉得路越来越难走了，到了最后，几乎都到了举步维艰的地步……她的脚下已经没有任何像样的路，她的周围不是杂草就是大树，再就是或远或近的野兽嘶吼声，而这次，她可以确定，这野兽的嘶吼声绝不是法术造出来的幻境、幻听，而是真的有东西在她的身边。

这些东西全都虎视眈眈地在旁边守着，她甚至还能看到它们时隐时现的幽眸，仿佛就等着她一松懈，便会立即扑上来将她撕个粉碎。

虽然夏秋经历过不少凶险，可像现在这样还是第一次。之前她千里迢迢从家乡前往临城的时候，虽然一路上风餐露宿，但是有童童陪着她、照顾她，才让她有惊无险地顺利赶到学校。其实她现在也不求别的，只求能辨认出南北，那样哪怕没路，她也可以一直往临城的方向走，毕竟灵雾山的位置是不会变的。

她正想着，突然听到一阵窸窸窣窣的声音由远及近沿着脚下的草丛传来，她立即打起了十二万分的精神，并在那声音眼看就要到眼前的时候，跳上了旁边的一块突出来的大石头。而几乎是在同时，只见一道青银色的光在草丛中蜿蜒而过，待夏秋终于辨认出从自己脚下穿过去的是什么东西后，她的冷汗几乎把里衣浸透了。因为，刚才过去的竟然是一条手臂粗的大蟒。

银色的光是它身上的鳞片反射出的从树叶间透下来的星光，而青色则是它本身的颜色。看这大蟒的样子，最起码已经有几十岁了，虽然比不上小龙，身上也没有妖气，可勒死头小羊总是不费吹灰之力的，而既然能缠死羊，自然也就能吞了她！

提到小龙，夏秋有些想他了，这次回家，因为小龙的伤还没有好，她便没有带他出来，而是让他去了青泽家养伤，倘若这次他同她一起出来的话，她现在就真的什么都不愁了，最起码，让他把她带出林子，他是一定能做到的。

直到这个时候，夏秋才隐隐觉得自己有些托大了，甚至觉得，红姨故意赶她走，就是想让她在这林子里自生自灭。只是，就算她就这么死了，对红姨又有什么好处呢？想让她死，把她直接交给原田晴子不是更简单，最起码还能卖个人情给原田。

夏秋尽量让自己烦躁的心安静下来，她看了看天空，想要借着空中的星光得到些指示，以前她在医专的图书馆中也看过些除了医学以外的杂书，据说空中的星斗在关键时刻是可以为旅人指示方向的。不过可惜，她并没有专攻过这些学科，也不认为自己对方向有过人的感觉，这个想法虽好，可对她来说根本就没用——真要让她找准方向，除非有人给她指出来，哪怕什么都不说，只指出来临城的方向就好。

只指出临城的方向！

突然间，夏秋茅塞顿开……

05

"在那里！"看着式盘上的指针不停地颤动，原田晴子最后终于指向了山壁前一处不起眼的角落。

只是她正要向那里走去，却不想红姨已经抢先一步冲了过去，仔细看了看那处角落，然后在看到紧挨着山壁的几块大石，以及那棵在夜风中不停晃动的小树后，突然笑出了声。

"虽是神鹿一族本为畜类，但自混沌初开起，无极生太极，太极生两仪，两仪生四象，四象生八卦，八卦生八八六十四别卦……一切皆有定数。八卦中乾为马、坤为牛、震为龙、巽为鸡、坎为豕、离为雉、艮为狗、兑为羊，更是包罗世间生灵。神鹿一族从上古时便已存在，那时便已同神接近，即便经过了千年万年，神鹿一族仍旧残存着神的血脉，所以护卫鹿族的阵法暗含此道自然也在情理之中。只不过，休、生、伤、杜、景、死、惊、开八门里，只有从生门打入，往休门杀出，复从开门杀入，阵法才可破……先祖虽然知道这个道理，可却怎么也找不到生、开二门，皆因这两门本来位置应该一个在正东，一个在正北，只可惜先祖在这两个方向找了半天都没找到，甚至还怀疑阵法被人进行了改动，在四面八方全都找了一遍，可还是不得其门而入，却没想到，这两门竟然是在不停变化的，怪不得无法破阵……哈哈，你这副六壬式盘果然厉害，想必做出它的人用的是古法，而这上古的阵法，果然要用这古法所制的宝物来破呀……"

红姨一口气说出这么多道理，显然是人已经极其兴奋了，只是，此时原田可顾不上听红姨说教，再厉害的宝物对她来说，也比不上水麒麟的下落，于是她很不耐烦地催促道："既然找到了，就快点破阵吧，再耽搁，天都亮了！"

被她打断，红姨显然很不高兴，却也不再说下去，而是瞥了她一眼，一脸的轻蔑："也罢，夏虫不可语冰，中原大地千万年的智慧，岂是你一时半会儿能听明白的。你不就是想要水麒麟吗？那一会儿就听我指挥。"说着，她的手中快速结印，身体也舞动起来，口中则念念有词，而紧接着，随着空中银光一闪，一柄巨大的骨鞭突然出现在空中。

这骨鞭别人不认识，一旁一直沉默着的张子文却是认得的，不禁轻声说道："六劫……"

只是还没说完，却见红姨狠狠瞪了他一眼，他立即将最后一个字咽了下去，而这个时候红姨再次开了口，像是自言自语又像是回答他的疑问："破阵足够了！"

张子文不再说话，而这个时候，站在一旁的林鸿升已经被这突然出现的上古神器惊住了，不禁道："它是从哪里出来的？"

此时，红姨已经把这把尚未完全觉醒的骨鞭握在了手中，然后转头看了看林鸿升道："林少爷，你先躲在一旁，等一会儿阵法破掉后，我们会牵制住这些怪物，你就趁机潜进去。我想，鹿神庙的大致位置你不会不知道吧？剩下的，就不用我教你了……"

没错，林家这几代传下来的那本《列宗传》的确记录了鹿神庙的位置，但这也要进入神鹿一族之后才能找到，进不去的话，一切都是免谈。

如今见红姨如此胸有成竹的样子，虽然林鸿升半信半疑，但还是点了点头说："我知道了。"

吩咐完他，红姨立即握着骨鞭向前缓缓走去，边走边道："其余两位，张副官，让你的人控制住那些小妖！原田小姐，你的伏魔珠也要准备好了，那些大妖怪可不是好对付的，我们只要把他们牵制到林少爷拿到铁木鱼就大功告成了……"

当夏秋睁开眼睛的时候，果然看到几条黑影摇摇晃晃地出现在离自己不远的地方，这些黑影形状怪异，身形也很飘忽，仿佛风一吹便会随风飘散一般。但即便如此，夏秋还是看出，其中一个长着一双呼扇呼扇的大耳朵，另一个有着一对獠牙，而剩下的那个却更接近人形，不过可惜，这个影子只有上半身飘着，下半身却怎么也看不到了。

虽然这些黑影奇形怪状看起来很可怕，但却始终同夏秋保持着一定距离，不肯靠近，甚至还摆出一副随时要逃的样子。

黑影怕，夏秋其实也怕，虽然之前在医院和在逃离林家的时候她都用过类似的法子，可每次用过后，她都会因为力竭陷入昏迷，

然后一睡就是一两天。可那两次好在是在城里，第一次被林鸿升带走，第二次则是被乐鳌救了，都没出什么严重的后果。而这次，她若是在这里晕倒，只怕就再也醒不过来了，一定会被那些在黑暗中蠢蠢欲动的东西们给生吞活剥了。当然了，这次让夏秋能放心些的是，这些东西只出来了三只，并没有像之前那样前仆后继，再加上她现在感觉还不错，并没有任何因为力竭而晕倒的迹象。

不过，虽然成功将黑影叫出来了，但她要做的事情也只完成了一半。于是，她深吸一口气，扫了这三个黑影一眼道："你们能不能告诉我，临城在什么方向？"

她话音刚落，却见三个黑影在停顿了一下后，一个黑影的大耳朵一下子拉长，指向她的正前方；另一个黑影的脑袋晃了晃，看向了她左边；而最后一个只有半截身子的人影，则侧了侧身，然后抬起胳膊，指向了她的右边。

三个黑影指出了三个方向，这让夏秋有些气馁，但她还是又耐心地问了一遍："我现在要回临城，你们告诉我，该往哪个方向走？"

这次，她的话音刚落，三个黑影再次为她指了方向，虽然同上次的不同，可这次他们为她指的仍旧是三个不同的方向。

这下，夏秋懂了，看来这些黑影是存心不想让她离开。

想通这一点后，夏秋却笑了，然后她眯着眼睛看着黑影不紧不慢地道："好，我再给你们最后一次机会，我数三下，你们三个之中若是有谁同其他两个指的方向不同，我立即让错的那个魂飞魄散，三个都不同我就三个都杀，这林子里像你们这样的东西多得很，我犯不着在你们身上浪费时间。一、二……"

还不等夏秋数到三，却见这三个东西摇头的摇头，伸胳膊的伸胳膊，扭身子的扭身子……全都指向了夏秋的左边，也是这林子里最黑最暗的地方。

看着黑影所指的方向，夏秋略一沉吟，低声道："好了，你们走吧，若是以后再敢骗人，休怪我不客气！"

听了夏秋的话三个影子如蒙大赦，全都飘飘忽忽地在林子里消失了，而夏秋则打起十二万分的精神向黑影所指的方向走去，进入了黑乎乎的树影里。不过，虽然在进入这树影里时她已经做好了破釜沉舟的准备，可这次，她周身的黑暗只持续了短短一瞬，便渐渐亮了起来，又向前走了几步后，她竟然听到了一阵"哗哗"的声音由远及近传来，而还不等她加快脚步，她的眼前便突然有了更亮的光，却是有一点点银光透过稀疏的树枝在不远的前方闪烁。

就在她错愕的工夫，她已经走出了树影，竟看到一条小河有条不紊地蜿蜒向前流去，星光洒在河面上，就像是流动的水银一般。

水在山中行，自然是要往山下流的，而沿着水流一直往下走，就一定能找到下山的路。

这让夏秋异常兴奋，步子也快了不少，而这时，大概是因为有河道的缘故，河的两岸已经变得非常平整，借着天上的星光，夏秋再也不用摸黑赶路了，视野也渐渐开阔，脚程更是比之前快了数倍。

就这样，大概走了一个多小时后，当夏秋随着河流穿过一小片树林后，眼前一下子豁然开朗，河面一下宽了一倍，而随着河面变宽，就连地面都平坦了很多。这个时候，借着星光远远望去，夏秋突然看到了一座尖顶样的建筑，以及从这尖顶上发出来的微光。待她仔细辨认后，不由得欣喜若狂，因为，她认出来了，这座尖顶样的建筑，竟然是佛塔的塔尖，而那微光，则是从塔顶的小窗口里传出来的长明灯。

"灵雾寺！"夏秋忍不住低低欢呼出声。

也难怪她会喊出声来，因为只要找到了灵雾寺，她就等于找到了下山的路，到时候回到临城就只是时间问题了。

她的脚步一下子更快了，几乎是朝着佛塔的方向跑了过去，哪怕因为下坡的缘故，她好几次都差点因此摔倒都没有减缓速度。

大概跑了一刻钟的工夫，不但佛塔近在眼前，夏秋甚至已经看到了灵雾寺的围墙，甚至……已经踏上了围着灵雾寺周围修出来的石子小路。

这条小路她认识，应该也通向寺庙的正门，所以，她只要沿着

石子小路走，就可以绕到灵雾寺的大门处，而那个时候，下山的路就剩下了笔直的大道，是连马车和汽车都能并行的大马路了。 夏秋一边想着，一边觉得自己已经看到了大路，甚至已经看到临城城门了！可就在她一心赶往大路的时候，猝不及防间，却从旁边的林子里突然闪出了一个人影，一下子就挡在了她的面前。

06

夜晚静谧的林间小路上突然窜出来一个人，立即把夏秋吓了一跳，可还不等她辨认出来人，却听拦路者高颂一声佛号"阿弥陀佛"。

这个时候，夏秋也认出他来了，忍不住又惊又疑地唤道："法空大师！"

法空方丈看着夏秋一笑，雪白的眉毛同时颤了颤道："夏施主，这么晚了你在这里做什么？"

毕竟是熟人，之前他又帮过自己，夏秋松了口气："原来是大师呀，吓了我一跳。嗯……因为发生了一些事情，我现在正要回临城。"

熟归熟，有些事情，夏秋觉得还是最好先不要告诉法空。

"回临城？"法空方丈一愣，"这个时候？"

法空方丈说着，抬头看了看天空道："这会儿已经快子时了，等你赶到临城怕是已经半夜，先不说这一路上你一个姑娘家赶路是不是安全，即便你能平安到达城门口，城门也早就关了，你根本进不去吧！"

之前夏秋一心只想走出树林，对于这一点虽然想到了，但是却并没有考虑太多，只知道只要能出了林子，什么问题都不是问题了，如今听到法空大师的话，她心下立即犹豫起来。她倒不是怕自己路上会有什么危险，而是怕会耽误了事情。现在又过了这么久了，也不知道神鹿一族怎么样了，她必须第一时间告诉乐鳌才行。只是，别的困难还好说，城门关了的确是个大问题，她又不能像妖怪一样飞过去，只能慢慢等。

想到这里，夏秋心中一动，对法空方丈道："我想劳烦大师帮我个忙，您能不能……"

"可是让我帮你通知乐大夫？"法空大师笑了笑，"老僧正有此意。"说着，他侧了侧身，指着寺院后面的一条小路道，"看夏施主的样子，怕是已经在林子里走了大半天了吧，不如夏施主随我去寺里用些斋饭，也正好慢慢等乐大夫前来。"

夏秋犹豫了一下，便点头同意了。这位法空方丈她早就知道不是普通人，所以由他去通知乐鳌肯定比自己快得多，回来自然更快，眼下肯定没有比这更快、更合适的法子了。

不过在随着法空方丈往寺院里走的时候，她还是忍不住补充道："麻烦大师告诉我家东家，让他一定要接到消息立即过来，决不能耽搁，而且，带的人越多越好。"

"人越多越好？"这让法空方丈顿了下，"难道有事发生？"

夏秋沉默以对，因为她不知道这件事该不该牵扯上法空方丈和灵雾寺。虽然之前童童的事情法空方丈曾经提醒过她，让她该放手时便放手，对于乐善堂的事情也知道不少，只是，她却拿不准法空方丈对神鹿一族的事情知道多少，所以还是决定先瞒着他，等乐鳌来了，再交给乐鳌定夺。

看到夏秋面露难色，法空方丈也不再追问，而是领着她从灵雾寺的小门直接进入了寺庙的后院。

一直以来夏秋都只去过前面的大殿，这后院她还是第一次来，却发现后院竟然十分的空旷，甚至连树都没有几棵。即便有，也只是些刚刚栽下去的小树，树干只有手臂粗细，仿佛被风一吹就会折断了似的，同她刚刚走过的密不透风的树林比几乎是两个世界。

不过，眼看就要进入排列着禅房的回廊的时候，借着廊上的灯笼，夏秋却看到了散布在廊下的几截粗壮的树桩。树桩的断面上湿漉漉的，有的甚至还透着青色，想必这院子中原本是有大树的，只不过刚刚才被人砍断。

夏秋脸上的疑色被法空尽收眼底，苦笑着解释道："前几日有个居士在寺中小住，却嫌窗外的老树遮光引虫，便让人砍了……"他一边说着，一边不停地摇头，一副无奈至极的样子。

夏秋听了心中暗暗咂舌——这个居士得多大的来头，人家寺院里的树说砍就砍了，看来这佛门清静之地也不清净呢。

不过，再怎样这也是人家的事情，她也不好多问，只得也赔笑道："看来法空大师这个方丈不好做呀。"

法空摇头道："没法子，总要给这山上的生灵一个清净向善的去处啊！"

说着，两人已经进了屋，很快便有小僧人将斋饭送了来，而夏秋一眼便看出，这个小僧人也不是普通人。显然，这灵雾寺前面的僧人和后面的僧人是法空方丈刻意分开安排的。

不过，夏秋已经饿了一宿，看到吃的，只觉得自己早已头晕眼花，便没有太在意，一心只想着先填饱肚子，须臾便将斋饭一扫而空。

吃完之后，看到自己面前干干净净的碗碟，她才终于想起不好意思来，脸颊通红地看着法空方丈道："大师见笑了！"

"无妨。"法空笑道，"夏施主可吃饱了，要不要老僧再让人送些过来？"

这让夏秋更不好意思了，连忙摇头道："饱了饱了，对了大师，您是否已经派人去通知我家东家了……"

既然这寺庙里像法空大师这样的人这么多，想必他派别人去速度也不会太慢。不过正说着，夏秋突然感到一阵眩晕，一股倦意突然铺天盖地地袭来，她心中一惊，连忙看向对面的法空方丈，却见他仍旧笑吟吟的，而之后，他的笑脸却越来越模糊。

这个时候，夏秋才知道大事不妙……她太傻了，法空方丈怎么就这么凑巧刚好在那个时间、那个地点出现在寺庙外，还刚好碰上了她呢？只是，此刻她即便想明白也来不及了，随后，她只觉得自己眼前一黑，便什么都不知道了……

　　一连好几日，乐善堂的众人找遍了临城的内内外外，乐鳌更是把夏秋失踪的那家客栈方圆十几里的范围都寻了个遍，可结果仍旧是一无所获。

　　后来，乐鳌从落颜那里得知，有人看到张子文带着人马在几日前离开了临城郊外的灵雾山，往西南方向逃窜，他便怀疑是他们趁机带走了夏秋，立即追赶了一天一夜。可不要说夏秋，他甚至连溃兵的影子都没有见到，这才察觉上了当，又马上赶回了乐善堂。只是乐鳌原本期望其他人能有些好消息，可一进乐善堂的大门，看到迎面走来的夏丰登以及他身后表情莫测的黄苍，乐鳌就知道自己的期待又要落空了，若夏秋回来了，这乐善堂决不会只有黄苍一个人留守，哪怕只是有消息，黄苍也不会是这种表情。

　　于是，他只得强笑着对已经到了面前的夏丰登拱了拱手道："夏兄！"

　　"唉唉唉，我说妹夫呀，你这样可不行，整天在外面跑不见人也就算了，连我家九妹都忙得不见影儿，除了回临城前那个早上我家九妹给我打了声招呼要回医院当班外，我到现在都没怎么见过你们的影子。你也就算了，我家九妹虽然过两年才嫁，可你就忍心让她去医院做那端屎端尿伺候人的活儿？你要真心疼她，就赶快把她接回来，你这里不方便，就让她住到我们夏家的小院里去，安安心心准备出嫁！"

　　夏丰登一口气说了一大堆，乐鳌却根本无言以对，当时情况紧急，夏丰登早上找夏秋的时候，他只好做了手脚，让夏丰登以为夏秋回医院当班去了，只是当时他本以为很快就能找到她，却没想到，一连这么多日，他们都一无所获。如今，他们能找的地方已经全找了，可红姨同夏秋就像是人间蒸发了般，怎么也寻不到踪影，他实在想不出她们会藏在什么地方。

　　只是，心中焦急，对这夏丰登，乐鳌却只能耐心解释道："这是秋儿的意思，夏兄也应该知道，她并不喜欢依赖人，但是她已经答应我，等成亲后就不会再出去工作了，会安心留在乐善堂帮我的忙。"

对于夏秋的倔强，夏丰登早就领教过了，所以乐鳌这么说，他并没有起疑，但是想到自己这位妹夫还没成亲就这么纵着自己的未婚妻，夏丰登深感日后自己这位妹夫定然与自己一样"夫纲难振"，竟起了惺惺相惜之感。

于是他叹了口气道："你这样可不行，我看不如我去医院找她谈谈，让她现在就辞了医院的差事，就算她不听，可有些你说不出口的话，我这个娘家人还是能提一提的。不过，我可不是要帮你，我是要帮自己的妹妹，女人嘛，相夫教子就行了，做什么工嘛！再说，如今都定了亲，抛头露面可就不是大家闺秀的做派了。"

这几日，夏丰登倒是没少提去医院看夏秋的事，只是，都被乐鳌给搪塞过去了，更是让黄苍带着他满临城玩儿，东湖边更是没少去。这样一来，很容易就转移了他的注意力，再加上他很爱玩儿，常常玩到晚上在外面吃了饭才回来，那个时候，就算乐鳌不在药堂，他也没什么精神找人了。而到了第二天早上，黄苍又早早地开着车等在外面，等候他的又是一整天难以抗拒的游山玩水。只是，今天已经快到中午了，夏丰登仍旧还待在乐善堂没出去，难不成黄苍今天没给他安排节目？

乐鳌这么想着，不禁看向夏丰登身后的黄苍，却见黄苍对他摇了摇头，一副欲言又止的样子，脸色也不太好看。

而这个时候，夏丰登又说话了："其实，我在临城已经待了不少日子了，想着再见见九妹，叮嘱一番就回去了，也算给父亲有个交代。"

乐鳌心中微沉，夏丰登要回去他自然求之不得，可如此一来，他可就没法子再拖着不让夏丰登见夏秋了，于是他眉毛微微蹙了蹙道："夏兄这么急着回去，可是嫌我招待不周？"

"没有没有，你们虽然忙，可小黄师傅带着我将临城好玩儿的地方玩儿了个遍，我都记在心里了，跟你们没关系，我只是觉得，我该回去了……"

不等他说完，一旁的黄苍终于忍不住插话道："东家，今早咱们出门逛街，在街上看到几个日侨会馆人横冲直撞的，舅老爷看不过就上去理论了几句，结果那几个日侨会馆的人还想打人，后来被周围的民众围住了，他们这才不敢闹事，离开了，然后，舅老爷便败了兴致，就让我载他回来了。"

"日侨会馆的人？"乐鳌皱了皱眉，"这种时候，他们还敢闹事？"

原本日侨会馆都是些商人，以前虽然也有欺负人的事情发生，可学潮之后，他们消停了不少，有的还回国了，怎么会突然又嚣张起来？

黄苍眼神微闪，盯着乐鳌低声道："都是些生面孔，应该是新来的，而且，他们……应该同那个原田小姐有些关系……"

因为夏丰登在，黄苍说得非常隐晦，但乐鳌还是听懂了，神情一下严肃起来："同原田晴子有关？你的意思是……你们不是说原田早就走了吗？"

"没错，我亲眼看到她离开的，就在你们回来前几日。只是这些人身上的'功夫'，同她非常相似，我觉得，他们应该出自一脉。"

黄苍所谓的"功夫"，乐鳌自然知道是什么，而这个时候，他才意识到自己忽略了一个重要的线索。他之前只以为原田离开了，所以根本就没往那方面想，而如今，若是原田没走的话，那就一定是找到了东湖里那东西的线索，不然也不会叫这么多帮手来帮忙了，而在这临城附近，知道东湖里水麒麟所在的人，除了神鹿一族的鹿零长老还有谁……他不禁暗暗懊悔，若不是夏秋不见了，他早就去找鹿零长老了，而如今，希望还不晚。想到这里，他只说了句："我出去一趟。"说着，他也不管厅中一头雾水的夏丰登，转头就往门外冲去，待夏丰登反应过来追了出去，外面哪里还有乐鳌的影子。

夏丰登怔了怔，突然转头看向身后的黄苍，一脸严肃地问："小黄师傅，最近这乐善堂，是不是发生什么事了？"

乐鳌走了，也没有告诉他去了哪里，黄苍也正疑惑着，而夏丰登的话，他更是不知道该怎么回答。

见他犹豫，夏丰登终于起了疑心，盯着他道："不会同九妹有关吧？"

07

看着眼前已经被毁掉的阵法，乐鳌的脸色要多难看有多难看，而等他进入神鹿一族世代繁衍生息而如今却空空如也的山谷后，尤其是看到已经被砸得一塌糊涂的鹿神庙后，他的脸色已经不能用难看来形容了。他深知红姨的厉害，只是，那也只限于单打独斗，而如今，竟然整个山谷的神鹿族人都被劫掠了，那就肯定不是她一个人能做到的了。

虽然神鹿一族除了鹿零族长和几位长老外，其余的族人法术都不是很高，但是也足足有百余口人，如今竟然一个不落全都消失了踪影，而且连一具尸体都没有看到，那肯定是被一起挟持了。

杀人容易，可能把这么多人轻而易举地带走，那不费些功夫定是不行的。想来要完成这件事必定少不了红姨和原田晴子的法术，林鸿升操控铁木鱼的咒语，以及张子文的军队。只是，这么多人或者是鹿。都被带走后，会藏在哪里呢？

乐鳌第一个想到的就是林家的鹿场，只是等他赶到后，却失望至极，因为林家鹿场里根本就没有神鹿一族的族人，自然也看不到林鸿升。而且，同上次来的时候相比，这里明显没以前热闹了。上次哪怕是被军队包围的时候，哪怕是整个鹿场因为鹿瘟岌岌可危的时候，里面的庄丁和下人做事也都有条不紊，眼睛里更是充满了精神劲儿。这次，虽然鹿场没事了，可不但庄丁下人比以前少很多，这些留下来的庄丁们看起来也没有谁将心思放在鹿场上，很多人哪怕是大白天都躲在没人的地方打牌喝酒，吆五喝六的，大概是以为林家快不行了。老吴倒是还在自己的诊室里守着，但透过窗口望进去，却见他整个人也是没精打采的，坐在椅子上发呆。

乐鳌悄悄地来，又悄悄地走了。虽然林家鹿场没有神鹿一族的族人，但是他可以肯定，红姨挟持了这么多人，一定不会走远，更何况即便是为了东湖里的东西，他们都不可能离临城，甚至说离灵雾山太远，很有可能就藏在山中。

这灵雾山中从上古时就灵气逼人，不然神鹿一族也不会选这里做落脚地，故而这山中的灵物妖物也是极多，哪怕乐家人，也不见得与所有的妖物都打过交道，更不要说隐藏在这山中的各个秘境了，甚至于借着山中灵气，再造一个秘境都是有可能的。所以，红姨肯定是将神鹿一族带入了哪个不为人知的秘境中，除非他们达成目的，否则的话，决不会现身。

这些秘境他并非找不到，但他即便找到了又能如何？明摆着人家是打算守株待兔，坐等他进入圈套。

红姨掳走夏秋就等于是抓住了他的软肋，只要自己出现在她面前，她绝不会放弃这个绝佳的机会，到时候是拿夏秋做诱饵，还是用夏秋做人质，就看这个女人的心情了。而且，他也不认为红姨会把神鹿一族的人同夏秋关在同一个地方，别忘了，当初他帮鹿兄拿回铁木鱼的时候，正是因为夏秋的帮忙，鹿一才没有受铁木鱼的影响，被林家人操纵。红姨可不是林老爷子，自然不会犯同样的错误，反而会将铁木鱼的威力发挥到最大。如今她已经将夏秋掳走了这么多天，想必该问的话都已经问出来了，所以，他现在只有一个办法……

看着林子里四肢瘫软的梅花鹿们，原田晴子的脸色却极其难看，然后她转头看向一旁正在打坐调息的红姨道："你果然在骗我，我刚刚都找过了，根本就没有她的影子，你把她给放了！"

红姨仍旧闭目养神没有理她，可她旁边的林鸿升却忍不住劝道："晴子，你何必非要杀了她呢？你再等等，我很快就能帮你问出水麒麟的下落了。"

此时的林鸿升红光满面，这才真正明白铁木鱼的威力，更明白为什么林家世世代代将这宝贝供奉在祠堂里了。当他潜进鹿神庙拿

出铁木鱼并将它敲响后，木鱼声让这上百只鹿妖一下子化了原形，还随着木鱼声老老实实地随他们到了这里，竟然半点反抗都没有。这一切只有在梦中他才见过，哪怕是现在他都觉得一切都是那么的不真实，浑身都轻飘飘的。有此神器，还如此好用，这更让他的自信心膨胀到了极致，仿佛这世上没有什么是他做不到的，他已经成了主宰一切的神一般。

只是，对他的话原田晴子却根本不屑一顾，她看都不看林鸿升一眼，仍旧盯着红姨道："你为什么要救她？她跟你是什么关系？你有什么瞒着我们的？你别忘了，如今就算没有你，我也能问出水麒麟的下落，你要是不把她交出来，那你就替她死吧！"

原田晴子的话让林鸿升的脸色陡然一变，他实在是不明白，为什么原田晴子一定要杀了夏秋不可，为此甚至不惜与现在的盟友翻脸。只是，他向来对原田言听计从惯了，也不知道该说些什么，倒是张子文听了他们的话，脸色微沉，眼睛也眯了起来。

这个时候，红姨终于睁开了眼，她看着原田嘴角向上勾了勾道："你嫉妒她？"

"闭嘴！"原田先是一愣，然后怒不可遏，紧接着，她已经用枪口对准了红姨的胸口，"信不信我现在就杀了你？"

只是她这一动，张子文却使了一个眼色，于是，他手下的士兵们立即端起了枪，对准了原田，周围响起一片"哗啦啦"拉枪栓的声音。

对他来说，什么神鹿一族，什么水麒麟……都跟他没关系，他同红姨结盟，是为了杀掉乐鳌替妻子报仇，在这一点上，红姨可比原田有用多了。

张子文的突然发难，让原田脸色更加难看，可她仍旧不肯就这么放下枪，倒是林鸿升看情况不妙，连忙拉住了她，小声道："晴子，有话好好说，眼下最重要的是先问出水麒麟的下落吧。"

场中形势一触即发，几个年轻人的脸色都不是很好看，只有红姨的神色依旧淡淡的，看着原田不紧不慢地道："你不嫉妒她，为何非要杀了她？她还真不是妖怪，真正的妖怪是乐鳌。你的枪口和法术应该对准乐鳌才对，而不是那个夏秋，更不是我。原田小姐，你已经被自己的感情冲昏了头了，你难道忘了自己此行是为何而来了吗？"

08

原田的脸上红一阵白一阵的，一时间她手中的枪放下也不是，不放下也不是，而她在内心深处却知道，这个女人真的说对了。在知道乐鳌和夏秋将她当傻子一样欺骗后，她的心中就像是有把火一直在烧，而她更知道，这把火只有血才能浇灭，不仅仅是乐鳌的血，还有那个夏秋的血，她一定要杀了夏秋，仿佛只有杀了她，才能洗刷自己被欺骗的耻辱。

这一次，又是林鸿升替她解了围，他急忙轻轻压下她的枪口，对其他人笑道："晴子只是性子太急了，我替她向大家道歉，咱们还是继续打听水麒麟的下落吧。"

张子文看了他一眼，又瞅了瞅面色淡然的红姨，挥了挥手，也让士兵们将枪放下了，然后冷冷地道："有话……就好好说。"

虽然迫于形势半推半就放下了枪，但原田心中的怒气又怎么会轻易平息下去，仍旧看着红姨冷笑道："乐鳌我也会杀，他们两个我谁都不会放过，倒是你，本来答应我让我处置那个女人的，如今却出尔反尔放了她，又该让我如何信你？"

这个时候，红姨终于缓缓站了起来，看着她笑道："谁说我放了她……"

原田一怔："你没放她？那她在哪里，我为什么没看到她？你可别说你将她杀了，你就算将她杀了，我也要看到她的尸体才能相信……还有，别给我玩儿什么烟消云散的把戏。"

"哈哈哈……"红姨摇了摇头，"难道你忘了我破阵前同你说的话了吗？我说的可都是真的，只不过她被安排在别的地方。"

"你若还想让我相信你，那就把她带出来让我看看，哪怕尸体也

好！"原田自然不肯轻易再信她。

看到原田的样子，红姨叹了口气，却看向了林鸿升道："原田小姐，这件事情你该问林少爷，他比我更清楚夏秋为什么不在这里。"

"林生？"原田先是怔了怔，然后愤怒地转头看向林鸿升，"林生，这到底是怎么回事？我想起来了，刚才你就为她求情，是你救了她？"

林鸿升此时也是一头雾水，看着原田脸上的怒气，更是觉得心惊肉跳，连忙对红姨摆手道："前辈，这种话可不能乱说，我什么时候放了夏秋了？自从……自从那夜，我可是再没见过她呀……而之后……"

不等他说完，红姨手一挥打断他的话，然后指着那一地瘫倒的梅花鹿问："你觉得这铁木鱼的威力如何？"

"这……"扫了眼鹿群，尤其是领头那只浑身雪白的头鹿，也就是鹿零族长，林鸿升的嘴角不禁向上翘了起来，"很好。"

"那你可知，那个从你家里带走铁木鱼的人是谁？"

林鸿升的脸上闪过疑惑："难道不是乐鳌？"

"当然不是！"红姨说着，指向紧跟在那头白鹿后面，身材比一般梅花鹿更加高大魁梧的鹿道，"我要没记错，他应该是下任族长的继承人！"

"什么？"林鸿升一愣，但他立即反应过来，"怎么可能？若是他有本事将铁木鱼带走，这会儿又怎么可能被我控制？这咒语，我们林家的当家代代相传，我父亲自然也会，抓住他肯定也不成问题，一定是乐鳌帮了他，乐鳌才是害我父亲的凶手！"

红姨摇了摇头道："即便有乐鳌在，这铁木鱼也不是说能拿回来就能拿回来的，不然，这宝物又怎么会在你家放了那么多年！你真当鹿零这个老家伙不知道铁木鱼的下落，不知道你们林家发家的缘由吗？"

"前辈，那夜到底发生了什么，你能不能告诉我？我父亲到底是被谁所害？"林鸿升的脸上闪过一丝狠厉。

"是因为夏秋！"红姨立即斩钉截铁地道。

"夏秋？"林鸿升只想了一下，便明白了，可他的脸色也在瞬间变得铁青。

"没错，正是她的能力干扰了铁木鱼的威力，这才让他们轻而易举从你家拿走了铁木鱼，让你父亲生了重病……我这么说，你明白了吗？"她说着，视线从林鸿升的身上又挪到了原田的方向，高深莫测地一笑，"所以，如果有她在，你觉得咱们能这么顺利控制住这上百头鹿妖吗？"

"你是说夏秋？"原田的脸色更加难看，"她竟然有这种本事？"

"不管你信不信，她就是有这个本事。"红姨冷静地道，"不然，你以为乐善堂会让她一个普通人留下来吗？"

原田闻之怒容满面："那你为什么不干脆杀了她？"

"要杀她的是你，不是我，我只不过没反对罢了。"红姨平静地道，然后冷笑了声，"原田小姐，当初你横生枝节将她掳了来，为我们要做的事情平白添了风险，我虽然没说什么，但我……也不是你手里的刀。你要真想杀她，等这里的事情结束后，你自己去杀她便是。"

"原来这件事是原田小姐自作主张呀！"还不等原田开口，只见张子文的嘴角露出一个诡异的笑容，"难道你以为这里是你做主吗？我们都是你们原田家的家臣？你别忘了，大家不过是互惠互利罢了，你要是坏了我的事，我可不管你是什么人！"

虽然他恨乐鳌他们，但是对这个原田更没有好感，若不是为了帮丽娘报仇，他根本就不可能找她帮忙，更不要说同她结盟了。不然在叛变的时候，他也不会直到最后一刻才找到她，为此耽误了大好时机，最后功败垂成。但即便是这样，他也只是埋怨红姨在关键时刻不见踪影，而不是后悔晚找了这个原田晴子。

眼看气氛又紧张起来，林鸿升这个和事佬又不得不出来解围了，他连忙对张子文赔笑道："子文兄，我看这件事情都是误会，咱们

还是先把正事办了吧。咱们再这么吵下去，看热闹的还不是这些怪物？"说到这里，他看向为首的鹿零族长，也就是那头浑身雪白的头鹿，接着便走过去踢了踢鹿零长老的肚子，冷笑道："老东西，水麒麟到底在什么地方？你信不信，我当着你的面，把你这些鹿子鹿孙一个个都开膛破肚，炮制成上好的药材！"

自从鹿零族长被铁木鱼控制开始，就一句人言都没说过，这让林鸿升不得不认为，鹿零在化为原形的同时，也同时丧失了口吐人言的能力。可即便如此，既然只有鹿零才知道那个水麒麟的下落，那么让鹿零开口就是必需的。本来他正打算向红姨请教让他们开口的方法，看能不能让他们在恢复人形的同时，却无法恢复妖力，却不想原田为了夏秋的事情突然翻脸，实在是让他极为被动。所以，他此次突然过去问话，不过是为了转移众人的视线罢了，他并不认为自己真的能问出什么。

只是，这次他都判断错了，他的话音刚落，就听一个苍老的声音响了起来："你们林家为何非要同我们一族过不去呢？难道人心真的可以贪婪至此吗？"

这个声音响起，将林鸿升吓得向后退了好几步，手中的铁木鱼又再次被捧了起来，随时准备敲响它。不过，后来见鹿零长老没什么动静，他又壮着胆子向前迈了一步，冷笑道："你原来会说话呀，也好，也省了我一番力气。你说我们同你们过不去，可你们害的我父亲卧病在床，还盗了我家的传家宝，难道我不该找你们算账吗？"

"传家宝？铁木鱼在我族鹿神庙中供奉了万年，从我族在此落脚的时候就有了，何时成了你们林家的传家宝？至于你父亲的病……没有因又哪来的果？若不是你的祖上忘恩负义又贪得无厌，盗走我族圣物，又如何会有今日的结果？而你，非但不思悔改，反而再次助纣为虐，如今竟然帮着他们打起水麒麟的主意！年轻人，我只想问你一句，你真的知道自己在做什么吗？小心一失足成千古恨，做出比你祖上更加不可饶恕的事情来！"

鹿零族长不开口还好，一开口说出这么多道理来，而且条条林鸿升都无法反驳，这让他不禁恼羞成怒，再次冲上前去，又狠狠踢了鹿零族长几脚，大声吼道："你一个怪物，有什么资格同我说这些，既然是怪物，那就该死，我就算将你们全都扒了皮，外人也不会多说什么，更是会把我看作英雄！我看，是你不知道现在是什么状况，不如我就让你清醒下！"说着，他绕过鹿零，来到鹿零身后鹿一的身边，然后从怀中拿出一把匕首，冷笑着道，"我就先把你身后的这个杀了给我父亲出气，也让你们看看，得罪了我们林家是什么下场，看你们这些怪物日后还敢不敢同我家作对！"

话音刚落，就见他手起刀落，在鹿一的肚子上狠狠一划，鹿一漂亮的毛皮上便出现了一道裂缝，立即有血从伤口里涌了出来。

剧痛让鹿一的身体颤抖了一下，同时发出一声低低的呻吟，接着鹿一抬起头对林鸿升怒目而视，甚至还想挣扎着站起来。不过可惜，鹿一的腿不过撑了撑便重新瘫到了地上，根本就站起不来，不但如此，由于用力过猛，反而从伤口里又涌出几股鲜血，很快便将地上的一小片土地浸湿了。

鹿血混杂着地上的泥土散发出一股特殊的腥气，直冲人的口鼻，似乎是被这独特的血气刺激到了，林鸿升的瞳孔缩了缩，突然透出诡异的光，然后他干笑了几声道："鹿血可是大补，鹿妖的血想必更是其中圣品，实在是可惜了。不过，谁让你害了我父亲，我怎么可能放过你！不如，我将你身上的肉一片片地割下来，然后给我父亲做成鹿羹吃，想必他一定会很开心。"说着，林鸿升再次高高举起了匕首，就要继续向鹿一捅去……

09

夏秋觉得自己仿佛没睡一会儿就醒了，但是等她醒来的时候，却已经是白天了，而透过被封住窗子的缝隙向外望去，却是日头西沉，竟然已经要到傍晚了。

窗户都被封死了，更不要说大门，也早就上了锁。夏秋只是试着推了推便放弃了，只能重新坐回到屋子里的禅床上静静想办法。

她怎么也没想到，自己有朝一日会被困在灵雾寺里，更没想到一向慈眉善目的法空方丈竟然会做出下迷药的勾当。只是，法空迷晕她想做什么，就是为了阻止她向乐鳌报信吗？也就是说，法空完全知道灵雾山里正在发生的事，完全知道红姨要破阵，也完全知道红姨要对神鹿一族不利的事情，而她被红姨放了却在这里被法空关了起来，更是说明法空同红姨根本是一伙的！但即便这样她还是想不通，红姨的目的是为了同乐善堂作对，为了杀乐鳌，法空方丈又为了什么呢？之前法空自己也说，要给这山上的灵物们一个清净向善的地方，他说这句话的时候不像是假话，但如今他的做法根本是把这灵雾寺以及这山中的精灵们牵扯进红姨同乐善堂的私人恩怨上去，又哪里来的清净！

越想，夏秋心中越烦闷，不禁又走向窗口，透过窗户缝儿再次看向外面，希望能看到有人从后院经过，不管是人是妖，她都可以想办法让他们为她开门。不过可惜，虽然没了大树的遮蔽，院子里的情形一览无遗，但她却连一个人影都看不到，甚至连虫鸣鸟叫声她都没听到一声，整个院子安静得瘆人。

这让她突然明白，只怕根本就没有什么蛮横的居士，这寺庙后院的大树应该是法空方丈让人故意砍断的，至于原因，大概是怕她会借助树木向青泽他们传达信息吧，抑或是怕她借助树灵的力量开门。

此时她才意识到自己是多么的傻，城门不开她完全可以让树灵传话给青泽带她进城，又何必非要借助灵雾寺的力量？只是，这也正说明，红姨同法空方丈早就勾结在一起了，不然灵雾寺也不会刚巧在这个时候把树都砍了。显然，红姨放她走根本就是骗她的，她不过是想借助另一个人的手将她关在另一个地方罢了！

夏秋心中正义愤填膺，却突然听到房门另一边的窗外传来一阵脚步声，她愣了一下便马上冲了过去，还没到窗口便大声说道："有人在外面吗？拜托，能不能帮我把门打开？"

脚步声在窗前停住了，沉默了一下后，门外传来低低的声音："夏施主，是老僧。"

夏秋怔了怔，立即怒不可遏地喊道："法空，你到底什么意思？你什么时候同红姨那个疯女人狼狈为奸了？"

又是一阵沉默，随即是法空方丈一声幽幽的长叹："对不起，夏施主，老僧只能这样做。不过你放心，我不会伤害你，等过几日，老僧一定会放你离开，到时候你对老僧是杀是剐，老僧悉听尊便！"

"过几日？"夏秋眉毛蹙了蹙，"神鹿一族同大师有仇？"

"没有。"法空立即道。

"那你为何要阻止我向东家报信？"

"鹿零长老他——"法空拉长了尾音，"总之，他们不会有事的。只不过，有些事情他没有想通，想通之后，也未必会反对乐夫人的做法。"

乐夫人？红姨？乐夫人就是红姨！

法空果然同她是一伙的！

听法空亲口确认了这一点，夏秋心中更怒："法空大师，那你可否知道，那个女人的最终目标是乐善堂，是乐鳌！即便如此，你也帮要她吗？帮她……杀了乐鳌？"

这一次，法空大师沉默的时间更久了，久到夏秋都怀疑他是不是已经离开了，而到最后，才听到他用低得不能再低的声音，像是对夏秋，又像是对自己说道："有些事情不能只看表面，想必鹿零长老也一定会想明白，真若是到了那一步，又有谁比整个天下的生灵更重要的呢……"

"什么？你说什么？"

夏秋不太明白法空的意思，只是她正想再问，却听他的声音突然变大了，快速说道："夏施主，这几日就得罪了，饭菜我会让人从窗口的缝隙递进来的，不过那人是老僧刚雇来打杂的聋子，听不到你说话，你就不要再有别的心思了，但屋子里有纸笔，你若有什么

163

需要，写下来交给他就是，老僧会尽可能满足，最后，再次请夏施主担待一二，老僧先告辞了！"说罢，随着一阵轻轻的脚步声越来越远，法空就这么离开了。

"喂，你等等，你等等！快放了我，快放了我……"

在夏秋的喊声中，法空方丈的脚步声终于彻底消失了，而夏秋也越发疑惑——她本以为红姨是为了报私仇，但眼下看来，这件事情的真相远不止如此！

他们……究竟想做什么？

"住手！"

"住手！"

随着两个声音同时响起，林鸿升的手顿了顿，他先是看了眼旁边的鹿零族长，又看向身后不悦地道："前辈，他们不吃些苦头是不会说的！"

出声制止的除了鹿零族长，还有红姨，听到林鸿升的质疑，她笑了笑道："你以为将他们都杀了，他们就肯说了吗？你们先到林子外面等一下，我来问他。"

"你？"

这次，不但是林鸿升和原田晴子，就连张子文的脸上也充满了质疑。

"怎么，不信？"红姨笑道，"别忘了，那阵法可是我帮你们破了的，对他们的了解，你们也绝不会多过我。"

红姨虽然说得没错，但林鸿升难免还是有些不放心，可他也只能勉为其难地点点头道："那好吧，前辈就先问吧，若是问不出来，再用我的法子。"

反正铁木鱼在手，他可以完全控制住这些鹿，他就不信，到了如今这个时候，他们还能逃出他的手心去。

三人带着士兵很快就退到了林子外面，这个时候红姨才慢慢走近鹿零族长，低头道："刚才没顾上叙旧，鹿零族长，好久不见。"

　　鹿零抬头看了看她，又重新垂下了头道："乐夫人，你这又是何苦？"

　　"何苦？"红姨凄然地笑了笑，"东湖里的那东西，害得我家破人亡，你说我是何苦？"

　　鹿零沉默了一下，终于说道："这是乐家的宿命，你……还是看开些吧！"

　　"看开？"红姨冷笑，"正是因为所有人都这么想，才会有乐善堂，才会有你们神鹿一族的存在……你让我看开，鹿零族长又能否看开？你真的忍心让你们神鹿一族的子孙后代囚居于此处？不要同我说什么你们只想清净，只怕你比我更明白，真若到了那一日，第一个被毁灭的就是你的鹿子鹿孙们！你真的情愿让你们这支从上古就存在的神族烟消云散？只为了那一个可笑的誓言？"

　　虽然此时看不清鹿零族长的脸色，但是从鹿零的眼神中还是可以看出，红姨说到他心里去了。

　　只是，万年的守护，又岂是红姨短短几句话就能动摇的，鹿零族长在沉吟了一下低声道："那又如何？这就是我族的宿命，而且，难道有比这个法子更好的办法吗？"

　　"我若说有呢？"红姨说着，突然手一抖，尚未觉醒的六劫鞭便出现在半空，她看着它低声道："你可知这是什么？"

　　"这是……"看到这把长长的骨鞭，鹿零脸色一变，虽然他早就有怀疑，但终究不敢确定，这才会找乐鳌前来商议，只可惜，久久没能等到乐鳌的到来，"难道你是用它破阵的?！我就说，就算你找到了入口，这上古的大阵又怎么可能这么容易被破掉，原来竟然是找到了六劫鞭！"

　　"没错。"红姨点点头，"不过，这六劫鞭还不完美，你看，有一瓣莲花还是暗的呢……"

　　此时，鹿零族长的身体微微颤抖起来，他紧盯着那根骨鞭道："你竟然找到了它，你竟然做到了！这件事情，连乐鳌都不知道，你竟然做到了？是……是乐云翔告诉你的？"

"乐家祖宅的书房，有一段时间我也是可以随意出入的。"红姨淡淡地道。

沉默……又是长时间的沉默，不过等鹿零族长再次开口的时候，清澈的鹿眼中却多了一丝决绝："好！你想知道什么？"

……

大概一个小时之后，正当原田晴子等得不耐烦，打算回树林查看情况的时候，红姨终于出来了。

看到她神态轻松，林鸿升连忙问道："前辈，他可招了？"

红姨点点头，看向他紧紧握在手中，一刻都不肯松开的铁木鱼，低声道："你的铁木鱼借我一用。"

林鸿升怔了怔，正要将铁木鱼递过去，却被原田一下子拉了回来，然后她挡在林鸿升前面，盯着红姨道："你要铁木鱼做什么？"

见她一脸戒备，红姨嗤笑一声："你也一样。"说着，她继续道，"把你的血涂在铁木鱼的下面。"

"我的血？"

原田还是不肯轻易相信红姨，她现在越来越不相信这个女人了，总觉得这个女人还瞒着她很多重要的事情，她一不小心就会上当的。

此刻，红姨的耐心已经将要用尽，而看到在原田晴子的影响下，林鸿升也似乎犹豫起来，她不禁用鼻子哼了下道："你涂了不就知道了，你要不放心，我来涂。"说完，红姨便将手伸到了林鸿升的面前。

这会儿，林鸿升也的确对红姨心生怀疑，又怎么可能真的将铁木鱼这么重要的东西随便交给她，所以见原田迟迟不肯动手，两人僵持起来，他干脆道："不如我来吧。"说着，就要咬破自己的手指。

可他的手指刚刚凑到嘴边，却被红姨喝止了："你虽然用牛耳草洗了眼睛，可你不是法师，更不是女子，你的血，只会污了它。"说完，她又冷笑着看向原田："水麒麟的秘密就在铁木鱼上，你若不想知道就算了。"

听红姨如此说，原田才眼神闪烁地看向一旁的林鸿升，而这个时候，林鸿升已经将铁木鱼递到了原田的面前并看着她道："晴子，不如试试吧，前辈应该不会骗我们的。"

事到如今，他们除了听红姨的，似乎也没有别的选择。

如今，原田同水麒麟的秘密只有一步之遥，尤其是在听了红姨的话后，她就算是明知是陷阱，也只能踏进去。于是她看了红姨一眼，低低地道："你最好别骗我，否则……"说着，她将手指凑到嘴边狠狠地一咬，立即有血从伤口渗了出来，而这个时候，林鸿升已经将铁木鱼翻了过来，底部朝上对着她，她则迅速将自己的血涂了上去。

血一接触到铁木鱼，便立即渗了进去，虽然刚开始铁木鱼上并没有出现什么变化，但是大概过了十几秒之后，却见一团白色的雾气从上面腾了起来，升到了半空中。而随着雾气越来越浓，突然有几行金色的字出现在氤氲的雾气里，却是一首诗。

看到这个，除了红姨，在场所有人的脸色都为之一变，而这个时候，却见红姨点了点头道："他果然没骗我，这应该就是召唤水麒麟的咒语。原田小姐，我想，咱们可以去东湖了。"

迅速记下雾气中金色的咒语，原田的脸上终于露出了笑容，但是听到红姨的话，她眼神一闪，回头笑道："那是自然，不过，咱们最好再带上一个人……"说着，她的视线投向了红姨身后的树林中……

10

翻过雅济医院对面那座荒山的山坡，来到靠近东湖的一侧，看着黑暗中仍旧泛着粼粼波光的东湖，一旁的陆天岐沉吟良久才道："表哥，你真的确定他们会来？我觉得，咱们还是该去山上再找找。"

乐鳌已经盯着东湖的湖面很久了，听到陆天岐的话，低声道：

"灵雾山中说得上来的秘境不下二十处,有些是有主的,但大部分却是没主的,但不管有主没主,每进一个秘境都要消耗咱们不少的灵力,你觉得,等咱们一圈找下来,还剩多少力气对付他们?"

"可是……"陆天岐皱了皱眉,"万一……我是说咱们如果不及时找到她,万一她出事怎么办?"

乐鳌脸色沉了沉道:"若是没有原田,我一定会找她,可若是有原田在,她若是出事,早就出事了,那个疯女人若是得逞了,怕是立即会到我面前炫耀,而不是到现在都还没有半分动静。想必即便是同盟,他们也各怀心思,他们之间一定有了分歧。但分歧虽有,这东湖里的东西却是他们共同的目标,在解决分歧之前,他们一定会最先到达这里。故而,与其让他们在山上守株待兔,倒不如咱们在这里提前布置好,也省得被他们牵着鼻子走。"

说起着急,乐鳌比陆天岐更急,但前面他们判定失误,耽搁了不少时间,反而让他更能清醒地判断眼前的形势。他们那些人既然是为了水麒麟而来,那么在解决水麒麟的事情之前只能求同存异,夏秋反而是安全的。所以,哪怕是为了夏秋的安全,这水麒麟他也不能让他们找到。

正想着,一阵风突然吹了过来,打着旋儿往灵雾山的方向而去,乐鳌眉头微微一蹙,伸出手来试了试,却有几大滴水滴落在了他的手心,再然后就是天空中响起一阵闷雷,随即由远及近、又由近及远地也往灵雾山的方向去了。

此时,陆天岐也注意到了天象的不同,他的眉毛也蹙了蹙,说道:"这是有东西要渡天劫?这个时候?"

"只要不是那些人的帮手,不用管。"乐鳌说着,已经沿着荒坡往下走去,边走边道,"青泽已经在下面摆下了阵法,这东湖四周一旦有动静,周围的树灵便会通知他,咱们再赶过去就是。不过,我还是有些担心,不如你去四周再看看,要是看到什么可疑的人或事,立即过来告诉我。"

"好。"陆天岐点点头,"你们也要小心……"

他话刚说到一半，却听又一记炸雷滚过他头顶上方的天空往灵雾山去了，这让他不由得为林子里那位即将渡劫的仁兄暗暗捏一把汗。自他记事起，像这种劫相他遇到的有限，若那位仁兄真的渡过此劫，也不知道能不能同乐鳖和平相处。只是，想到这里，陆天岐的心中突然涌上酸意，他想这些似乎有点杞人忧天了，乐鳖马上就要三十岁了，即便这位仁兄渡劫成功，可渡过如此劫数，怕是怎么也要休养个一年两年的，而到了那个时候，这位仁兄是敌是友，同乐鳖又有何干呢？

"怎么了？"他正沉吟着，却见乐鳖看着脸色发白的他担心地问道，"不舒服？"

"没有，我这就去周围看看。"陆天岐急忙摇头，然后身形一闪便离开了。

陆天岐离开后，乐鳖深吸一口气，口中则念念有词，然后只见他手臂一挥，一个巨大的透明罩子便笼在了东湖上空。这"罩子"闪了闪便归于无形，正是乐鳖特意设下的结界。

这结界凡人自然是看不到的，若是青泽的阵法挡不住那些人，这结界便要派上大用场了，最起码不会让临城的普通人看到不该看到的东西。结界布好后，乐鳖又仔细想了想今晚的布置，觉得再没什么遗漏了之后，这才缓缓走下山坡，往东湖的方向走去。

……

晚饭果然是有人从窗户缝里送进来的，夏秋本想趁这个机会让送饭的人帮她把门打开，只是，正如之前法空提醒的那样，无论她的声音多大，外面送饭的人将饭塞进窗户缝里之后，就不紧不慢地走了，脚步声丝毫没有因为夏秋的喊声停留半分，看来果然是个聋子。而等夏秋想起来用纸条的时候，那人的脚步声早就没了，这更让她暗暗扼腕。但是夏秋转念又一想……法空既然连送饭的人都提前选好了，还敢让他传纸条，那此人一定不认字，她就算写了怕是也没用。

晚饭不过是两个素包子，一碟咸菜，一小瓦罐米粥。虽然很沮

丧，但是夏秋却没有跟自己过不去，而是老老实实将饭菜吃了个干干净净，因为她清楚地知道，要想离开这里，必须有足够的体力才行。

吃完之后，她便躺在禅床上，默默地思考自己究竟如何才能离开这里。

法空现在肯定是不会放她走的，即便有朝一日放了她，只怕所有的事情都已经尘埃落定了，到了那时，她不知道要面对什么可怕的后果。而她想找人帮忙，这一点她也尝试过了，也行不通，作为灵雾寺的方丈，也就是这座寺庙的主人，法空想让人远离这里实在是太容易了。哪怕往最好的方向想，真的会有僧人或香客无意中闯入这里，她也不觉得自己的运气能强到在事情结束前等到他们的到来，所以，守株待兔也不可取。所以，她如果想要离开这里，就只能靠自己了，而且还要在法空主动放走她之前。也只有那样她才有机会及时通知乐鳌，她才能派上些用场。只是，想到要靠自己，夏秋的眉头却皱得更紧了，因为从醒来之后她就不止一次想要找东西帮自己，可这次却发生了以前从没有过的事情——每当她想使用自己的能力时，便会觉得有一股寺庙里特有的香火气息扑面而来，再然后就是她的气仿佛在碰到了什么东西后，便被毫不留情地弹了回来。

一开始她还奇怪，但渐渐地她也想明白了，想到了小时候每日在佛龛前燃着的长明灯，那灯里燃着的灯油，也正是从寺庙讨来的。显然，这寺庙里的灯油对她的能力有封印的作用，即便她现在能使用自己的能力，想来范围也很小，怕是连她眼前的这个院子都影响不了。

看来，这个法空很了解自己，对她的能力甚至比她自己还要了解。

一定是红姨告诉他的！

那个红姨，既然同她的亲生母亲出自同一个家族，所以，又怎么可能会不了解她的能力？故而，意识到这点后，她不得不承认，自己的能力这会儿根本派不上用场。这也让她突然发觉，童童和乐鳌真的帮了她很多很多，而如今，在只剩她自己的时候，她似乎什么都做不好也做不了。夏秋越想越觉得沮丧，竟不知不觉到了半夜，而渐渐地，她也终于控制不住自己越来越沉的眼皮，眼看就要睡过去了。

可就在这时，突然一个炸雷凭空响起，一下子就把她惊醒了……

11

雷声很大，吓得夏秋一个激灵，反应过来之后，她几乎想也不想便立即跳下床，向窗口跑去，可不过是刚走了两步，一股凉风便从窗口的缝隙处猛地吹了进来，顶得她差点没喘过气来。待她到达窗口处，外面吹来的风则更猛了，其中还夹杂着大滴的水滴——竟然下大雨了。

今年临城已经不止一次下这种大雨了，最近的一次就是她被抓到雅济医院那次，不过同上次比起来，这次的雨虽然不小，但是雷声隆隆，还电闪雷鸣的，应该不会下很长时间，想必一会儿就停了，不过这次的风却比上次大得多，也可怕得多。

虽然心中害怕，但夏秋却觉得这一幕似乎有些眼熟，记得当初童童渡劫的时候，外面的天象也是这样让人心惊胆战，那一次，如果不是娘亲突然出现替她们解了围，她根本无法想象后来会发生什么。想到童童和娘亲，她心中不禁涌上哀伤——若不是那次娘亲不经意间暴露了身份，爹爹后来也不会同娘亲生出罅隙，但爹爹心中却始终是爱娘亲的，因此也无法狠心离开她，只能对娘亲若即若离的，后来仇人寻来时，娘亲万念俱灰，一心赴死，爹爹此时万分后悔，但也为时已晚，最终选择同娘亲生死相随。

往事历历在目，而眼下的情形，难不成又有东西要渡劫了吗？想到这一阵子在这灵雾山中遇到的那些人和事，夏秋觉得非常有可能。若真是如此，这雷声越来越大、越来越急，而且这么久都没有

停下来的意思，想必这东西的道行也不会太低。只是，若是道行高的话，会不会比一般的精灵要更敏感呢？

夏秋突然灵机一动，心中立即有了主意。

不管是不是有东西渡劫，这场大风却定是可以吹遍整座灵雾山，她倒是可以利用一番。打定主意，她立即闭上了眼……

不知过了多久，随着雷声离她越来越近，夏秋的心也跳得越发得快了，她自然知道这意味着什么，而等那雷声几乎在她头顶处响起的时候，一个沙哑的男子声音突然在屋子里响了起来："你能帮我？"

夏秋这才睁开眼，却见屋子的角落里多了一个高大的黑影，他头发披散着，脸则故意藏在更黑暗的角落里，显然是有心不让她看到。

夏秋才不在乎他长什么样子，只要他能出现，她就等于成功了一半。于是她立即点头道："没错，但是我帮了你，你也要帮我。"

"帮你？"黑影的声音一下子转冷，沉默了几秒钟后幽幽地道，"你……想让我怎么帮你？"

"很简单，帮我离开这里，离开这间屋子。"

黑影似乎一愣："仅此而已？"

"你以为是什么？"夏秋正说着，一道响雷再次在她的头顶上响起，这一次，震得她的耳朵都疼了，雷声过后，她的耳朵里传来嗡嗡的声音，让她几欲作呕。

只是这个时候，却听那个黑影快速地答道："好！"

现在夏秋完全没心思管黑影为什么突然这么痛快了，于是只说了声"你不要动"，然后她便施展出了大隐术，将黑影立即藏了起来，而随着黑影的消失，他身上特有的气息也随之消失得无影无踪。显然，即便受了寺庙香油的影响，在这么近的距离内，夏秋还是很容易发挥自己能力的。

不过，就在她刚刚将黑影藏起来的同时，却听一声炸雷劈在了前面不远处的窗子上，吓得她退了好几步，然后她就看到有一条用来封窗子的木条在雷声过后变成了焦黑色，一股股焦煳味弥漫在屋子里，这让夏秋又忍不住后退几步，一下子坐到了禅床上。既然木条都能在眨眼间变成焦炭，若是人被劈中了，想必比焦炭也好不到哪儿去吧！

有那么一瞬间，夏秋有些后悔自己的莽撞，因为这次不但没有娘亲，就连童童和乐鳌也不在，真要有个什么万一，她连逃命的机会都没有。但是后悔只是一瞬，她知道自己现在已经没有退路，为了尽早脱困，她也只能赌一次了。

就在这个时候，她只觉得眼前金光一闪，却是又有闪电劈向了窗子，而随着"咔嚓"一声脆响，窗上的木条则被劈了个粉碎。

这一次，即便夏秋坐在禅床上，离窗子还有很远一段距离，木条的碎片还是伴随着轰隆隆的雷声猝不及防地飞了过来。然后，她只觉得脸颊一痛，不禁下意识地用手摸了摸，却发觉脸上湿漉漉的，等她将手指凑到眼前，竟然是血……

刚刚在山坡上突然冒出来的想法，让陆天岐有些魂不守舍，巡视的这一路上，他不禁想起同乐鳌在一起的点点滴滴来。毕竟，陆天岐是看着乐鳌出生的，到了后来，更是守在乐鳌身边陪着乐鳌一起长大，即便后来这小子非要做他的表哥，让他一度很不爽，但是时间久了也就习惯了。而那个时候他还很不服气地想过，即便是做了这个小子的表弟，也不过是十几年的事情，对于他这位已经千岁的老人家来说，十几年不过是白驹过隙罢了，忍一忍也就过去了。只是，直到刚才，他才意识到这十几年竟然这么短，短到让他难以接受，让他恨不得把自己无尽的生命分给乐鳌一半才甘心！

正想着，突然一阵窸窸窣窣的声音让他警惕起来，他立即躲到一旁的灌木丛后暗中观察。果然，不一会儿就看到几个戴着毡帽的男人沿着小路悄无声息地走了过来，看样子正是往东湖的方向去的。

这个时间，天上打着雷还下着雨，他们却出现在这里，若说没问题，只怕傻子也不信。陆天岐眼珠儿一转，然后突然大喊了声："站住！"

他这一嗓子猛地喊出来，在寂静的夜晚简直比炸雷还要吓人，

尤其是对这些鬼鬼祟祟的人来说。不过，这几个男人虽然被吓得愣了一下，甚至还后退了几步，但很快便镇静下来。而紧接着，却见他们突然动了起来，然后背靠背站在了一处，纷纷抄起了藏在宽大长衫下的家伙。不过，他们拿出的这些家伙，却非刀非剑，正对着陆天岐的那个拿出来了一串黑色的念珠，而他旁边的那个则拿出了一个招魂幡一样的东西，只是这幡像幡又不太像，也比平常的小得多，样子怪异得很。

越看，陆天岐越觉得这些人诡异，他正想凑近过去看看，却见那个拿着"招魂幡"的男人，嘴中不知道嘟囔了句什么，便把头上的毡帽狠狠地拽了下来，扔在了地上，然后便用陆天岐听不懂的语言念着什么。而经过他们这番言语动作，陆天岐也终于认出来了——这些人竟然是日侨会馆人！

乐鳌将他们叫到东湖边儿的时候就说了，临城中日侨会馆新来的那些人只怕是原田晴子特意叫来帮忙的，而如今他们既然已经到了，想必原田他们也不远了！想到这里，陆天岐心中不由得暗暗冷笑，他们撞到他手里也算是天意，就算问不出夏秋那丫头的下落，也可以趁这个机会削弱他们的力量。只是他正想出手，却见这几个人突然做出了一样的手势和动作，然后只见他们整齐地往他所在的方向一挥手，一个法阵便向陆天岐压了过来，竟然是先他一步动手了。

陆天岐一边躲闪着，一边离开了藏身之处，然后挡在了小路中间，看着他们笑嘻嘻地说："还算有点本事。不过可惜，只靠你们这点道行，也就只够给本少爷塞牙缝的。"

陆天岐的话，也不知道这些法师听懂没有，但是他话音落下之后，他们却"哇啦哇啦"大叫起来，显然非常激动，而紧接着，他们又做了一个同样的手势，于是又有一个法阵再次攻向了陆天岐。

这次的攻击明显比上次要厉害些，但对陆天岐这种大妖怪来说却仍旧没用，这一次，他甚至连躲都没躲，不过是用手一挥，便用自己的灵气将法阵移到了一旁。而趁着这些人积蓄力量打算进行下一次攻击的同时，他纵身一跃便闪到了他们的面前，特意显露出自己的獠牙和利爪，甚至连眸子都故意闪出了瘆人的幽幽绿光。

紧接着，他握了握自己的爪子，不紧不慢地说道："原田那个女人在哪儿？夏秋在哪儿？你们若是告诉了我，我兴许还能给你们留个全尸！"

又是一阵"哇啦哇啦"地乱叫，几个法师一起向后退了好几步，但他们还是保持着阵法不变，看样子是想继续攻击陆天岐。

见他们冥顽不灵，陆天岐有些不耐烦了，眸子里的绿色幽光在猛地亮了下后，冷道："既然你们什么都不知道，什么都问不出来，我就只有杀了你们了，最起码也能让那个原田晴子少几个帮手！"说着，他高高地扬起自己的利爪，就向面前离他最近的那名法师劈了过去。

虽然他刚才吓唬的成分居多，这一爪也并没有想要他们的命，可即便如此，若真被他这一爪击中，只怕眼前这位法师的脸就被抓烂了，定是生不如死。

就在这个时候，却听一声低喝声响起："住手！"

这个声音让陆天岐一愣，手自然也停了下来，而下一刻，只见一个人影突然横插到了他同那些法师的中间。

来人先是对他虚晃一招，然后便向一旁跃了过去，而这一晃，也足以让陆天岐看清楚来人的样貌，肯定了自己的判断，自然也是大吃一惊。于是，他几乎是想也不想便跟上那人也跃了过去，想要抓住那人问个清楚，只是来人似乎并不恋战，拔腿就跑，他自然也紧跟而去。

就这样，他们就这么一前一后追逐着，不一会儿就消失在了东湖外围的树林子里。

几个法师尚不知道自己刚刚逃过一劫，看到陆天岐就这么走了，还以为他怕了他们，正当他们打算"乘胜"追击的时候，却听到一个声音在他们身后响了起来……"

12

当重新站在院子里之后，夏秋深深地吸了口外面新鲜潮湿的空气，只觉得整个人都精神起来了。此时，雷声早已远去，空气中虽然还飘着细雨，但是比之前已经小了太多，而且已经几乎要停了。稍稍调整了一下，借着从窗子里透出来的微弱的光，夏秋辨认了下方向，很快就找到了自己来时进入的那个后门，她立即小跑着过去，打开了门。

门外仍旧是她熟悉的石子路，如今再次见到这条路让她感到格外亲切，然后她毫不停顿地跑了出去，沿着石子路就往灵雾寺的前面，通往山下的大路走去。

不过，她刚跑出门没几步，却听身后一个声音叫住了她："你……就这么走了？"

夏秋着急下山，头也不回地"嗯"了一声。

只是，她跑得快，身后的声音跟得也紧，竟然又问道："你不是让我帮忙吗？"

"看来不用了，你可以走了。"

夏秋是从窗子里钻出来的，天雷将窗子上的木板劈了个粉碎，待雷声渐渐停止后，她很容易就从窗户里爬了出来，完全没让这位应劫的仁兄帮忙，而且，既然她目的已经达到，也就没必要同一个陌生人计较帮不帮忙的问题了。

只是她又往前跑了几步后，那个声音仍旧如影随形地跟着她："那我……什么时候才能恢复正常？"

夏秋这才意识到他为什么一直不肯走了，终于停住了脚步，然后回头看着一个方向道："不会超过二十四小时，嗯，也就是十二个时辰，今晚子时过后，你就会恢复正常了……"

她使用大隐术的时候，刚好过了子时，所以若是没人帮忙，这位仁兄只能等到今晚子时过后法术失效了。

"真的？"

"你要不信就算了，等过了今日子时，你就知道我说的是不是真的了……"

夏秋现在无心同他多说，虽然不知道为什么到现在还不见法空的人影，不过她猜测，法空不出现想必是同之前的天雷有关。像他们这种灵物，只怕没什么比渡劫的天雷更让他们胆战心惊的了。只是现在天雷已经渐渐远去，想必他也该到后院查看她的情形来了，她必须赶快下山才行。想到这里，她的心中微微一动，看着声音传来的方向道："不过，你若是等不及，我倒是有个办法让你立即现身，只是这样一来我可就又帮了你一次，加上刚刚，你可就欠我两次人情了。"

"什么办法？"那个声音果然马上追问道。

夏秋见他上了钩，微微一笑："你有没有听过，临城有家乐善堂……"

有了这位"隐形人"的帮忙，夏秋很快就到了临城城门口，而此时子时已过，临城的大门果然是关着的。

看着紧闭的大门，夏秋心中着急，不由得对送她的那位隐身人说道："怎么在这里停了？咱们进去吧。"

只是这次，那个隐身人却在沉默了好一会儿后才吱声："你只是想让我送你回来吧。"

夏秋脸色一滞，尽量用真诚的语气说道："难道你不想提早现身？"

"呵呵，我送你回来，就当是还了你的人情了，日后咱们两不相欠！"

这个声音说完，夏秋只觉得一股风从她的眼前扫过，然后一个声音几乎贴着她的耳边响起："不过，你这个小丫头倒是挺有趣的，等我养好伤了，一定去那个什么……乐善堂，找你玩儿，嘻嘻嘻……"

伴随着一阵笑声，这个声音渐渐远去，直到彻底消失，而这个时候夏秋才知道什么叫作老奸巨猾，看来位仁兄早就知道她是想让他帮忙了，还不动声色地套出了她的住处，实在是滑头得很。但是不管怎样，他也算帮了她，她也就不再同他计较了，而她现在最重要的就是进城，只是门高墙厚，她又不是可以飞檐走壁的妖怪，一时间还真没办法。

不过，这也难不倒她，而且关于如何进城，被关起来的时候她已经想过了，当即她走到城门口的一棵银杏树下面，对它低声说道："银杏树呀银杏树，麻烦你跟青泽先生说一声，我就在城门口，让东家快来接我……"

只是，她的话还没说完，却听身后突然传来一个惊喜的声音："夏秋姐姐？真的是你，真的是你回来了吗？"

听到这个声音，夏秋立即惊讶地回过头，却见落颜正向她跑来，脸上则是惊喜参半。

夏秋见了她第一反应自然也是惊喜，但是紧接着她却向后退了一步，低声道："等等，你真是落颜？"

夏秋现在能力已经用尽，已经暂时失去了分辨妖气的能力，所以，如果真是落颜还好，如果不是她，是别的东西幻化的，那可就糟了。毕竟，她才刚到城门口，话还没往城里传，落颜怎么就到了呢？

落颜心急，说话工夫已经到了，只是看到夏秋脸上先是惊喜然后却变成警惕的表情，不禁委屈地嘟起了嘴："夏秋姐姐，你知道我们这几天多担心你吗？只是你一回来，怎么连我都不认得了呢？"

看到落颜委屈的小表情，夏秋将信将疑地问："你真是落颜？"

"不是我还能是谁？"落颜更委屈了。

夏秋犹豫了下，低声道："那好，既然你是落颜，是花神，就让这棵银杏树开花吧，你若让它开了花，我才信你！"

她的要求让落颜一愣，但紧接着却见她摇了摇头，撇着嘴道："夏秋姐姐，你是在跟我开玩笑吗？这银杏树春天才会开花，秋天会结果，虽然我是花神，却也不能扰乱花期，现在是夏天，姐姐这不是在为难我吗？"

听到她这么说，夏秋这才松了口气，立即向她走了过去，然后拉住她的手，笑嘻嘻地道："果然是我家的小落颜，能见到你实在是太好了！"

这个时候落颜才知道夏秋是在试探她，眼珠转了转后使劲捶了她几下，嘟着嘴道："夏秋姐姐你真是太坏了，你今晚一出现在灵雾山，青泽哥哥就知道了，只是他没想到你这么快就到城门口了，还没来得及同乐大夫说，所以便先让我来接你，我兴高采烈地来了，结果你竟然还怀疑我，哼，我不理你了！"

看到她娇嗔的样子，夏秋连忙哄道："好落颜，我这不是害怕嘛，你来得实在是太快了，我怕你是别人假扮的，这次，你就原谅我好不好？"

她现在实在是不想告诉落颜，自己之前被"熟人"骗惨了，之前遇到法空大师的时候，夏秋怎么也不会想到法空会迷晕她把她关起来，而落颜虽然值得信任，但若是假的可就糟糕了。她可不想在离乐鳌这么近的地方再被骗一次，那样的话，她之前的努力就白费了。

想到这点，她连忙问道："东家可知道红姨要对神鹿一族下手？他有没有去鹿零长老那里看过？他们有没有出事？"

落颜也知道此时事态紧急，暂时也顾不上生气了，快速回道："怎么没看过？不过乐大夫晚了一步，赶到神鹿一族的时候，他们都已经不见了。他知道不妙，便连忙赶了回来，只怕今晚要有大事发生呢！总之，咱们还是快回去吧！"

听到这个消息，夏秋知道，自己担心的事情终于发生了，但是听说乐鳌已经带着乐善堂的所有人有了准备，这总算让她心中多了几分欣慰，也让她更加迫不及待地想回到乐鳌身边。于是她点点头，应了一声"好"。

有落颜在，进城对她来说就是轻而易举的事情了，而她们进城以后，落颜更是带着她飞奔起来。

看着两旁的房屋大树飞一般地向后退去，甚至落颜带着她爬山上坡都不费吹灰之力，夏秋心中暗叹，以前真是小瞧了这个丫头。看来作为花神，她的本事与小黄师傅比也差不到哪里去，照她这种速度，只怕他们不出十分钟就能到达东湖湖边了。

想到立即就能见到乐鳌，夏秋不知怎的心跳得越来越快，虽然两人只是分别了短短数日，但她却觉得仿佛分开了一辈子那么长，这一回她被原田掳走，早已做了最坏的打算，如今历尽波折，她终于回来了，现在，她只希望自己这辈子再也不同乐鳌分开。

随着两旁的建筑越来越熟悉，夏秋甚至已经认出了雅济医院，实在是它楼顶上的红色十字太过刺眼，而又一眨眼，落颜已经带她飞跃了雅济医院对面的荒山，也就是青泽府邸所在的地方，她甚至还看到了山坡上那座六角亭的六边形尖顶。

不过，就在这个时候，却听落颜突然"咦"了一声，然后低声嘟囔道："他怎么在这里？他不是去湖边巡视了吗？"

"他？谁？"夏秋立即警惕起来。

"还能是谁。"落颜撇撇嘴，"就是陆大哥喽？这个时候，他不该在这里才对呀！"

夏秋心中一沉，连忙向六角亭看去，只可惜她目力有限，除了黑骏骏的一片，什么都看不到，于是她略略沉吟后，突然问道："你再仔细看看，亭子里是不是只有他一个人？"

13

看着眼前背对着他的身影，陆天岐心情复杂。

刚刚拦住他的人正是红姨，可这也从另外一个方面证明了，她果然同原田晴子勾结到一起了。这自然让他怒不可遏，便一路追了过来，想要问清楚她到底是怎么回事，她失踪的这些年究竟发生了什么，竟让她变成这副样子？

虽然直到现在他也不信她会做出伤害乐鳌的事情，可这段日子发生的一桩桩、一件件事情让他的坚持变得越发苍白无力。如今，就连他自己也怀疑起来了，怀疑他看错了人，怀疑乐鳌说的是真的，怀疑红绡真的要杀掉自己的儿子，只因为他儿子，从人变成了妖！即便之前他们也见过几次，可每次都是匆匆见面，话也说不了几句，他即便有心，也没机会问她这些年的去处，而后来她做了那么多坏事，还利用了他，他就更没机会找她问清楚了。而今夜，他若是再不问，他实在是不知道天亮前会发生什么，他在为她，也是在为自己争取最后一次机会！

"红绡，你到底为什么这么做？夏秋真的是你抓走的？你想对她怎么样？你快把她给放了！还有……"

"你真的……真的要杀了乐鳌？"

说最后这句话的时候，陆天岐几乎是从牙缝里挤出来的，他死死盯着红绡的后背，生怕她会说出让他害怕的回答来。而等他问完了话好一会儿后，红绡才缓缓地转回身来，看着他笑了笑说："我若说是，你会立即杀了我吗？"

陆天岐的拳头一下子握紧了，指甲都快嵌进手心的肉里了，但他也马上回答了她，使劲点了点头说："是，我会立即杀了你。"

原本因为雨停了而渐渐歇下来的夜风突然间大了起来，吹透了红姨单薄的衣衫，让她忍不住打了个寒颤。陆天岐的话并没有让她有多吃惊，身为乐家选出来的孩子，每个人从决定身份那刻，就会有个守护者，乐鳌自然也不例外。唯一不同的是，陆天岐也曾是乐云翔的守护者。他护了他们父子这么多年，与他们的感情于公于私都自然比她这个外来者要深厚得多，而乐鳌更可以说是他看着长大的，感情更是非同一般。而相比她这个母亲，自从乐鳌身份被确定的那刻，她就离开了乐鳌，而后来，甚至还……所以，她这个儿子有多恨她，大概就对这个陆天岐有多亲厚吧，他早已将陆天岐当作了家人，而如今，又多了一个夏秋……

想到那个女孩子，红姨微微一笑，慢慢向陆天岐走了过去，边走边道："你放心，那个丫头对我没什么用，而且她母亲是我最小的

妹妹，所以，她还要叫我一声阿姨呢，就冲这一点，我也不会将她怎么样的，我已经将她放了。"

"你将她放了？什么时候？那她怎么还没回来？"陆天岐吃了一惊，"你在什么地方放走了她？"

红姨眼神微闪，却转移了话题，继续说道："至于你问我是不是真的要杀了乐鳌，杀了我的亲生儿子……"

果然，一提到乐鳌，陆天岐就把夏秋的事情忘到了脑后，他皱了皱眉道："红绡，我实在是不明白，你到底为什么这样做？当初鳌哥儿病重，这是救他的唯一办法，你当时也是答应了的，可从那以后你就失了踪，再出现的时候则是天翔临死之前，可之后你又不见了。这么多年，你到底去了哪里？做了什么？怎么回来以后，竟然要伤害自己的亲生儿子呢？你别忘了，你可是他的母亲呀，难道你忘了你生下他的时候，有多开心了吗？你现在……怎么忍心……"

"你不要说了！"还不等他说完，红姨就打断了他的话，冷哼一声，"你问我这些年去做什么去了，这一点我倒是可以告诉你，我是去找东西去了。"

"去找东西？什么东西？"陆天岐的眉头皱得更紧了。

此时，红姨已经到了陆天岐的面前，然后她微微一笑，突然从袖口拿出一样东西，却是一把生锈的匕首，这匕首陆天岐自然见过，甚至还用它杀了童童，而这次，见她又拿出了它，他的脸色一下子黑，说道："就是它？你这么多年只为了找它？"

"这东西……"红姨把玩着手中的匕首，心不在焉地说道，"是我在昆仑山找到的……"

"昆仑山？"陆天岐心中一凛，"你去昆仑山？你去那里做什么？你知道了什么……"只是，他的话音还未落，只觉得胸口一痛，那柄生锈的匕首就深深地插入了他的胸口，这让他的呼吸在瞬间停滞了。

像以往一样，这柄匕首在刺入他胸口的同时也立即消失了，而与此同时，却见六角亭中突然霞光大盛，一柄流光溢彩的骨鞭突然出现在半空中。

此时陆天岐已经说不出话来，可是看到空中的骨鞭，他的眼睛却瞪得滚圆，一副不敢相信的样子。

红姨将他慢慢地放倒，让他半靠在亭子的石柱上，然后凄然一笑："对不起了，要想让这六劫鞭觉醒，必须用你的血，它就是这上面的最后一片花瓣……还有，我从昆仑找到的不仅仅是这个……"说到这里，她突然俯低身子，在他的耳边小声说了几个字，而听到她最后说的话，陆天岐的脸色在瞬间变得苍白，他抬起手，想要拦住她，却被她轻而易举地甩开了，然后她站起来，深深地看了他一眼，长长地叹了口气，"这世上，我最对不起的人就是你，以后的事情，就拜托你了，鳌哥儿他……"

她刚要说些什么，却听一声大喝从不远处响起："住手，你……你在做什么？"

她一怔，不由得看向山坡的下方，先是愣了一下，然后微微一笑："竟然这么快就脱身了，看来我没看错，呵呵……"她一边说着，一边闪出了六角亭，往东湖边去了……

夏秋她们是眼睁睁看着红姨离开六角亭的，一进亭子，看到陆天岐的样子，落颜第一反应就是去追，却被夏秋拉住了，低声道："你追上去也打不过她，还是先救人要紧。"

落颜知道夏秋说得对，只得跺了跺脚，急忙蹲下来查看陆天岐的伤势，结果不看还好，一看到他胸口那处仍旧不断往外渗着血的血洞，她的脸色立即变了，想也不想就从自己身上的荷包里拿了一粒红色的药丸出来，塞到了陆天岐的嘴里，然后她坐到了陆天岐的对面，开始运转法力为他疗伤。

此时，夏秋什么都做不了，只能在一旁眼睁睁地看着，就这样大概过了十分钟的工夫，陆天岐终于在长长地出了一口气后睁开了眼睛。

他的眼神先是有些迷茫，但是等他看清楚眼前之人的时候，眸子一下子亮了起来，他一把抓住旁边站着的夏秋，艰难地道："六劫

鞭……她有六劫鞭，她要杀了他，她真的要杀了他……"

"他？"夏秋大惊，"她要杀了乐鳌！你是说，她要用那个什么六劫鞭杀了乐鳌？"

陆天岐摇了摇头，他张了张口想要说什么，却突然呛咳了几下，咳出一大口血来，声音也越发虚弱了，最后，他用更虚弱的声音喃喃地道："还有……不要用，告诉她不要用……千万不要用……否则……"只是刚说到这里，却见陆天岐的身体突然越缩越小越缩越小，最后竟变成了小小的一团，化身成了一只浑身是血的黑猫。

夏秋大吃一惊，而这个时候却见落颜俯下身抱起了黑猫，叹气道："他的伤口若是再偏半寸，谁都救不了他，所以，他只怕短时间内无法维持人形了，化成原形对他保持精力和体力很有好处。"

"这么说，他不会死？"听到落颜的话，夏秋急忙问。

落颜点点头道："他的运气真好，不过伤得很重却是真的，搞不好修为就毁于一旦了。我们花神谷有一处疗伤圣地，若是让他在那里养上几天，比在这里养一个月还要有效，应该对他的伤势有好处，只是现在……"落颜说着，不禁看向东湖的方向，面露难色。

今晚势必有场大战，他们人手本来就少，如今陆天岐身受重伤，已然是不能帮忙了，她若是再走的话，他们这边的人就更少了，可若是不及时诊治的话，陆天岐的伤只怕……

夏秋沉吟了一下后，当机立断道："人命关天，你还是赶快带他去花神谷吧，若是耽误了时间，反而更糟。"

"好。"落颜也不是矫情的人，点头道，"我这就回去，正好也同我家里人说说这里的事情，看看他们能不能派些帮手过来，青泽哥哥那里……就麻烦姐姐帮我说一声了……"

她的话音未落，夏秋便闻到一股异香从自己的鼻前飘过，落颜整个人立即不见了踪影，果然是个性急的孩子。

落颜走后，夏秋也不再耽搁，默念着陆天岐最后说的那几句话，快步往东湖边跑去，想要告诉乐鳌这个消息，让他小心。

只是她刚出了亭子没几步，却见一道青光突然降到她的面前，一个温文的声音快速地问道："落颜呢，她做什么去了？"

14

看到青泽这么心急火燎地赶来了，夏秋就想发笑，但一想到陆天岐的情况，她却笑不出来了，于是便把刚刚发生的事情对他一五一十地说了一遍。

听完夏秋的话，青泽的脸上却露出了松了一口气的样子，点头道："她回去也好，反正她在这里也帮不上什么忙，反而……"

反而让人担心。

后面的话青泽没有说出来，而是突然转了话题，眉头紧皱地道："只是你刚刚说六劫鞭，你真的没听错，天岐说的的确是六劫鞭？"

"我当然不会听错，虽然当时表少爷很虚弱，但是这三个字却说得很清楚，说是红姨要用六劫鞭杀了东家。青泽少爷，这六劫鞭到底是什么东西？为什么表少爷说起它来一脸的惊慌，我从没见他如此紧张过。"

青泽的神色立即变得凝重，他没有向夏秋解释什么，而是低声道："兹事体大，咱们还是快点找到乐大夫再说吧……"

他的话音刚落，却听从东湖的方向传来一阵密集的枪声，两人的脸色一下子全都变了……

东湖边上，乐鳌同原田已经面对面碰到了一起。只是，同原田这边比起来，乐鳌这边的人数却稍显单薄，只有他同黄苍两人。

看到站在他旁边的黄苍，感受到从黄苍身上显露出来的气息，原田晴子便全都明白了，冷冷地看着乐鳌道："乐鳌，原来从一开始你就骗了我！"

乐鳌微微一笑："原田小姐，那你觉得我该如何对你呢？为你残杀那些无辜的人而拍手叫好吗？"

"他们不是人，本就该死。"原田怒道。

乐鳌的脸上挂上一层霜，冷道："我倒觉得正好相反，同他们比

起来，你才是凶手！"

"你还同他废什么话！"这个时候，却见张子文站了出来，阴森森地看了眼乐鳌身边站着的黄苍，"杀了他们不就一了百了了……听我命令，开枪！"

对于这个黄苍，张子文也是恨之入骨，若不是这个黄苍救走了曹小姐，自己也不至于叛变失败，如今仿若丧家之犬般，故而对他来说，无论是乐鳌还是黄苍，都是他的死敌，如今仇人就在眼前，他又怎么可能放弃这么好的机会呢，当然是让手下立即开枪了。于是，随着张子文一声令下，他手下的士兵们立即向乐鳌他们开枪射击，于是在一阵乱枪声中，东湖边上弥漫起了呛人的硝烟，巨大的火药味让一旁的原田晴子也频频皱眉。

只是，一轮射击过后，趁着士兵们填装弹药的工夫，张子文透过渐渐消散的硝烟向乐鳌他们所站的地方望去，却见他们两个仍旧站在那里，紧接着，却听乐鳌的声音穿透即将散尽的硝烟缓缓地传来："该我们了！"

他话音刚落，却见一道黄影突然向张子文他们冲了过来，不过眨眼的工夫，这道影子便绕着那些士兵们转了一圈，几乎在同时，张子文便听到一片惊呼声响起，而这个时候，这道黄影已经重新返回了乐鳌身边。

这道影子来了又去时间很短，可就在这短短的时间里，张子文带来的那些士兵手中的枪竟然全都不见了。

张子文倒吸一口冷气，这才发现黄苍手中已经抱着一大摞的枪支，显然正是他的士兵手中消失的那些。见他看过来，黄苍对张子文抬了抬下巴，然后随手一甩，将手中的枪支全部扔进了旁边的东湖里。

随着枪支落入水中，士兵们自然再也无法保持淡定，在黄苍挑衅的眼神中，纷纷向后退去，有的甚至瑟瑟发抖，口中小声嘟囔着"妖怪……妖怪"。

此时，张子文怎么也想不通，不过是短短几日工夫，这个黄苍怎么就像是穿上了钢盔铁甲一般？要知道，在叛变的时候，这小子只会带着曹小姐逃跑，而且还被他的手下开枪击中数次，浑身鲜血淋淋的，可是连命都差点没了的。

张子文没想到是正常的，要知道上次的情形同这次根本不同。上次黄苍孤军深入，又事起仓促，慌乱中带着曹小姐他只想尽快逃离，又怎么可能顾得上还手。而如今，他们不但早有准备，身边甚至还有乐鳌设立的结界作为屏障挡住子弹，他当然能发挥自己最大的能力了。他最擅长的就是速度和他的獠牙利爪，即便他心地淳善，可在关键时刻，却也是乐鳌最有利的帮手，尤其是在没了后顾之忧后，本事发挥起来当然更是如鱼得水了。

张子文此时已知道事情有些不妙，心中更是暗暗后悔这次带进城来的人有些少了。由于对神鹿一族大获全胜，所以这次他随同红姨他们返回临城的时候就只带了少部分的精锐士兵，甚至连军装都脱下了，只换了便服，主要是怕被曹旅长的人发现，反而对他们不利。

这种想法他自然是问过红姨了，红姨也深以为然，他这才放心地将大队人马留在了外面。只是，他本以为对付神鹿一族那么多的妖怪都轻而易举，即便乐鳌是个大妖怪，可毕竟势单力孤，他们都有枪、有法师，还有那个什么咒语在手，甚至还有人质，已经准备得非常充分了，对付他们即便会有些棘手，但也应该不成问题，可万万没想到，对方虽然只有两个人，却比整个神鹿一族还要难对付。

这个时候，看着对面的几人，乐鳌淡淡地道："我给你们最后一次机会，立即离开这里，否则的话，就别怪我不客气了！"

"不客气？你想怎么不客气呀，乐大夫？"原田晴子冷哼了下，看向旁边的林子，"将他带上来吧。"

随着她话音落下，立即有人影从树林中闪出，看到这个人，乐鳌的眉头立即皱了起来，因为他不仅认出了林鸿升，更是认出了随他一起出来的那位——一头雪白的梅花鹿。于是，他嘴唇微微抿了

一下道:"说吧,你们到底想要什么?"

乐鳌仍旧淡定的样子,大大出乎原田意料之外,她的心中闪过一丝恶意,挑了挑眉道:"用你的命,换他的命,如何?"

乐鳌沉默了一下,似是认真思考起来,但很快他便笑出了声:"原田小姐,我说我答应,你信吗?还有,就算我答应,只怕他也不会答应的,你说是不是,鹿零族长?"

白鹿的肚子颤了一下,鹿零族长的声音悠悠地响起:"我就知道你小子是个没良心的,所以也没指望你。原田小姐,以命换命之类的玩笑话你就不要说了,现如今,你还是好好想想,如何才能见到你们心心念念想要的水麒麟吧。老朽的性命已经在你手里了,你若是不好好利用的话,我怕你们一辈子都找不到你们想要的东西。"

原田的脸色一下子变得很难看,而她身后站着的那些男人也"哇啦哇啦"地不知在说些什么,显然,虽然他们不会说,可国语还是能听懂一些的,看起来应该是在劝说着原田什么。他们越说,原田的脸色越难看,到了最后,她不耐烦地打断他们道:"行了,你们都不要说了,我知道该怎么做!"

"原田小姐,希望你能做出一个理智的决定。"鹿零长老再次插嘴道。

原田狠狠瞪了鹿零一眼,再次看向乐鳌,眼珠转了转说:"这么说,乐大夫不会出手阻止我喽?"

乐鳌斜了她一眼,冷冷地道:"我只最后奉劝原田小姐一句,这水麒麟极其凶狠,只凭你们几个,怕是制不住它的,你们可要想好了!"

"我们几个制不住,若是再加上乐大夫呢?我觉得这是一个很不错的主意,不如乐大夫就帮人帮到底吧。"

"你做梦!"不等乐鳌开口,黄苍率先怒道,"你们找死是你们的事,与我们有什么关系……"

他的话刚说到一半,却见原田看了旁边的林鸿升一眼道:"林生,不如你露一手给他们看看吧。"

林鸿升早就在等这一刻了，他看着乐鳌笑了两下，不紧不慢地道："乐大夫，其实我以前很羡慕你的，羡慕你在临城的威望，羡慕你的医术，而后来知道了你的身份，我更羡慕你一身的本事，心中总想着，有朝一日若是成为你那样的人，该是一件多么美妙的事情。而就在前几天，我终于体验到了你那种可以操控一切的感觉，而且，感觉还真的挺不错的……"林鸿升说着，突然敲起了手中的铁木鱼，口中念念有词起来。

而这个时候，却见鹿零长老的眼睛突然鼓了起来，然后一转头，狠狠地向旁边的一块大石头撞了去……

15

鹿零长老的额头一下下地撞向旁边的大石，很快，他的额头便被鲜血染红了，乐鳌的脸色也越来越难看。

看到现在的情形，原田眯了眯眼道："乐大夫，你的心还真是狠呀！"

乐鳌看了看她说："我是为了大家好。"

"为大家好？"原田一脸讽刺，"乐大夫还真是个正人君子，连借口都说得这么冠冕堂皇，实在是让人佩服。"

"不管你信不信，若是鹿零长老此时神智清楚，他也不会同意的。"

只是，乐鳌越是不同意，原田也就越不甘心，于是眼神微微闪了一下说："乐大夫，你可知那个红姨为何没在这里？"

乐鳌这次终于愣了下，脸色则更阴沉了，问道："为何？"

原田得意地道："难道你不觉得少了一个人吗？那个女人现在正在陪着我们最重要的客人呢，至于会不会出现，就看乐大夫怎么做了！"

"好！"这次，乐鳌几乎是想也不想便点了头，"我答应你，不

过，若是你骗我，我会让你知道什么叫作生不如死！"

没想到乐鳌这么轻易就答应了，原田为之一愣，但是马上她却觉得心中愤怒无比，讽刺道："乐大夫，你还真是个善变的人，我以为你会誓死不从呢！"

乐鳌不理她，而是看向旁边仍旧在撞石头的鹿零长老说："原田小姐，我既已答应，你是不是可以让他停下来了？"

事已至此，原田只得不情不愿地挥了下手，可心中对夏秋更恨了，她暗暗发誓，等一抓到水麒麟，第一件事就是去杀了那个女人。

林鸿升对原田自然言听计从，她既然让他停下，他马上便停止了咒语，铁木鱼自然也停了下来。而他一停下来，鹿零长老立即四肢一软，瘫倒在地上，开始"呼哧呼哧"地喘气，肚腹的颤动也越发激烈。

原田不屑地哼了一声，这才道："那咱们就开始吧，乐大夫。"

"原田小姐打算怎么开始？"乐鳌笑了笑。

"很简单。"原田将自己这一路上想好的计划和盘托出，"我负责找到水麒麟的位置，并用咒语将它召唤出来，而你就负责抓住它。"

"我？负责抓住它？"乐鳌冷笑了声，"难道没有我，原田小姐就没有其他办法抓它了吗？"

"我让你抓你就抓！"原田一下提高了嗓音，"乐大夫，你要认清楚形势，难道你现在还有选择的余地吗？"

"没错，我的确是没得选！"

乐鳌的脸上浮现出一种奇怪的笑容，像是自嘲又像是无奈，同时也像是在嘲讽原田晴子那一眼就能被看穿的把戏——她无非是想让他作为牺牲品，帮他们消耗水麒麟的体力和灵力罢了。

的确，这样可以让他们更容易抓住那只藏在东湖湖底不知道几千几万年的神兽！

乐鳌那洞穿一切的眼神，没来由地让原田心烦意乱起来，她别开眼睛看向东湖湖面道："我也一样，身为巫女，原田家的后代，侍奉天照大神古老家族中的一员，这就是我们的宿命！"

这个时候，鹿零族长总算缓过些劲儿来，颤着肚皮叹道："乐鳌，你真的要这么做？"

乐鳌半蹲下身子，看着鹿零长老的眼睛，低低地道："我知道您的意思，只是，您觉得我还有的选吗？"

"那你可考虑到后果……咳咳……咳……"说着说着，鹿零突然剧烈地呛咳起来，显然受伤颇重。

乐鳌眯了下眼道："鹿叔，我也不想这么做的，只是正如她所说，既然都是宿命，那就各安天命吧，兴许这样，还能让这临城消停几年。"

"咳……咳咳……可是……"

鹿零还想再说些什么，却被乐鳌再次打断，他唇角向上扬了扬："有一件事免不了要拜托您，日后乐家再有后人来了，您可要多多教导他，可别再像这次一样，让他欺负到您头上去了。"

"你这小子……不行，我绝不能让你这样做，你知道吗，你……你今日真的……真的不必如此，因为……因为……"

鹿零族长说了好几个"因为"，可在这个时候却仿佛犹豫了，迟迟说不出下文，而此时却听乐鳌又笑道："您不必再找借口劝我了，您若是有机会，倒不如帮我找到夏秋，她的事情我已经写信给乐家说明了，很快他们就会派人来找她，而这次，她……终归是被我连累了……"

鹿零长老还想再说些什么，却被原田一脸不耐烦地打断了："说完没有，林生，将这只老妖怪带到一旁，我不想再听他说半个字了。"

"好的晴子。"林鸿升说着，立即将鹿零长老再次牵回到了树林里，打算将鹿零拴在树干上，只是正拴着，却见鹿零看着他幽幽地道："林家后生，你可知多行不义必自毙的道理？"

林鸿升心中一凛，随即却狠狠踹了鹿零长老一脚道："老不死的，等晴子抓住了水麒麟，你和你的那些妖怪族人们，就会成为大补的

药材，到时候我看你还怎么卖弄这张嘴！"做完这一切，他立即离开了树林，重新回到了原田晴子的身边，而此时，原田晴子已经拿出了式盘对准了东湖，准备开始找寻水麒麟的位置了。

其实，从原田来到临城的第一天开始，就已经想借助式盘的指引找到水麒麟的所在了，不过可惜，她明知道那只神兽就在东湖里面，但是每次只要她发动式盘，式盘便会出现混乱，而且盘体也开始发烫，就像是要烧着了一般，吓得她不敢再试。

后来她又仔细回忆了下祖祖辈辈传下来的故事，记得祖父曾经说过，他们的祖先见到那神兽的时候，湖面上似乎响起了悠扬的歌声，她便怀疑，召唤水麒麟出来是需要咒语的。这才开始在临城里大肆捕杀妖怪，想要从他们的口中打听到有关这水麒麟的只言片语。不过可惜，妖怪杀了不少，却半点消息都没有得到，反而惹了一身的麻烦，还遇到了乐鳌，到了最后，在乐鳌的如簧巧舌下，她甚至真的一度以为是自家的式盘出了问题，以至于好长一段时间都羞于将式盘拿出来再试，甚至还打起了退堂鼓。所以，她接到"父亲"让她回国的消息的时候，非但不觉得奇怪，反而在心中松了一口气，因为那个时候她已经有了回国的打算，打算回去再好好问一下家族的长辈，到底这水麒麟是怎么回事。

只是，后来发生的事让她醒悟到，自己又被乐鳌骗了，因为她的父亲根本就没有让她回国，反而发消息给她，让她好好留在临城，并且已经让分布在其他地方的本家族叔伯们去帮她的忙了。所以，那些叔伯们接到她打算陪他们一起回国的消息后，一个个都很奇怪。

但是在他们家族，除了大家长，就数巫女的地位最高，虽然奇怪，可这些叔伯们并没有起疑心，还以为她又得到了家族新的指示，便如她所愿，在上海等着她过去同他们汇合。直到她发电报给他们，让他们火速来临城同她汇合，并在互通了消息之后，他们才知道是被人蒙蔽了，而这个将他们骗得团团转的人，除了乐鳌还能有谁？到了这会儿，发觉自己再次被骗，原田晴子心中的愤怒已经无法用言语来表达了，她只有一个想法，就是让这个男人、这个狡猾的怪物死在自己的面前！

　　"乐大夫，你真的是一个很狡猾的怪物。你知道吗，你差点就让我放弃了最引以为傲的东西。现在，是你为你所做的一切付出代价的时候了！"她说着，将式盘托在了手心，口中则念念有词，应该是在启动式盘。而不一会儿工夫，式盘果然快速地旋转起来。只是，同平时有规律的旋转不同，它现在旋转的速度越来越快，几乎可以用疯狂来形容，这同上次她在东湖边使用式盘的情形一样。不过，这次原田晴子却再也没有了上次的慌张，而是立即将式盘掷向了空中，口中突然哼起了歌，身体则慢慢地舞动起来。

　　她的歌声不但清脆悦耳，而且极具穿透力，从一开口就传出去很远，几乎布满了整个湖面。

　　"吉日兮辰良，穆将愉兮上皇。抚长剑兮玉珥，璆锵鸣兮琳琅……"

　　这歌声一被唱出来，一股浩然之气突然充斥于天地间，仿佛整个大自然都在为其伴奏，仿佛唱歌的不仅仅是原田，而是所有的生灵都在齐声颂唱。

　　"瑶席兮玉瑱，盍将把兮琼芳。蕙肴蒸兮兰藉，奠桂酒兮椒浆……"

　　站在乐鳌旁边的黄苍，也不知道什么时候跟着曲子的旋律哼唱起来，不过很快他就发觉了不对，脸色难看地看向乐鳌："乐大夫，这是什么歌？我……我怎么有一种听了想要流泪的感觉……好像……好像很久之前，不对，是在我尚未出生的时候，就已经会唱这首歌了……"

　　乐鳌的脸上此时无悲无喜，他看着湖边翩翩起舞的原田，冷冷地道："这是一首歌颂天帝东皇太一的祭曲，而这水麒麟就是他派到这里来的。"

　　"水麒麟是天帝派来的？"黄苍吃了一惊，"可这东皇太一，我记得，他不是……他不是……"

　　"嗯，他也是妖帝，是我们妖族的祖先！"伴随着原田的吟唱，

乐鳌却渐渐放低了声音，"可他……更是天帝！"

"扬枹兮拊鼓，疏缓节兮安歌，陈竽瑟兮浩倡。灵偃蹇兮姣服，芳菲菲兮满堂。五音纷兮繁会，君欣欣兮乐康……"

此时，原田的吟唱已经接近了尾声，随着她最后一个字尾音高高挑起，众人突然感到一股彻骨的寒意从湖面上直扑过来，湖水也像是沸腾了一般突然被笼在了一团白雾中。

就在这个时候，一阵"咔吧咔吧"的声音也越来越近，等黄苍从歌声中回过神来再向湖面看去的时候，却惊讶地喊道："结冰了！东家，湖面上结冰了！"

第十九章　麒麟

01

此时是夏季，而且还未出伏，可以说是一年中最炎热潮湿的时候，即便是在这东湖湖边，是在夜晚，天气也不会凉快到哪里去。所以，在这个时候，东湖的湖面上在这么短的时间内竟然结了冰，这在正常情况下根本就是不可能的事情。只是，看到湖面上结了冰，原田却是欣喜若狂，她兴奋地道："水麒麟向来是居于寒潭之中，而据说这东湖下面就有一个万年寒潭，看来，它这是要从寒潭里出来了，不然的话，也不会带出寒气把整个东湖都冻住了。"

乐鳌他们又岂会不知道水麒麟的特性，如今这从不上冻的东湖竟变成了这副样子，自然是水麒麟要出世了，想到这里，乐鳌的脸色立即严肃起来。

果然,，原田的话音刚落，她刚才掷出去的式盘突然在湖面靠东的位置停了下来，同时开始发出"呜呜"的怪音，就像是要提醒主人什么似的。

原田大喜，马上看向乐鳌，幽幽地道："乐大夫，水麒麟马上就

要出来了，请吧！"

"东家！"黄苍一下子拉住了乐鳌的胳膊，"不如，让我去吧！"

乐鳌拍了拍他的手背，低声道："以后乐善堂来了新人，还要靠你多多照拂呢，你松开吧。"

"东家，你是让我……"黄苍有些受宠若惊。

乐鳌点点头，随即甩开黄苍的胳膊，走到了湖边，先是用脚试了试冰面的厚度，然后转头看着原田笑道："原田小姐，咱们不是同路人，所以，我还是给你们留一条路走吧。"说着，他一跃而起，沿着湖面，往式盘指示的方向低低地飞了过去……

乐鳌最后的话让原田的脸上一阵红一阵白的，不过看到乐鳌离开后，她也对身后的几个叔伯道："我们也过去。"

几个法师自然是以巫女马首是瞻，听到原田的命令，立即跟在她身后也向式盘的方向跑了过去。

黄苍见状，生怕这些人会背地里下黑手，自然也默默跟了上去，不过鉴于乐鳌之前的话，他并没有选择踏着冰面走过去，也是低飞了过去。

只不过，他在离乐鳌还有几丈远的地方停了下来，然后又后撤了几米，同已经到达目的地的乐鳌和正在赶过来的原田一行人成三角状，时刻监视着原田他们的一举一动，并随时准备出手帮忙。

原田走的时候并没有招呼林鸿升和张子文，仿佛已经将他们忘记了，张子文还好，很清楚自己的实力，知道自己即便过去也帮不上忙，但林鸿升却不同，虽然原田对他从来是呼来喝去，没有半点尊重，可他却是时时刻刻将原田挂在心上的。于是他看了看身后拴着鹿零族长的树林，又紧握了下手中的铁木鱼，心中立即有了些底气，便对张子文说了句："我去看看。"说完，不等张子文回话，也跟了上去。

张子文斜眼旁观，见林鸿升就这么跟上去了，他撇了撇嘴，找了块平坦的大石，坐在了上面休息，而他的手下们则心惊胆战地站在他的身后。

见他就这么坐了下来，离他最近的一名士兵试探地问道："长官，咱们不跟上去看看吗？"

"看看？"张子文冷笑，"你们有几条命？如今咱们的枪械都没了，凭什么过去送死？谁知道那个水麒麟是个什么怪物，要是一口一个将咱们吃了，都没地儿说理去。"他一边说着，一边摸了摸腰中别着的枪，这应该是他们所剩不多的武器了，除此以外，他还带着一颗手榴弹，是从刚刚结束的大战中淘换来的，威力极大。即便是曹旅长，也是费了好大的劲儿，才弄了几箱回来。他这次为了确保万一，便带了一颗出来。

张子文这次离开得太过狼狈，军械本就不多，自己虽然还有资本，可都放在了别处，一时间又到哪里去购买武器军火？尤其是这种用一个少一个，威力又巨大的火器。所以，这东西一旦用上，可就是他打算与对方同归于尽的时候了。并不是他过于悲观，而是这次的情形实在是有些诡异，让他不得不做好最坏的打算。那个红姨，自从到了东湖边就不见了踪影，说起来是去引开陆天岐那个怪物，可到现在还不回来，实在是有些不寻常，再联想到她突然消失那几次他们遇到的惨败，更是让他不得不多个心眼儿。

正所谓知人知面不知心，这些人一个个的不是法师就是妖怪，全都不是普通人，红姨之前找他联盟，也只是看中了他在临城的势力和能调动军队的能力。可现如今，他们要枪没枪，要势力没势力，还如丧家犬般，扪心自问，如果他是红姨的话，也会认为他们已经没用了。没用的人唯一能派上用场的就是他们的小命了，而这偏偏是他最不能给他们的，所以，他除非傻了疯了才会给他们卖力。

"长官……"听到张子文这么说，问话的士兵似乎松了一口气，不过他同其他几名士兵交换了个眼色，又道，"那咱们不如离开……离开这里吧！"

刚才的情形实在是将他们吓到了，抓住神鹿一族的得意劲儿早就一扫而光了，对于张子文的话有一点他们很认同——面对这些妖

怪，他们要是再待下去，只怕几条命都不够用。

可这次张子文却摇了摇头，冷笑道："别人的死活我不管，我一定要看到他死，只要那个怪物死了，咱们立即就走。"

如今他已经对丽娘的下落不抱任何幻想了，一心只想着杀掉乐鳌为丽娘报仇。而且，他的要求不高，虽然能亲手杀了乐鳌最好，可若是能看着乐鳌在自己眼前断气，他也一样心满意足。想到这里，他不禁按了按手中的手榴弹袋，眼中闪过冷色。真要到了最后他还没死，那就别怪他六亲不认了，这东西炸不死妖怪，还炸不死人吗？法师也是人，大不了到时同归于尽！

他心中正盘算着，却突然感到一股凉意从周围蔓延过来，而后便听到站在他身后的士兵们突然慌乱地喊道："这是什么？我的手，我的脚，这……这是……蛇？"

张子文吃了一惊，正想站起来查看，却觉得自己脚脖子一凉，仿佛也被什么东西缠住了，他一低头，果然看到了蛇一样的东西卷住了自己的脚腕儿，不由得大吃一惊。他正要拔枪，却发现卷住他脚腕的并不是蛇，竟然是不知道从哪里蔓延出来的藤蔓，而这个时候，他的手腕儿一紧，竟然也被什么东西缠住了，不要说拔枪，连自由活动都不能了。

这东西将他的手脚缠紧后，还把它们往两旁扯，就像是要把他撕开一般，于是他只觉得眼前一晃，脚下一空，竟是被这些藤蔓吊了起来，硬是拉成大字状悬在了半空中。借着眼角的余光，他看到其他的士兵也都如他一样，全都被吊了起来，正在惊慌地大喊大叫着。

他毕竟见多识广些，并没有像他们那样惊慌失措，而是向周围看了看，大声喝道："谁？什么人？什么东西？"

隔了一会儿，只听树丛中突然传来一阵窸窸窣窣的声音，然后一高一矮两个身影从树林中钻了出来，个矮的那个抬头看了看张子文却没有理会他，而是看向自己身旁的人道："青泽先生，趁现在快去把鹿零族长救出来吧。"

　　来人正是夏秋和青泽，来湖边的时候，由于夏秋的灵力已经用尽，所以他们破开结界进来的时候费了一点时间，这才到得晚了些，结果一来就看到鹿零族长被林鸿升带走了，然后就是原田晴子作法，东湖上冻那一幕。

　　虽然乐鳌近在眼前，她很想立即冲过去告诉他自己平安无事，可最终还是决定等原田他们离开后再出现，并打算救下鹿零族长。不过，她本以为林鸿升不会跟去，想着等原田他们一走，就悄悄绕到林鸿升身后，即便她现在用不了能力干扰铁木鱼的法力，但是绕到他身后将他打晕还是能做到的，她甚至连趁手的木棍都找好了。只要能抢回铁木鱼，林鸿升就再也没有威胁了！

　　只是可惜，林鸿升竟然也跟了去，而已经冻成冰的湖面上没有任何遮挡，她再想偷袭林鸿升根本不可能，这才不得不放弃了这个打算，只是趁着他们离开，让青泽作法将张副官他们先困住。

　　不过，现在的问题是，即便他们此时救了鹿零族长，可铁木鱼一日拿不回来，神鹿一族早晚还是会被林鸿升摧残，总归是治标不治本。可就算这样，夏秋也无法眼睁睁地看着鹿零族长浑身是血不管，虽然她别的暂时做不到，可先帮他治疗一下伤口，或者将他暂时藏起来还是能做到的。而只要能拖延到今日子时，她就可以再次使用自己的能力，让铁木鱼失效，让神鹿一族彻底摆脱林鸿升的控制了。

　　青泽去找鹿零长老，被吊在半空中的张子文却看着夏秋冷笑道："那个女人果然把你放了，她骗了我们，她根本就不想杀那个怪物。"

　　夏秋本不想理他，听他这么说，抬头看向他，低声道："你错了，她根本就没有放我，我是自己跑出来的。而乐鳌，正是她要杀的目标，以前是，现在是，从来都没有变过，所以，为了东家，我……"

　　她刚说到这里，突然从湖面上传来一声巨响，一道银光从湖底射了出来，正是乐鳌他们刚刚前往的方向。

　　水麒麟，出世了！

　　银光从湖底直射上来，在湖面上融了一个深不见底的大洞，原田晴子用来判定水麒麟位置的式盘早就不知道被这道银光打到了什么地方，抑或是已经粉身碎骨了，就连整个冰面也随着这银光的出现震了几震，发出可怕的"咔吧咔吧"的声音。

　　原田见状不妙，连忙对身后的几位叔伯大声喊道："结阵！"

　　于是，几名法师立即围成一圈坐在了冰面上，原田则坐在了他们的中间，各自拿出各自的法器，随时待命。

　　这个冰洞十分巨大，有五六丈宽，此时，乐鳌正浮在冰洞的上方，是所有人中最淡定，也是最接近冰洞的一个。银光消失后，他立即看向洞底，却发现漆黑的冰洞深处有一个银色的亮点正在快速上升，而且越来越近。他连忙向后退了几米，等着洞底的那东西升出湖面。

　　他刚刚站定，便见一道更加刺眼的银光在洞口一闪，就见一只庞然大物冲出了黑洞，出现在湖面的正上方。

　　这庞然大物有一丈多高，周身笼了一团碧色的火焰之中，身体却是银色的，被碧色的火焰照耀着，银色的身体亮晶晶的，猛一看过去就像是透明的一般。它的身形仿若雪山中的麋鹿，但却大得多也高得多，除此以外，它的后背上还覆盖着一层厚厚的银甲。银甲折射着碧光，让它全身都显得熠熠生辉。一从东湖里出来，它便仰天长啸一声，两只狼蹄一般的前蹄高高地抬了起来，头顶的独角也挑衅般地指向天空，锋利的角峰就像是世上最大的鬼头刀的刀锋，闪着让人胆寒的蓝光。长啸之后，它的两只前蹄落了下来，又使劲在半空中踏了踏，这才甩着牛一样的巨大尾巴，歪着头看向眼前的乐鳌。它的眼睛此时瞪得像两只黑色的铜铃，牙齿则微微龇着，两只巨大的鼻孔还在不停地喷着气，看起来异常凶狠。那副样子，就像是一旦发觉眼前之人是足以威胁它的不速之客，便会立即扑上去，将他撕成碎片，或是直接一口吞下。

　　"水麒麟！"不远处的原田似惊似叹地喊了一声，眼中充满了渴望和崇拜。

　　水麒麟一出现，本在一旁暗暗观战并随时准备帮忙的黄苍，不知为何突然觉得腿软脚软，差点从空中跌下去，而等他稳住了自己的心神，这才吃惊地发现，不知不觉间，他竟然已经远远退开了数十丈，竟是在本能中就对这一方霸主退避三舍了。而他鼓足勇气想要再冲上去的时候，腿脚却像是灌了铅似的，根本就挪动不了半步，就连身体也似乎不受自己控制了。

　　他正在暗暗吃惊，就听乐鳌的声音远远传来："你就在那里，不必过来。"

　　黄苍心中有些羞惭，但却知在三界中，终归有些东西是逾越不得的，东家先是说东皇太一，然后又是水麒麟亲临，这两位都不是他一个小小的妖怪能企及的，他能见得水麒麟的真颜，也算是此生中的大幸了。

　　叮嘱好黄苍后，乐鳌才看向眼前的水麒麟，笑了笑说："我知道你不喜欢我，其实我也不喜欢你，我也是被逼无奈才会面对你。"说着，他看了眼冰面上已经跃跃欲试的原田他们，又对水麒麟道，"不过，或许你还能帮我一个忙。"他说着，一只手臂突然一抖，随着一道金光闪过，他的妖臂显露了出来，然后他看了看自己的妖臂兽爪，无奈地笑道，"这手臂，你一定很眼熟吧？"

　　乐鳌的手臂一显露出来，对面的水麒麟突然发出一阵低吼，四蹄立即不安地动了起来，一副随时都要扑过去的样子。而这个时候，看到它认出来了，乐鳌又道："其实我也很讨厌它，你若想要，就拿去吧。"说着，他的妖臂突然向水麒麟一挥，一道金光便向水麒麟劈砍过去，只是一招过后，他立即掉头就跑，冲向原田他们所在的位置，然后在他们的上空停了下来，又对水麒麟挑衅般地挥了挥妖臂，笑道，"想要，就过来吧！"

　　刚才乐鳌挥动妖臂闪耀的金光的确让水麒麟怔了怔，只是愣过之后，它的眼中却闪过狂怒，一双眼睛更是紧盯住乐鳌的妖臂再也

不肯挪开。

　　而原田看到乐鳖竟然来到了他们的头顶上，心中不由得一惊："乐鳖，你别耍花招，别忘了，我们若是有个什么好歹，那个女人也活不了！"

　　乐鳖低头对他们笑了笑说："你们离得太远，我把它引进些，也方便你们抓它，我是为你们着想。"

　　卑鄙！

　　原田心中暗骂了一声，口中则连忙吩咐道："布阵！"说着，她已经快速捻起了手中的伏魔珠，而随着她捻动珠子的速度越来越快，珠子竟然变成了血红色，竟是她的手指不知何时被珠子磨破了，鲜血正从她的手指一滴滴地渗入了珠子里。

　　而随着她周围的法师们纷纷驱动起自己的法宝，一个五芒星阵渐渐地由白变蓝，又由蓝变红，并且不停地向四周扩散开去，很快就覆盖了一大片冰面。

　　感受到脚下法术的气息，看到这些法师们还算有些本事，乐鳖心中暗暗冷笑，这个时候，却听到对面的水麒麟突然发出一声暴怒的吼叫，而后，整个身体骤然间扩大了数倍，周身围绕的火焰也瞬间高出数倍，却是连同火焰变成了一只十几丈高的巨兽。而随着它身体变大，它也甩着四蹄碾压过来，仿佛一只脚掌都能将他们碾成肉泥。

　　乐鳖见它冲了过来，立即向旁边一闪，将原田晴子他们整个暴露在了水麒麟的巨蹄之下，那些法师见状，立即"哇啦哇啦"地大喊起来，似乎是在建议原田赶快驱动血阵，阻止水麒麟将他们踩成肉饼。

　　不过这次，原田却比他们镇定得多，她挥了挥手，让他们安静下来，虽然她手中的念珠已经变成了紫红色，但是却迟迟没有作法，然后她生硬地道："再等等。"

　　虽然这些法师一个比一个恐惧，可血阵的指挥权在巫女手中，阵法一旦发动，他们就再也移动不了位置，若没有巫女的驱动，他们自己强行离阵，只会死得更快，所以现在想跑都跑不了，他们也只能眼睁睁地看着水麒麟的巨蹄从天而降。就在这时，当这些法师甚至都已经感受到近在他们头顶几尺外的森森寒气时，这寒气却从他们的头顶突然间滑开了，竟是水麒麟转了方向，再次冲向了已经闪到一旁的乐鳌。

看到这些法师们死里逃生，水麒麟反而再次冲向了自己，乐鳌苦笑了一下，然后不得不远离了原田他们，往远处飞去。

就在水麒麟即将踩向他们的时候，原田的脸色早就变成煞白，而这个时候，看到水麒麟竟然转移了目标再次进攻乐鳌，她在愣了一下后却兴奋得红了脸，情不自禁地大喊道："果然没错，果然没错！水麒麟从不会攻击普通人，甚至还会保护咱们，只要不轻易惹恼它，它是绝不会攻击咱们的。它最喜欢吞吃的是妖物，无论什么妖物，只要被它盯上，都只有魂飞魄散一个下场！"

其他法师们自然也听过这种说法，只是刚刚，在水麒麟巨大的力量下，早就吓破了胆，哪里还能想到这些。要不是原田在来之前作过详细的计划，想到了这一节，甚至还特意带上了鹿零族长想让他作为牵制消耗水麒麟灵力的诱饵，她刚刚只怕也无法这么镇定。

劫后余生的法师们立即发出一阵欢呼，对于他们的巫女，自然也更加信服了！

对于水麒麟这种脾性，乐鳌自然早就知晓，却没想到它竟然如此的死心眼儿，不是说凡人对它来说就像是蝼蚁一般它才会不理会的吗？还是说他那只妖臂的存在感实在是太强，所以才会成为它唯一的目标？看来，天帝果然找了条好"狗"呢！只是，同样是妖族出身，天帝就不为天下的众妖多想想吗？难怪天帝会成为天下的共主，受各族敬仰膜拜，若是他，只怕还真做不到这点，多多少少都会有些偏袒的。比如现在，虽然知道他的做法会让自己万劫不复，可他终究还是起了杀心，为了保护最重要的人，他什么都可以做！

思绪万千中，水麒麟已经近在咫尺，乐鳌再也顾不上多想，身子一闪，在绕了一个大圈儿后，再次向原田他们冲了过去。他的目

的现在已经很清楚，就是要借着水麒麟的力量将原田他们全部除掉，他知道自己不能杀人，但是他此时的做法，就算不是亲自动手，也仍旧会受到天谴。可他再过不久就三十岁了，即便他不这么做，也仍旧是魂飞魄散的下场，倒不如拼上一拼，为这临城多换取几年的安宁日子。既然这水麒麟已经认准了他，那也好办，他这次不躲就是了，纵然他会粉身碎骨，可这些法师也照样一个都跑不了。

这么想着，他再次飞到了原田的头顶上，然后立即俯冲下去："原田小姐，我又把它给你们带来了，这次你们可别让它再跑了！"

听到乐鳌的话，原田又怎么会不明白他的意思，当即脸色大变，愤怒地大喊道："乐鳌，你这个疯子！疯子！"

03

跃入原田晴子血阵的中心，乐鳌立即感到自己周身的力气仿佛在一点点散去，看来他们布的这个阵法还算厉害，不然也不会只凭几个人就想捕获水麒麟了。除此以外，随着原田手中的伏魔珠颜色越来越深，阵法的范围也似乎越来越大，比刚刚他第一次引来水麒麟时，足足大了五六倍。

现在看起来，这阵法的大小已经同水麒麟的体型有一拼了，想必用不了多久，就会将十几丈高的水麒麟全部笼在其中，最起码在大小上捕捉水麒麟绰绰有余。

"乐鳌，你这个混蛋，给我滚开，难道你不想要那个女人活命了吗？"

忍住浑身力气被抽离的痛楚，乐鳌此时已经紧紧卡住原田晴子的肩膀，让她除了捻动手中的伏魔珠，什么都做不了，而其他那些法师，仍旧因为不能动也不敢动，所以也不可能出手帮她。

听到原田气急败坏的威胁，乐鳌淡淡地道："我若是死了，你们却活着，你们又怎么可能放过她！既然如此，倒不如搏上一搏，咱们若是都死了，兴许她还有活命的机会。"

　　说完，他抬头看向水麒麟再次踏下来的巨大前蹄，笑了笑说：
"而且，我也不是那么容易死的，倒是你们，可要想好了，若是此时
再不驱阵捕捉，此生都不会有机会了……"

　　乐鳌说的，原田又怎么会不清楚，如今乐鳌摆出了玉石俱焚的架
势，她还真没办法做出其他的选择了，只能立即发动阵法捕捉水麒麟。

　　只是，她刚刚要催动阵法，掷出伏魔珠时，却突然觉得手臂一
沉，竟是被乐鳌从身后给拦住了，然后她听到耳边传来乐鳌微不可
闻的声音："现在想动手了吗？可惜，我已经改变主意了，你已经没
机会了！"

　　他早就想好，红姨要杀的人是他，如果夏秋真在红姨手里，若
是他死了，红姨一定不会再为难她。倒是这个原田晴子，肯定不会
放过夏秋，他又怎么可能让这个原田继续活着。所以，哪怕是他要
搭上一条命，也决不能让原田晴子继续活下去！他刚刚激她，是想
让她把阵法催动起来，以至于再也没有改变的余地，而如今他既然
已经达成目的，自然是要废掉她的阵法了。

　　原田晴子哪想到他竟然真的是一心求死，当即惊慌失措地大喊
道："乐鳌，你放手，快放手，快放手……"

　　水麒麟的寒气渐渐逼近，听着原田和那些法师们的喊声，乐鳌
却觉得心满意足。只要他死了，一切就都结束了，水麒麟会立即回
它的寒潭，再不会有人打它的主意，而红姨看到他死了也会收手，
乐善堂的所有人都可以继续过他们平静祥和的日子了。而不久以后，
乐善堂会出现新的东家，乐家的使命也仍旧会继续下去，就像这些
年来所有成为乐善堂的那些东家一样，然后在他们三十岁的时候，
离开喧哗的城镇，选一个幽静的山洞过完最后的一点儿时光。

　　只是，明明很清晰的思路，电光火石间有一个极不和谐的声音
穿插其中："不行，我不允许！"

　　乐鳌心中一凛，手却突然一松，于是，还未等他分辨出这是从
哪里传来的声音，这个时候，却听到另一个焦急的声音响了起来：
"住手！"

随着这个声音，一样黑漆漆的东西掷向了水麒麟的前蹄，而且竟然准确地击中了，更让人吃惊的是，随着这东西的撞击，水麒麟前蹄上燃着的碧色火焰竟然熄灭了，与此同时，水麒麟发出一声怒吼，竟然缩回了自己的脚，然后向后退了一步。

原田虽然没想到一心赴死的乐鳌为什么会松手，可趁着水麒麟后退的机会，她立即将手中的伏魔珠掷向了水麒麟，而在伏魔珠的指引下，那张已经几乎铺满了小半个湖面的红色法阵突然离地而起，然后就像是一张红色的大网般，自下而上将水麒麟兜了起来。

此时，乐鳌也看清了那样刚才击中水麒麟前蹄的东西，却是一只木鱼，确切地说，正是神鹿一族的圣物铁木鱼。

"晴子，你没事真是太好了，刚刚真的吓死我了。"

这个时候，林鸿升气喘吁吁的声音在原田身后响起。刚才正是他发觉不妙立即掷出了铁木鱼，结果歪打正着竟然救了原田他们一行人的性命。

可原田此时哪里顾得上理他，她眼睛一眨不眨地看着渐渐收紧的血色大网，看着随着这网的渐渐逼近，水麒麟身上的碧色火焰逐渐变小，连带着它的身体也一起变小了。她的心越跳越快，只要不出意外，这水麒麟最终会变成成年细犬大小，而到了那个时候，他们想要把它运回国，就是轻而易举的事情了。

而在她的家里，早就为水麒麟的到来建好了神庙，神庙建在一座山的山顶上，山体的周围辅以法阵，让它能够不受打扰地一直留存下去。等到了那个时候，他们的家族作为天照大神最忠诚的奴仆，在显露了本族的强大能力后，也一定会再次踏入朝堂，继续侍奉被天照大神所庇佑的神族后裔。

此时的她仿佛已经看到了自己的家族重获荣光的时刻，而她自己将也被载入家族的史册，成为最伟大的巫女……

"金生水，水克火……难怪，难怪！"

就在这时，却听乐鳌的声音突兀的响起，被打断思绪的原田循声望去，却见他不知何时已经捡起掉落在地上的铁木鱼，然后抬起眼看着原田笑了："只是火气太盛，水气却无法压制的话，却会成反侮之势，更何况，水火本不相容，而这水麒麟却将水火都占尽了，你们以为压住他身上的碧火就大功告成了吗？"

"乐鳌，你是什么意思？"虽然乐鳌说了一堆她听不懂的话，但是原田却觉得这对自己似乎不是好事。

"意思就是……"乐鳌说着，身形一闪，突然再次出现在原田的身后，然后，也不知道他用了什么法子，原田和那些法师们以及林鸿升全都不能动了，当然了，他自己也同样一动也不能动了。

"你做什么？"原田脸色大变。

"没什么，让你好好看着罢了！"乐鳌说着，看向此时已经缩成一丈大小的水麒麟。

这时，水麒麟身上的碧色火焰早就消失不见了，没有火焰的映射，让它看起来像是一座用冰雕成的巨兽。这头巨兽的身上密密麻麻勒着红色的血网，这血网勒得很紧，已经嵌入了它的肉里，看着都疼。只是这个时候，不知为何，水麒麟却再没有像之前那样慢慢缩小了，只是任凭血网越来越紧地勒着它，到最后甚至整个没入它的身体中。只是，就在大家担心它会被这血网分割成无数肉块的时候，却见它突然跺了跺四蹄，然后又是对着天空一声长啸，那张紧紧勒着它的血网竟突然间就消失得无影无踪了。紧接着它又一甩头，便见有无数晶莹剔透的珠子四散而去，而还不等它们落地，便听到"啪啪啪"接连不断的碎裂声响起，却是这些珠子全部碎掉了。

"伏魔珠，我的伏魔珠！"

伏魔珠化冰碎裂，原田立即吐出一大口血来，心中更是一阵阵的绞痛，她从没想过，她们家族最宝贵的伏魔珠、祖祖辈辈传下来的伏魔珠，竟然就这样毁了。

"我刚才的意思是……"这个时候，乐鳌再次缓缓开口了，"在绝对的实力和力量面前，什么五行生克乘侮全是没有意义的，纵然你们一朝得手，可只要它不倒下，你们终究只会自食其果！"

此时，消融了血阵的水麒麟已经陷入了狂怒之中，它甩着四蹄向原田他们冲了过来，而身上原本已经消失的碧色火焰也再次缓缓地燃烧起来，而这一次，它所经过的地方，冰面已经开始出现裂纹，有的甚至已经开始塌陷了。

原田此时仍旧不能动，她自然知道这都是乐鳌做的手脚，难为她在这个时候还能保持镇静，低声对乐鳌道："我不杀她，你放了我们。"

"晚了。"乐鳌面无表情地道，"水麒麟一旦认定目标，那是不死不休的，所以，我一定活不了，而你们……你们以为惹了它，它还会把你们当普通人一般对待吗……"所以，从他答应原田帮她去对付水麒麟的那刻起，就意味着他此行是有死无生了，而他死了，这些人也绝对不能活！

"我不允许，我不允许，我不允许……"

可就在这时，刚刚那个声音再次响了起来，这次是在乐鳌的脑海中不停地盘旋，而且显然这声音的主人已经很愤怒了，振聋发聩的声音吵得乐鳌脑仁疼。

"你不允许又能如何？"乐鳌也在心中大吼道。

"你不是说绝不会不告而别的吗？怎么可以食言？"

就在这时，一个熟悉的声音传入乐鳌的耳中，他的身子一震，回过了头，却看到夏秋和青泽正站在离他不远的冰面上，而此时，夏秋急于想冲过来，却被青泽死死拦住了。

"乐鳌，我没事，我回来了，你……你也回来吧！"夏秋说着，眼圈儿已经红了……

04

见她就这么好好地站在自己的身后，乐鳌也怔了怔，也就是在这一刻，原田感到自己身上的禁制突然消失了。而此时，一直在她身边的林鸿升突然大喊一声"跑"，拉着她就往湖岸的方向冲去。而那些法师们，也在同时察觉到自己周身的禁制消失后，根本不用招呼，也纷纷争先恐后地往回跑。这个时候，乐鳌也回过神来，立即冲向夏秋和青泽，大喊一声"快走"，拉起夏秋就往岸边冲，转瞬间就冲到了最前面。只是，随着水麒麟身上的火焰再次熊熊燃起，它的体型也越来越大，众人跑得再快，又怎么能比得上它的速度。更何况，此时冰面已经纷纷碎裂，有的地方已经变得参差不齐，这更影响了众人的逃命速度。

于是，不一会儿工夫，落在后面的一个法师，脚下一绊，便被一块凸起的冰块绊倒了，他正要爬起来继续跑，脚下的冰面突然间裂了一个大缝，他甚至连声音都没有发出一声，便一头栽入了裂缝中，再也没了声息。不但如此，水麒麟迈着大步往前俯冲，看样子虽然仍旧紧咬着乐鳌不放，可这次，它却再也没有顾念脚下那些也在逃命的人类，对着乐鳌的方向是直线冲过去的，至于在这过程中，他脚下踩了捻了什么东西，它看起来完全没有感觉，于是，冰面上接连不断地传来一阵阵哀号声。

原田比乐鳌落后不少，但是却在其他法师的最前面，而且超过他们不少，故而有机会回头查看身后的情况，看到这种情形，她不甘心地道："咱们往旁边跑，它要追的是乐鳌。"

拉着她的林鸿升苦笑了一下道："晴子，我也看出来了，可是，眼下这条路是距离湖岸最近的路，你再看看旁边，冰面已经完全碎裂了，咱们就算是躲得开这怪物，也会掉进湖里的。"

原田脸色一变，她知道林鸿升说得没错，因为别说是旁边了，就连她的脚下，也已经有湖水浸过了冰面，她的鞋子也早已湿透了。只是，若是掉入湖中，他们尚且还有一线生机，若是被水麒麟踩到，那可是半点活的希望都没有了。想到这些，原田心中一横，对林鸿升道："林生，不如咱们就赌一次吧！"

林鸿升一愣，立即明白过来，对她点点头说："好，就陪你再赌一次。"说着，他拉着她往旁边一闪，斜着跑向了河岸，而这条路线，要比刚才那条至少远一倍。不仅如此，他们不过是刚刚跑了几丈远

的距离，林鸿升正想调整方向，继续直线往河岸跑时，却觉得脚下一陷，落入了湖水之中。

冰水迅速浸透了他身上单薄的衣服，他只觉得自己身上像针扎一样的痛，差点连呼吸都因此停滞了……

只是刚刚缓过一口气，他却立即看向周围，用沙哑的声音焦急地喊着："晴子，你在哪里……"

就在刚刚，就在他们陷下去的那刻，他不小心松开了她的手……

没了那些碍眼的法师，水麒麟的目标更明确了，显然，乐鳌或者说他的妖臂是这头水麒麟无论如何也无法放弃的目标。

不过好在，乐鳌他们的速度比原田他们快得多了，虽然水麒麟越来越近，可他们离湖岸也越来越近，而此时，他们脚下的冰面还很坚固，还没有开始碎裂，即便是从冰上跑，也绝对会在湖水化冻前到达岸边。

只是，眼看就要到湖岸了，乐鳌却突然停住了，他悬在半空，对旁边的青泽和黄苍道："你们带她上岸。"说着，就打算把夏秋往青泽他们的方向推去。

"你做什么去？"夏秋一下子拉住了他，"你答应我不会不告而别的！"

乐鳌抚了抚她的脸，笑了笑说："这样就算是告别了吧……"说着，他毫不迟疑地将夏秋使劲推给了青泽，转身就往回走，迎向了气势汹汹冲过来的水麒麟。

夏秋又想冲过去，这次却被黄苍拦住了。

"小黄师傅，你为什么拦我，我不能让他去送死，明明……明明已经到岸边了呀！"夏秋焦急地喊道。

黄苍摇摇头说："夏小姐，就算东家上了岸又能如何？"

"什么？"夏秋一下愣住了。

"这水麒麟已经认准了他，不管他到哪里，水麒麟都会追过去，刚才那些法师的下场你也看到了……你觉得东家该去什么地方？"

　　夏秋明白了，只要水麒麟在，不管乐鳌去哪里，它都会跟到哪里，若是回了临城，它自然也会跟到临城去，而那个时候，可就不是几个法师遭殃的事情了，而是整座城都会被毁掉。

　　"可是……可是难道咱们没有别的办法了吗？难道真的一点儿办法都没有了吗？"夏秋已经泣不成声了。

　　青泽和黄苍两人的脸色全都变得十分凝重，却不知道该如何安慰夏秋，而这个时候，乐鳌已经到了水麒麟面前，同它缠斗起来。只是，他再厉害，面对的也是从上古就活下来的十几丈高的妖兽呀！即便乐鳌露出了妖臂，对付水麒麟还是很吃力，而且，他的法术一旦遇到水麒麟周身的碧色火焰就如石沉大海般再也没了动静，更不要说产生什么杀伤力了！

　　谁都看得出来，乐鳌就是在用自己的生命同它搏斗！

　　这个时候，青泽也叹了口气道："夏小姐，实不相瞒，乐大夫他只有三十岁的寿命，乐善堂的当家个个都是如此，而乐大夫明年年底就三十岁了，我想，他应该也是认清了这一点，才会……"

　　"可他不是还不到三十岁吗？既然不到，为什么要自己去送死？"不等青泽说完，夏秋就打断了他的话，大声说道。

　　"我在医院的时候，见过很多病人，他们得了绝症，谁都知道他们不会再好了，可是直到生命的最后一刻，他们都在努力地活着，从没想过要放弃自己的生命，哪怕多活一天，也能得到多一天的精彩，也能得到多一天生的希望，即便只是看看每天的太阳，看看从窗口飘过的白云，听听窗外小鸟儿的叫声，他们都觉得很幸福。"

　　夏秋的话让青泽愣住了，他觉得夏秋说得有理，可是，却又觉得她把事情想得太简单了，因为，眼下根本不是乐鳌不想活，根本是他招惹了那个水麒麟，已经无法再独善其身了。

　　青泽正要再劝，却听夏秋又说道："所以，咱们不试试，又怎么知道不会让那头水麒麟安静下来，放过他，放过咱们呢？青泽先生，我求你最后一次，放开我，让我去试试吧！"

"你……试试？"青泽的脸上闪过复杂的表情，"你别忘了，你今天已经无法再使用你的能力了，如果不是这样，我兴许还可以让你试试。"

"能力是我的！"夏秋咬牙，"不试试又怎么知道？"

夏秋的话终于让青泽有些动摇了，而这个时候，却见乐鳌被水麒麟的独角一下子高高地挑起，而等他从天空中落下来的时候，就重重地摔在了冰面上，却是半天都起不来身。也就在这个时候，水麒麟巨大的前蹄狠狠地向他踏了下去，眼看就要碾在他的身上。

"停下，我让你停下！你听到没有！"

千钧一发之际，却听夏秋的声音突然响起，沿着冰面传出去好远，而随着她的声音，水麒麟正要踩下去的蹄子突然停了停，然后好奇地抬起头，看向夏秋这边，仿佛在寻找声音传来的方向。

眼前的情形让大家都是一惊，于是青泽手一松，夏秋终于从空中落在了冰面上，她的身子趔趄了一下，但很快稳住，然后她使尽全力向水麒麟跑了过去，边跑边喊道："他不会伤害你的，你听我的，回去好不好？"

这一次，水麒麟再次左顾右盼了起来，似乎仍旧在找寻声音的来源，而同时，它的前蹄竟然缓缓缩了回去。

夏秋见状大喜，于是电光火石之间，她即刻摧动自己的能力，却见原本在地上倒卧的乐鳌渐渐消失了踪影，当然了，连带着他的气息也一同消失了。

成功了！

夏秋在心底暗暗欢呼起来。

虽然乐鳌就在它眼皮底下不见了，可这头水麒麟却似乎毫无所觉，它仍旧左顾右盼地找寻着声音传来的方向，而到了最后，它的视线终于锁定了夏秋，这个小小的，仿佛蝼蚁般的人影总算进入了它的眼中。于是它的脑袋歪了歪，身上的火焰却突然变缓、变小了，身体也渐渐地缩成了刚刚出现时的样子。

虽然它缩小了，也仍旧有一丈多高，但对夏秋来说便不是一个不敢面对的存在了，当即她对它招了招手，轻声说道："谢谢你，你可以回去了。你回去，回家好吗？"

显然水麒麟听懂了夏秋的话，可它的脑袋仍旧歪着，一双铜铃似的眼睛也一眨不眨地盯着夏秋看，仿佛在找寻什么东西。

05

水麒麟的注视让夏秋有些不安，但她却不敢把胆怯显露出来，于是只得再次放缓了声音道："你会听我的，对不对？"

就在这时，却听乐鳌虚弱的声音在夏秋的身旁响了起来："不要再说话了，我想，等一会儿它若是再找不到我的气息，便会自行离去了。"

乐鳌的声音虽然还很虚弱，但是夏秋的心却一下子放下来了。所以，虽然她还是很想同这头水麒麟说说话，可既然乐鳌这么说了，她便决定听他的，不再多说一个字，等水麒麟自己静静地离开。而在她的对面，水麒麟眼光已经变得越来越柔和，它看着她，仿佛在努力找寻着什么，眼中也似乎笼上了一层淡淡的雾气。

这个时候，夏秋觉得时机差不多了，再次轻轻地开口道："好孩子，回去吧，回到你该去的地方，你不属于这里！"

这一次，水麒麟仿佛真的听懂了，它歪着头认真看了夏秋好一会儿，眼神再次变得柔和，它的眼中似乎盛满了千言万语，可却一个字都说不出来，而最终，它的眼神从夏秋的身上移开了，看向了自己的脚下，那副样子，似乎真的是要回去了……

被它注视的时候，夏秋的心跳得飞快，但是却不敢做任何多余的动作，生怕一个不小心，会让它看出自己的心虚，她的手心中已经浸满了汗，而此时，看到它终于移开了眼神，看样子是要离开了，因此她现在心中十分雀跃，但同时心也跳得更快了，只要它离开了，今天的一切就都结束了，他们又可以过回以前的日子了。

可就在所有人都紧张地看着水麒麟的时候，却听一个幽幽的声

音突然响起："一天之中，大隐术能用两次，你也算是本事不小了！不过，就是不知道你还能不能多用几次……"

随着这个声音，夏秋的身边渐渐显露出一个清晰的人影来，正是乐鳌。

此时的乐鳌也是一脸错愕，而更可怕的是，原本已经安静下来的水麒麟，在看到夏秋身旁的乐鳌时，眼睛突然再次圆睁了起来，它死死盯着乐鳌，眼中再次充满了凶光。

"糟了！"乐鳌忍不住低低轻喝一声，而这个时候，夏秋只觉得自己的双脚突然变得冰凉，她低头一看，却是湖水已经漫过冰面，厚厚的冰层竟是已经开始融化了。

而随着一阵轻轻的"咔咔"声从周围传来，夏秋更是觉得胆战心惊，她向周围扫了一眼，目力所及之处，冰面上已经全是裂痕，有的地方更是像她的脚下一样，已经有大片的湖面露了出来，而此时的裂痕，比刚刚在湖心的时候，更小、更密。

"怎么办……啊——"看着已经再次冲过来的水麒麟，夏秋一句话还没有说完，便觉得自己被乐鳌使劲向后一推，然后只听他高喝了声"青泽"，便向水麒麟迎了过去。

此时冰面崎岖，虽然青泽立即赶了过来，可不等他赶到近前，夏秋便觉得自己脚后跟一绊，却是被凸起来的冰面绊倒了。而就在她倒下的那刻，她看到一个身影像风一样冲了过去，直奔乐鳌身后，而人影的手中拿着一柄白惨惨的骨鞭，直冲乐鳌后心而去。

"红姨！"夏秋忍不住惊呼出声。只是，让她最吃惊地却并不是红姨的出现，因为就在刚刚，她已经听出了红姨的声音，也猜到正是红姨在中间捣鬼，所以乐鳌才会在她的大隐术下露了行迹，再次引来水麒麟的狂怒。她最吃惊的是红姨手中的骨鞭，虽然当时夏秋他们离得远，可她和落颜还是看到了亭子中的流光溢彩，以及那炫目的光彩中惨白的兽骨。只是当时她不知道是什么，可后来听到陆天岐的话，她才知道，原来那应该就是六劫鞭，是一样对乐鳌威胁极大的东西。

故而，虽然这柄骨鞭已经失了之前的光彩，她还是一眼就认出了它。于是，就在这个念头闪过的那一刹那，她也不知道从哪里来的力量，立即从冰面上爬了起来，向红姨扑了过去，一把抓住了红姨的腿，将她拉倒在冰面上。

被夏秋拉倒，红姨想要挣开她，夏秋自然是不肯放手的，而两人正纠缠着，随着一阵刺骨的寒没过夏秋的全身，夏秋发现她整个人竟然已经浸入了湖水中，并且还在向下陷去。她想喊，可一张嘴，一股冰凉的湖水便倒灌进了她的口中，透心凉，她想游上去，可也不知道在什么时候，她原本想要阻拦的红姨，竟已经反困住了她，让她根本动弹不得，而她身体上的所有关节更是都像被冻住了，让她根本就不能控制自己，所以，她只能跟着红姨不断地下沉。

这个女人，难道是想拉着她一起死吗？

隐隐的，她似乎觉得有什么人在头顶呼唤她，甚至还向她伸出了手，可她却无论如何都无法回应那双手，这让她急得想哭。只可惜，她的眼眶不过是一热，眼中流出的泪水便同周围的湖水混成了一团，除了带走她体内少得可怜的热量外，什么用处都没有。

终于，在挣扎无果后，她的意识随着身体的下沉渐渐消逝，逐渐地，她连那刺骨的寒冷甚至都感觉不到了，而最后，模模糊糊间，她只看到了一个巨大的影子从她的头顶上压了下来，遮住了她能看到的一切和她的所有希望……

几乎是在夏秋随着红姨一起跌入湖中的同时，乐鳌便已经发现并冲了过来，甚至差点抓住夏秋的肩膀，可就在这时，随着冰面的一阵剧烈颤动，他的手却抓了个空。乐鳌大急，手正要往水中再探，一股寒意却擦着他的头皮越过了他，竟是水麒麟身上燃着的碧色火焰，与此同时，他脚下的冰全部碎裂，湖水迅速涌了上来。于是，就在他的身体接触到湖面的那一刻，他整个人突然像是触电了一般被弹开了，趁这个机会，水麒麟巨大的身躯迅速随着一股漩涡向湖中沉去。

虽然被湖面上那股奇怪的力量弹开了，可乐鳌很快便重新返回，

想要再次进入湖中找寻夏秋，只可惜这次，他的手不过是刚刚触及湖面，却被再次弹开，这一次竟被弹出去一丈多远。乐鳌不甘心，贴着水面重新飞回夏秋落水的地方，想要再次下湖，而这个时候，水麒麟早已随着那个巨大的漩涡彻底沉了下去，湖面也已经开始复原，他所能看到的只有一个模模糊糊的黑影。但他仍想再次跃入湖中救人，可毫无意外的，又一次被弹开了。

接二连三的被湖面弹开，即便是乐鳌也有些发怔，而这个时候，青泽已经赶到，他瞥了乐鳌一眼，低声道："还是我下去看看吧！"

说完他身子一跃，化作一道青光，沉入了湖底，直追水麒麟而去。黄苍此时也赶到了乐鳌身边，刚才的一幕全都落入他的眼中，他的脸色自然也不好看，看着青泽跳下去的方向，诧异地问道："东家，刚刚到底是怎么回事，你怎么……"

看着黄苍，乐鳌露出了一丝苦笑，摇了摇头道："我早就知道，有他在下面，我根本就下不去，他们……根本就不会让我接近他……"

"他们？他？"黄苍的脸上更诧异了。他们是谁？他又是谁？

……

夏秋是被冻醒的，她睁开眼，首先映入眼帘的是周围厚厚的冰霜，可也正因为这些冰霜的反光，浑身打战的她才能看清楚周围的情形，于是她发现自己竟然在一个干燥漆黑的洞穴中。她正想看得更仔细些，却觉得有什么毛茸茸的东西迎面向她扑来，吓得她一下子从地上跳了起来，转身就想跑。

可她不过刚刚跳起，身子也才侧了侧，便听到一个嘲讽的声音说道："你想去哪里？是想被淹死还是被冻死？穿好了跟我走。"

听到这个声音，夏秋才回过神来，借着洞壁上冰霜的反光向前看去，却见一个人正双手抱肩地瞅着自己，这人的脸上充满了让人熟悉的不屑，不是红姨是谁。她又向脚下望去，却见落在她脚边的那个毛茸茸的东西竟然是一件翻毛的披风，一看就很暖和。

这个时候夏秋才想起，从刚才第一眼看到红姨的时候，便见她的肩上背着一个大大的包袱，而此时，她身上的包袱已经不见了，难不成，这就是包袱里的东西？想到这里，她已经将披风捡了起来，翻看了一下后诧异地看着红姨道："你让我穿上它？"

"如果你不想被冻死的话！"红姨说完，也不再同她废话，转头就往山洞里走。

山洞中实在是太冷了，夏秋身上又湿着，这披风是货真价实的雪中送炭，她急忙用披风裹紧自己，然后跟上红姨。而走近了之后她才发觉，红姨身上穿着的已经不是她之前那件玄色的道袍了，而是一件大红的夹袄，显然她也是刚刚换上了干燥的衣服。

夏秋愣了愣道："你早知道会落入这里？"

也就是说她的目的就是这座冰冷的水底山洞，否则的话，又怎么解释她如此充分的准备——甚至连替换的厚衣服都准备好了！

06

落水时的一切夏秋全都想起来了，她若是没猜错，这里这么冷，想必这里就是东湖底部的寒潭附近，也就是刚刚将东湖搅了个天翻地覆的那只水麒麟的栖居之处。

"你哪那么多话！"红姨的语气中充满不耐烦，步子也越发快了。夏秋见状，只得不再问话，而是紧紧跟在她身后，往洞穴的最深处走去。

跟在红姨身后，夏秋估计自己大概走了一小时的样子，结果却发现山洞越来越宽，道路也越来越平整，周围洞壁上的冰层却也越来越厚了。

当然，随着冰层越来越厚，周围的空气也越来越冷，即便夏秋裹着皮披风，也能感到冷气一团团地向她逼来，让她恨不得让这件

毛披风长在自己的身上。不过，虽然冰层越来越厚，但它们也越来越趋于透明，就像是洞壁上镶着水晶一般，而且，也不知道这些冰层从哪里反射来的光，山洞里也似乎渐渐变得越发明亮起来。于是，等她们到达山洞尽头那个水潭的时候，她们的周围已经亮如白昼了。

到了这里，整个山洞已经变得很宽阔了，而山洞的正上方则有一束光射了下来，隐隐的，夏秋还能看到波光，所以她猜，东湖应该就在她们的头顶上。

这个时候，却听红姨突然轻咳两声道："湖水顺着顶部渗下来，流过洞壁的时候，一部分冻成了冰，另一部分则流入了这潭中，变成了寒潭……这里可比长白山的天池有趣多了。"

红姨突然说话，夏秋有些受宠若惊，也不失时机地问道："难道湖水不会将洞口压垮吗？"

这洞口就在她们的头顶，一湖的湖水都往这个山洞里渗，按说早该将洞冲塌了。

红姨斜了她一眼，冷笑道："你觉得是先有鸡还是先有蛋？"夏秋立即被问住了，这个时候红姨又道，"都说水麒麟喜欢在寒潭中居住，可谁又知道这里是不是因为它才形成了寒潭？这么多年，也真是难为它了！"

这下夏秋明白了："你是说，它早就在东湖底了，而且还因为它的存在，才形成了这个寒潭？可它为什么在这里，又为什么这么多年都不肯露面呢？"

在如此地方一待就是千年、万年，那同自我囚禁又有什么区别？

"那是因为它必须在这里。"红姨的脸上露出厌恶，"作为看门狗，自然是主人让它在哪里，它就在哪里了！"

看门狗？这么说，它是受命待在这里的？听红姨的意思，难道它是在帮主人看管东西？

仿佛看出了夏秋心中所想，红姨一笑说："想知道它看管的是什

么东西吗？"

"什么东西？"见红姨笑了，夏秋心中就充满了警惕。

"那你把它叫出来问问不就知道了。"红姨说着，看向了眼前那个一丈见方的寒潭，嘴角则挂上了一丝诡异的笑。

她的这丝笑容，让夏秋几乎是想也不想便开口拒绝道："不要。"

虽然她拒绝得如此干脆，红姨的脸上却没有半点不悦，而是点了点头，反而露出一副如释重负的样子道："这么说，你知道它在这里，也知道自己一定能叫出它来了？"

夏秋心中一凛，下意识地看向山洞的一角，虽然她很快就将视线收了回来，可这短短的一瞬还是被红姨抓住了，于是红姨又笑了，然后竟点了点头道："我就知道，那我只好自己下去看看了。"

说着，她已经走到了潭边，看样子竟是要跳下去。

夏秋大惊，连忙也向前走了两步，有心阻止她，可想到她刚刚对着乐鳌后心刺过去的那幕，夏秋心中却突然矛盾起来，于是百般纠结下，突然问道："绕了这么大一圈，难道你只想看这寒潭下的东西？你并不想杀乐鳌，对不对？"

红姨的脚一顿，回头看了夏秋一眼，又笑了："丫头，既然你认为我不想杀乐鳌，那你刚刚为什么要阻止我呢？"

"我……我……"夏秋立即语塞。她自然不能看着有人对乐鳌不利而不管，所以刚刚只是出于本能。但是打从心里，她还是不想相信，红姨会对乐鳌不利，会杀了他，即便所谓的事实展现在了所有人面前，她也不相信！只是，虽然她坚信自己的感觉，可真正到了抉择的时候，她还是不敢留有一丝侥幸，哪怕是万分之一的可能，她也不能让乐鳌受到伤害。这种矛盾左右着她，也让她更觉得这个红姨神秘莫测起来，也更想知道她到底想做什么！

终于，她犹豫了很久，说了句："我从不相信，这世上会有想杀自己儿子的母亲！"

山洞中一下子陷入了难言的沉默，过了好一会儿，才听红姨低低地道："他告诉你的？"

红姨的确有些诧异，因为她以为，凭着乐鳌的性子，他会隐瞒夏秋到底的。

夏秋摇了摇头说："你还记得在山洞的时候，你给我讲的那个故事吗？我后来问过青泽先生有关乐鳌父母的事情，他讲的同你说的故事有很多重合的地方，最大的不同就是你的儿子死了，而乐鳌却没死。当时我的确有些疑惑，可后来我想通了，你是在他继承妖臂的那刻就认为他死了，对不对？可是……你怎么能把他当作杀死你儿子的仇人呢？他就是你儿子呀，他还好好的活着呀，他并没有死……"

"闭嘴！"不等夏秋说完，红姨的眉毛已经竖了起来，大声喝道，"我的儿子从人变成了怪物，而且到了三十岁必死，身体中甚至还住进了一个远古的灵魂，难道我还要认为他活着吗？你说得没错，乐鳌的确是我的儿子，但在我心中我的鳌哥儿在他五岁那年就已经死了。如今的他，只是一个神憎鬼厌的怪物寄居的躯体，那怪物操控着他的灵魂，这比他死掉还要让我觉得愤怒！所以……"说到这里，她深深地吸了口气，看向眼前的寒潭，嘴角却再次露出诡异的笑容，"所以，我这么多年来寻寻觅觅，就是要让他灰飞烟灭！"

说着，她轻轻一跃，便跳入了寒潭之中……

夏秋怎么也没想到，红姨竟然说跳就跳，一时间也有些慌了，她紧跟几步走到潭边，可不过是将头往水潭的方向探了探，一股凛冽如刀的寒气便冲得她立即向后退去。她知道这下糟了，她只是站在寒潭边都已经冷得受不了了，红姨若是身处寒潭之中，岂不是要被冻死？

这个时候，夏秋也终于不再纠结了，大声喊道："你……你快救救她，把她从潭里带出来吧！"

话音刚落，却见山洞一角某处厚厚的冰层突然颤了颤，然后竟然从洞壁上剥离开来，于是，原本璀璨耀目的洞壁，转眼间露出了一个黑漆漆的大洞。而之后，一只浑身透明、两人多高的东西快速冲了过来，等快到夏秋身边的时候，才渐渐显了形，正是刚刚那只在湖面上逞尽威风的水麒麟。只不过，此时的水麒麟已经比刚才又小了不少，身体也变成了水晶一般透明，若不是它自己动了起来，旁人根本就发现不了它竟然就缩在山洞的一角。

夏秋之所以能发现它，也并不是因为真正看见了它，是同她的能力有关，因为她一进入这里就感受到了水麒麟的气息，知道它隐藏的那个角落不同寻常。

随着水麒麟离夏秋越来越近，它的身体终于变得更加丰满实质，现出了原身。而等它终于跑到夏秋面前后，先是晃了晃自己的脑袋，然后鼻子喷了一下气，之后就"扑通"一声跃入寒潭之中，眨眼间就没了踪影。

虽然夏秋救人心切，可也没想到水麒麟竟然这么听她的话，而且也听懂了她的话，她说让它救人，它就去救人了。不过也因为如此，她对于红姨的平安归来也多了一分希望。她还有很多话想要问红姨，她相信乐鳌也是。无论他口中怎么说不在乎，怎么口口声声地说恨红姨，可对于自己的母亲，对于一个从小就离开自己的母亲，他也一定有很多话要说，很多问题想问吧！而这一点，夏秋一样感同身受。

她一边想着，一边看着潭面出神，可就在这个时候，突然一声轻轻的"喀拉"声吓了她一跳，也在同时打破了山洞中死一般的寂静。声音是从水潭中发出来的，只是，看着平静无波的潭面，怎么也不会让人认为，这声音是潭水的声音。夏秋正想走近些看得更清楚些，可才刚动了动脚尖，就听几声低咳后，一个影子突然从潭中跃了出来，跳到了岸边。夏秋吓了一跳，下意识又向后退了几步，而这个时候，这个影子渐渐显露了身形，正是穿着大红夹袄的红姨。

"咳咳……"彻底现身之后，红姨撕掉身上贴着的一道符咒，又重重地咳了两声后，一脸诡笑地道："这符是朱砂给我的，没想到这么多年了还能派上用场，看来，你终究是不如你母亲的！"

"你……"夏秋一下子明白了——看来红姨根本就没有跳下寒潭，而是借着她母亲送她的符咒隐了身形气息，同她隐藏妖怪身形气息的做法一样。然后红姨应该是攀在了水潭的潭壁上，等她引水麒麟下去寻她之后才重新跳出来现了身。只是，红姨如此大费周章地引开水麒麟到底想做什么？

而下一刻，不等夏秋问她，红姨已经向她身后面的山壁冲去，而她的手中不知何时多了一样东西，正是那把据说可以杀掉乐鳌的六劫鞭。这骨鞭夏秋从醒来之后就没见红姨再拿出来过，她还以为红姨把它丢在湖里了，却没想到竟然还在。而就在她一错神的工夫，红姨已经冲到了刚刚因为水麒麟的离开突然出现的洞穴前面，然后她的身影一闪，便钻入了洞口，转眼间消失了踪影。

这下夏秋明白了，看来红姨的目标根本不是什么寒潭下的宝物，她的目的根本就是这个水麒麟严密看守的水底山洞，或者说是这山洞中的东西。

一边想着，夏秋一边也到了洞口，而此时，红姨已经深入洞中很远了。不过据她目测，这个山洞应该不是很深，因为一眼望过去，不但能看到红姨的背影，在山洞的尽头，她还看到了昏黄的光。这光暖暖的，不像是借由冰壁反射出来的光，应该是专门燃起来用作照明的灯光。

正想着，她已经尾随红姨进入了山洞，果然，走了没几分钟，她就走到了山洞的尽头，而此时，红姨早已经等在那里了。

见她终于跟了上来，红姨看着眼前的东西头也不回地说道："就是这个了！"

"这是……"此时，在山洞的尽头，在她们的面前，放置着一只巨大的石棺，石棺的上面没有任何花纹，可以说朴素得有些简陋，可不知怎的，看着眼前的石棺，夏秋却觉得眼睛有些发潮。她突然有一种冲动，就是想要掀开棺盖，看看里面的人，哪怕只看一眼也好。

而就在她这个想法冒出来的同时，似是在回应她，石棺突然发出一声奇怪的响动，而后竟然颤动起来，紧接着，只见棺盖上突然出现了一条裂缝，而后随着"哗啦"一声巨响，棺盖竟然纵向裂成了两半，落在了两旁的地上。

夏秋吃了一惊，她没想到自己不过是想了想，这棺盖真的就这么打开甚至还碎裂了。而就在她错愕的工夫，却听红姨幽幽地道："丫头，你是不是真的很爱我家的鳌哥儿？"

"什么？"夏秋一愣，不知道红姨为什么突然这么问她。

看到她傻傻的样子，红姨笑了一下，然后踏上石棺前的台阶，走到了石棺的旁边，仔仔细细打量了番棺中的情形，过了好一会儿才再次抬头看向夏秋，又笑了，随即她将手中的骨鞭抬起来递向夏秋道："你若爱他，就把他毁了吧！"

"毁了他？谁？"夏秋的心中突然腾起一种不妙的感觉，这才发觉红姨似乎离那敞开的石棺太近了。

夏秋的表情立即落入了红姨眼中，所以，她还没来得及有任何动作，便见红姨又是一笑，突然长叹了一声："也罢……"于是，就在叹息的工夫，红姨手中的六劫鞭却以迅雷不及掩耳的速度插入了棺中，她敏锐的动作之后，则是又一声叹息，"我知道你下不了手，所以还是我帮你们吧！"

就在红姨的六劫鞭插入棺中的那刻，夏秋已经冲上了台阶，冲到了石棺面前，可她只来得及向棺中看上一眼，看到里面躺着的是一个头戴藤冠的人面兽身的男人后，这个男人便从被六劫鞭插入的胸口处开始，一点点地风化消失了……

夏秋只觉得脸颊一凉，不禁用手一摸，竟有一滴眼泪不知何时已经顺着脸颊流了下来，她呆了呆，再次看向棺中，那个男人早已消失得无影无踪了，竟是连丝灰尘也没有留下。眼泪滴落，落在棺中，留下了褐色的印记，似乎是想要强行留下什么，不过可惜，到

了最后，这印记也慢慢地褪去，终究是什么也没能剩下。

　　夏秋心中涌上悲哀，但她却知这眼泪并不是她的，悲哀更不是，因为在那个男人消失的那刻，她的心中仿佛有什么东西也随之而去。只是这种感觉，既不是愤怒也不是伤心，而是一种无奈的叹息和一种久久找寻后的尘埃落定感。悲哀消失后，夏秋心中更多的却是诧异，因为夏秋完全能感受到，藏在自己身体里的那样东西刚才完全有能力阻止红姨，只是，却没有任何动作，只是为棺中的人流下了一滴眼泪而已，难道说，让这个男人消失，也是她心中所愿吗？

　　"一个是驭灵者、天帝同巫族妃子诞下的小女儿，一个是心心念念要恢复妖族荣光、让妖族凌驾于世间万物之上的妖神，即便没有天帝的阻挠，也终究是不会有好下场的，想必见了他最后一面，她也死心了吧！"

　　红姨的话让夏秋的心中亮了一下，可之后便是好久的沉默，于是过了好一会儿，她低低地问："你说的，是那个世世代代将自己的灵力传递下去的第一代驭灵人吗？"

　　"不仅仅是驭灵人，"红姨的嘴角微微向上翘了翘道，"妖神也是一样。唯一不同的是，驭灵人的能力是寄存于血脉中代代相传的，而这妖神，数万年来，却是靠着谎言和欺骗才延续到了现在。他的身体藏在这里，元神却在人世间诱骗无知的凡人，然后寄生在他们身上，让他们成为他的宿主，到最后通过吞噬他们强壮的精神力得以苟延残喘。乐家的祖先在一千多年前恰逢大难，为了拯救全族的老老少少，这才同妖神达成了交易，于是从那个时候开始，乐家每一代人中都会由家族中的元老来选出一个宿主，乐家整个家族也因此隐入了深山之中，只在世间留下了一间药堂。乐家也因此成了最古老神秘的家族之一。而这么多年过去了，偏偏我的丈夫和儿子都是这个被选中的人。翔哥是我最爱的人，鳌哥儿是上天赐予我们的礼物，我已经失去了翔哥，绝不能再让鳌哥儿出事了。所以，我的意思是，不管是这怪物的身体还是他的元神，我都不能让他再存在于世间，否则，不管是乐家还是我的鳌哥儿，都永远无法摆脱这怪物的控制，而你同我的鳌哥儿也永远不会有好结果！我这么说，你明白了吗？"

这还是夏秋头一次听到乐家的往事，她怔了怔，若有所思，却一时间不能判定红姨说的是不是真的。而这个时候，红姨将骨鞭又往夏秋的手中递了递："你是个聪明的孩子，等你回去后，想做什么就去做，你只要记住一件事，我做的一切都是为了鳌哥儿，为了你们！"

骨鞭的手柄碰到夏秋的手指，她的手却像针扎似的缩了回去，然后她索性将双手背到了身后。随即她摇摇头，一脸警惕地看向红姨说："你别想再控制我，我不会再上你的当了！"

红姨一愣，当即苦笑一下："你以为我又想控制你？你还真是看得起我，现在的你……"说到这里，她突然停住了，抬头看向洞口——她们刚刚进来的方向，眉头皱了一下，"也罢，现在也许还不是时候，再等一会儿吧。"

见她的表情突然变得郑重起来，夏秋这才察觉地面竟然在微微地颤动，而随着这颤动越来越剧烈，一声声似曾相识的嘶吼声也离她们越来越近。

夏秋神色一凛……是水麒麟，定是水麒麟发觉上当后重新返回了！它这么多年来守护的应该就是这具石棺以及这石棺中妖神的身体，如今既然被毁，想必它已经陷入了暴怒，她们再待下去，怕是谁都无法活着走出去。

这个时候，红姨快速地说道："丫头，一会儿水麒麟进来看到我拿着六劫鞭，一定会攻击我，你就趁机往洞口跑，那时候，它必定不会注意到你，你就可以趁机离开了。不过，在你离开之前，我会找时机把六劫鞭扔给你，你听明白了吗？然后你把六劫鞭藏在斗篷里，等水麒麟出去后，想办法哄它送你离开这里。等你出去之后，你一定要记住我说的话，你要相信，我是不会害你们的，你一定要记住！"

正说着，水麒麟那碧色的火焰已经近在眼前，红姨立即将夏秋向旁边一推，想要将她推到山洞的洞壁处，借此躲开水麒麟的攻击和怒火。只是这一次，夏秋却躲开了她的手，然后看着她的眼睛道："刚刚在岸上，你应该有很多机会动手吧，只是，你自己根本下不了手，所以才会让我代替你做这件事！"

"丫头……"红姨一愣，一时间不知道该说什么好。

"只是……"看到她的样子，夏秋咬了咬唇，"只是，既然连你都下不了手，你又怎么能寄希望于我？"

红姨的脸上立即闪过怒色，一时间连近在咫尺的水麒麟也顾不上了，大声叱道："好，我不妨告诉你，你以为我真是好心要帮你逃命吗？我不过是被寒潭的寒气所伤，活不了几天了，而我要做的事情又必须有人继续做下去，六劫鞭也必须带出去！所以，你必须活着回去。可现在我发现我错了，我看错你了，你如此优柔寡断，怎么配做你母亲的女儿，又怎么配做驭灵者的传人……"

夏秋的心中此时通透无比，所以，红姨的激将法非但没有作用，反而更加坚定了她的决心，于是她也大声回道："你不用激我，我不会一个人走的！"

说着，她不再理会红姨，而是看向已经到了她们面前的水麒麟。

此时水麒麟已经怒火滔天，身形更是变化成这座山洞能容纳下的最大限度，甚至还在不停地变大，仿佛下一刻就要将整座山洞撑爆一般。

"我觉得……"看着眼前可怖的怪兽，夏秋的脸上出现了少有的冷静，"这些话，你应该自己去同乐鳖说，你欠他一个解释。"

"我自己去说？你是不是被这怪物吓傻了！"看着从山洞四周不停崩塌下来的碎石，红姨冷笑，脸上的表情也似在嘲笑夏秋太天真了。

可看到她脸上的嘲讽，夏秋竟又对她肯定地点了点头，然后向前走了一步，向水麒麟伸出了自己的手，说道："你不是水麒麟，所以，你怎么知道，它在这里困了这么久，不是为了等她的到来呢？"

她来了，解脱的不仅是棺中之人，同样也解脱了深藏在这寒潭中，看守了他千万年的水麒麟。它已经用这千万年的守护和寂寞证明了它的忠诚，所以，如今是不是也到了该歇歇的时候了呢？

说完这些，夏秋高高地抬起头，一脸真诚地看向水麒麟那双充满怒火的眼睛，用极尽温柔的声音说道："你……还认得我吗？"

08

从深夜守到天将破晓，青泽终于从东湖里回来了，只是，上岸之后，他却脸色发青，整个人也变得摇摇欲坠。

黄苍急忙迎上去，担心地问："青泽先生，您没事吧？"

青泽笑着摇摇头道："放心，只是东湖太深了，我的水性终究是不如这水里原生的妖们，休养几日就没事了。"说着，他走到乐鳌面前，犹豫了一下才道："乐大夫，对不起……"

"青泽先生辛苦了。"乐鳌对他勉强一笑，"是我太难为你了才对，今日你已经帮了我很大的忙了，你先回去休息吧，我这就让黄苍回乐善堂去拿些丹药给你送过去。"

看到乐鳌强打精神的样子，青泽犹豫了一下，安慰道："其实，虽然我速度慢些，水性差些，可她们一掉下去我就跟过去了，按理说不该找不到才对。但是，她们突然就不见了，我怀疑应该是被那水麒麟用障眼法摄了去，暂时不会有危险，倒不如直接找到那处寒潭，也就是那神兽栖息的地方，兴许她们在那里也不一定。"

"寒潭？"乐鳌的眸子亮了一下，却再次黯淡下来，摇头道，"那寒潭也定然是在湖底，而这湖水……"而这湖水他根本连靠近都不能，更不要说深入其中找到藏于最底部的寒潭了！

黄苍此时像是突然想到什么似的说道："我听菁菁小姐说过，好像有一种特殊的军队，他们背着气瓶子，能在水底待好久，好像还

有一种船，是专门在水底游动的，就像是鱼一样，要是咱们找到那种船，兴许就能找到……"

可是他的话还没说完，却听到一声嗤笑从旁边的树丛中响起，黄苍脸色一变，立即喝道："谁？出来！"

随着他的话音，一个披头散发的女人从树后闪出，她浑身湿透，满身狼狈，可透过长发看向乐鳌他们的眼神却是恶狠狠的。

"原田晴子？你还没死？！"黄苍吃了一惊，立即就要冲过去。

"你们这群蠢货，你们说的那是潜艇。"

"等等，让她把话说完！"乐鳌拉住了黄苍，呼吸也有些急促起来，"你能弄到？"

拨开脸上的乱发，原田晴子"呵呵呵"地笑道："那是海里的玩意儿，而且庞大无比，你觉得你能凭空将它弄来？"

乐鳌咬牙道："你只要告诉我有没有。"

"呵呵，呵呵呵！"原田再次笑了起来，"有呀，当然有，不过，我怕等你弄到的时候，她已经变成那怪物的点心了，哈哈哈！"

乐鳌的脸色再次变得难看，因为这也是他最担心的，他的确可以弄到这世上所有想弄到的东西，可是，他最缺的就是时间，即便那水麒麟不会伤害夏秋，可若她真的陷入寒潭之中，冻就会将她冻死了，哪里还能等得及他弄来那个什么叫作潜艇的东西呢！

看到乐鳌难看的脸色，原田晴子只觉得心中舒爽无比，而后只见她眼神一闪，又道："不过，我这里还有一个更好的法子，比你弄潜艇可快多了，你要不要听一听？"

"是什么？你的条件是什么？"乐鳌的脸色已经黑如锅底了，他知道，原田晴子既然这么说，就一定不会无条件地告诉她。

"只要能救出她，不管你说什么条件，我都答应你！"

"很简单。"原田终于不笑了，她死死盯着乐鳌，"我要再召唤那水麒麟一次，只要它出来，也许就能将她带出来了。"

原田说的还真是一个办法，而且，就算水麒麟带不出夏秋，可它只要出来了，东湖会再次上冻，那个时候，他哪怕凿也要在这湖中凿出一条通往寒潭的路来。而召唤出水麒麟，眼下最适合的人选就是原田，即便式盘已碎，伏魔珠已毁，可有他们帮忙，这些都不是问题。

于是乐鳌眯了眯眼道："你的条件？"

"我的条件？"原田突然看向东湖，有那么一刻竟有些出神，"我要他回来，这就是我的条件！"

他？难道她说的是林鸿升？乐鳌皱了皱眉，他本以为原田提出的条件仍旧是诸如要他的命，或者是让他帮忙抓获水麒麟之类的，却没想到她竟然提出这个条件，这倒是有些出乎他的意料了。

而这个时候，看到乐鳌一下子沉默了，原田再次笑了，然后她眯了眯眼道："或者，你让我那些叔伯们重新活过来，呵呵，你不是想让她活吗？好呀，就用他们的命来换吧！"

虽然没有——看到叔伯们惨死，可她爬回岸上这么久都不见他们回来，原田已经肯定他们是凶多吉少了。而林鸿升，他原本不用死的，可他俩落入东湖的时候，她撞到冰块晕了过去，是林鸿升重新找到她，将她从水底拉了上来。只是，她是得救了，林鸿升却在快要浮出水面的时候被另外一块碎裂的冰块击中了头，就这么沉了下去，怕是也活不了了。她现在满眼都是林鸿升沉下去时，从他的伤口中冒出来的血染红湖水的情景，那血红的颜色在她的眼前久久不能散去，几乎让她疯狂。而这个时候，她才终于想起他的好来，想起了他对她的耐心、细心，想起了他对她的纵容，想起了他这么多年来默默地陪伴。只是，就算她想明了，了悟了，又能怎么样呢？他已经再也不可能陪在她的身边了！

原田晴子的话果然让乐鳌再次沉默了，隔了好一会儿，他才看着她勉强一笑："我知道了，你是无论如何也不会帮忙了。"

乐鳌顿了顿，不再看原田，而是再次将视线投向了东湖，随后淡淡地道："你走吧。"

"东家……"黄苍想说什么，却被乐鳌摆了摆手阻止了。只听乐鳌头也不回地道："没关系，让她走吧。"

当然了，虽然乐鳌放了她，可他也不会让原田再想起湖边发生的一切。

黄苍果然不再阻止原田，只是恨恨地看着她，咬着牙说了句："实在是便宜她了！"

原田没想到乐鳌竟然用这句话就打发了她，此刻她心中不但没有半点庆幸，脸上反而逐渐蒙上了一层怒色，她的眼睛死死盯着乐鳌的背影，那种神色，仿佛恨不得在他背后剜出一个洞来。难道他不该表现出愤怒吗？不该想方设法让她就范吗？不该求她吗？她真的很想看到他原本充满了希望，可却在突然间希望完全破灭的痛苦样子，就像现在的她……所有的希望完全成了泡影，甚至于连最亲近的人都离她而去了。什么家族的荣兴，什么爱情，什么最重要的人全都消失不见了，只留下她和她的痛苦悔恨在这世间……而那种孤寂，也将像毒蛇一样吞噬掉她以后日子里的光明与笑容，让她生不如死！她不甘心，即便她必定悔恨终生，可生不如死的人也绝不能只有她一个，她即便得不到他、打不过他、杀不了他，也一定要在他的心中留下刻骨铭心的伤痕，让他永远忘不了她，让他恨她生生世世……

突然，原田疯狂地大笑起来，笑得不能自已、笑得泪流满面、笑得让人毛骨悚然。笑过之后，看着对面一脸诧异的众人，她死死盯着乐鳌，鄙视道："你果然是不爱她的，你只是觉得她可怜，对不对？乐鳌，你的表现已经证明了一切，你根本就不爱她！不然的话，你为什么会如此淡定，甚至能眼睁睁看着她就这么死在湖底，乐鳌，你骗不了我的，你骗不了我的！"原田最后一句话几乎是在嘶吼，那尖厉的声音，歇斯底里的，让她看起来已经整个变成了一个疯子。

"我没骗你。"这个时候，乐鳌终于回头看了看她，冷静道，"我想要进入这东湖，也不是没有办法。"说着，他突然向东湖走近了几步，来到了湖边，站在了围挡湖水的栏杆上。

他先是看了眼脚下平静的湖水，然后他的手臂突然一挥，于是，随着一道金光，他的妖臂再次显露出来。紧接着，他将那只长满鳞片的妖臂在空中一抹，随着一阵隆隆的轰鸣，原本就要大亮的天色突然间再次暗了下来。

"你……你想做什么？这……这就是你的办法？"看到黑夜再次降临，原田的笑声戛然而止，她惊恐地看向四周，因为不过是一眨眼的工夫，空中已经风雨大作，电闪雷鸣，一副暴风雨就要来临的样子。

"放心，这只是让其他人不要轻易靠近这里的手段而已。"乐鳌看着她冷笑，而此时，他的手中不知何时已经多了一把古旧的藤剑。

藤剑造型简单，仿佛就是被人简单削了几刀制成的，若不是在手柄的部分被人安上了一个剑托，只怕说它是一根尖利些的藤杖也不会有人有异议，更不要说它有多锋利了。

看到这东西，原田或许只是疑惑，可青泽的脸色却立即变了，不禁喊道："乐大夫，你要三思而后行！"

而一旁的黄苍也在青泽的喊声中确定了自己的猜测，脸色也变了，惊道："难道……这就是乐家祖传下来的那把剑？"

看着手中的藤剑，乐鳌低声道："我想要进入东湖很简单，只要将他赶出去就是，而这把剑就可以帮我达成这个愿望……"

说着，他手中的藤剑一挥，就要往自己的妖臂砍去……

09

只要用这把藤剑砍掉妖臂，乐鳌体内妖神的魂魄就会暂时离开他的身体，他自然就可以进入东湖了，可这个法子，往往是乐善堂的历任当家人在最后时刻才会用到的法子。

每个乐善堂的当家人只要一过了三十岁，便会狂性大发，那个时候当家人对他们周围的亲友来说，就是一个异常危险的怪物。曾经就有一位先祖，自以为找到了解除诅咒的办法，在过了三十岁生辰之后没有断臂，结果在他生辰的当夜，他杀掉了身边所有的家人朋友，不管是人还是妖，全都死在了他的狂暴之下，且死状极惨。

而若是砍了妖臂，乐家的当家人非但不会发狂，还有足足二十四个时辰同自己的亲友家人告别，这也是每个当家人人生中最后的一段时间。

乐鳌的父亲乐天翔，也是在三十岁那日躲入了山中，而他本以为自己和父亲还有二十四个时辰的相聚时间，却没想到，红姨在那个时候出现了。结果，他不但连父亲的最后一面都没有见到，甚至于等他清醒之后，连父亲的尸体都没有看上最后一眼，只看到了矗立在眼前的冰冷墓碑。所以，即便他知道就算红姨不出现，他的父亲也一样会死，可在心底仍旧无法释怀。而且，红姨进入了父亲藏身的山洞不到一个时辰就出来了，然后他的父亲就死了，他又怎么说服自己不去恨她，不认为她是杀死自己父亲的凶手呢？

纵然他长大后从陆天岐口中渐渐知道了乐家当家人的悲惨宿命，也接受了……可终其一生他都无法原谅红姨，无法原谅她对他和他父亲所做的一切！

哪怕，她是他的母亲。

藤剑被乐鳌高高地举起，眼看就要落下，此刻，无论是青泽还是黄苍，都已经无法阻止他了，而原田也被乐鳌的举动惊呆了，虽然不知道他为什么这样做，可她的眼睛就像是被乐鳌的举动黏住了般，连眨动都忘记了。

渐渐地，藤剑上聚起了青色的光，就像是烧着的青色火焰，那火苗就是这把剑锋利的刃。一时间，空中雷声大作，电闪雷鸣，可乐鳌全无所觉，他的眼中唯有那把即将结束自己一生的剑。

从乐家存在的那刻起，从没有当家人在三十岁之前提前结束自己生命的，所以，乐鳌也不知道，自己这一剑砍下去会有什么结果，但此时的他已经顾不得了，他现在就算是将自己烧成灰烬，也要把夏秋从湖底接回来。只是，眼看藤剑就要砍中他肩膀的时候，他突然浑身一颤，持剑的手一下子顿住了，然后他的脸上露出了难以置信的表情，立即看向脚下的东湖。紧接着，在犹豫了一下之后，他突然纵身一跃，向东湖中跳去。

而这一次，岸上的众人只看到他的身影在湖面上一闪，便立即消失了踪影，竟是已经进入了湖中。

眼前的情形让所有人都难以置信，尤其是原田，在乐鳌跃入湖中的那一刻就已经冲了过去。她扒着湖边的围栏使劲往湖中看，果然没看到乐鳌的影子，自然也没有看到之前几次他被湖水弹开的情形。于是整个人都傻了，喃喃道："怎么会，怎么会……他……他不是靠近不了湖水吗？他……他怎么这次进去了？怎么会发生这种事？"

青泽和黄苍此时也到了栏杆旁，他们同原田一样，都是惊愕万分，尤其是黄苍，深知青泽道行比自己高，知道的事情也比自己多，忍不住问他道："青泽先生，这……这是怎么回事？"

青泽果然是青泽，稍作思索便想到了一个可能，低声道："这东湖湖水本身就是防止妖神形神合一的结界，而那水麒麟在湖底那么多年，看守的只怕就是能让妖神复活的宝物，所以，天地之大，乐大夫哪里都去得，偏偏下不了这东湖。而眼下，他还没来得及砍掉自己的妖臂，就已经能潜入水中，那就只剩一个可能……"

青泽看了黄苍一眼，却没有把最后的结果说出来，因为两人已经心照不宣。

这个可能自然只有一个，就是那个水麒麟用了千万年看守的东西，怕是已经被毁掉了，也正是因为如此，东湖湖水作为结界的功能才会立即消失。乐鳌同那东西牵扯甚深，自然第一时间就感受到了，自然也就立即潜入湖中了。

原田看似盯着湖水发怔，可青泽的话她却一字不落地听在了耳中，更是猜到了原因，但她却无论如何都无法相信，自己费尽千辛万苦，自己的家族心心念念了千年的神兽，竟然只是一个看门人。而这个只被人遣来看门的怪物，不但千年来都被她的家族奉为神明，甚至因为它，让她乃至她的家族失去了一切，失去了所有的希望。她不愿相信，也接受不了，只是盯着湖面，嘴中不停地说着"不可能，不会的"，看起来整个人都已经魔怔了。而大概十几分钟之后，

随着一股让人熟悉的寒气从东湖的湖面上袭来，让她更不愿相信的一幕出现了。

因为这冰冷的寒气，东湖的湖面上竟然再次上冻了。

所有的一切都同上次水麒麟出现时的情形一样。也正是在上次差不多的地方，原田远远地就看到了一个黑洞，而这次，她早已没了之前的兴奋和开心，心中只剩下了绝望……

"为什么？为什么？！为什么他们都死了，那个女人却还能活下来！为什么……为什么她没有被淹死，没有被那只怪物踩死，没有被冻死，为什么……"

"原田小姐，你到底是想让那个女人死，还是想让乐鳖死呢？你别忘了，只要有乐鳖在，你肯定杀不了她，又为何不一不做二不休呢？"就在这时，突然有一个沙哑的声音从旁边的树后传来，那棵树离原田很近，离青泽他们却有一段距离，再加上这个声音被故意压低了，又是专门说给原田听的，所以青泽他们完全没有听到。

原田回头，果然看到一张熟悉的脸从树后露了出来，她先是愣了愣，眼却一下子瞪圆了："可以吗？可以杀了他吗？"

"我知道有一样东西能杀了他，而等他死了，那个女人你想将她千刀万剐，也没人能再阻止你了。"

"是什么？什么可以杀了他？你快告诉我！"原田的眼中立即划过一道狠厉的光……

这一次，是乐鳖先从那个黑洞中冲了出来，而没一会儿，之前的那道银光再次从湖底射了上来，自然，水麒麟也随着这道银光重新出现在了东湖上空。不过这次，除了它之外，它的后背上还载着两个人，她们伏在它的后背上，一动不动的，也不知道到底情况如何。

水麒麟一上来，就盯着乐鳖看，虽然担心夏秋的安危，但乐鳖却不敢轻举妄动，只是站在原地，也静静地看着水麒麟。

就这样，一人一兽对视了好一会儿，却谁也不肯率先挪开眼神，仿佛谁要是先移开了，就是示弱了一般，气氛一度变得十分诡异。

不过，到了最后还是水麒麟先摇了摇头，然后用鼻子狠狠喷了下气，挪开了自己的眼神。直到这个时候，乐鳌才算松了口气。也是这个时候，乐鳌才有机会再向它后背看去，却见那两个人仍旧老老实实地伏在水麒麟的后背上，还是一动不动。

本来乐鳌都已经确定她们其中一人必是夏秋了，可又仔细看了看后，发现她们一个穿着红色的外衣，一个套着雪白的皮披风，哪个的穿着、身形又都不像夏秋，这让他的心中忍不住再次忐忑起来。而就在这个时候，却见水麒麟突然动了，竟然迈开四蹄，踏着碧色的火焰，往湖岸的方向行去。

这下乐鳌真的忍不住了，立即追了上去，并道："夏秋呢？你要做什么？"

水麒麟只顾走自己的，根本就不理会乐鳌，不过此时，大概是听到了乐鳌的声音，伏在水麒麟后背上的人终于有了动静，于是，只见那件雪白的皮披风动了动，须臾之后披风下的人坐直了身子，自然也露出了夏秋那张纤瘦的脸。

坐好后夏秋立即循着乐鳌的声音看向他，眼睛一下子亮了，然后身子动了动，看样子竟想就这么从水麒麟后背上跳下来，同时欣喜地喊道："东家……乐……乐鳌，我……我回来了！"

只是她一动，原本安静前行的水麒麟突然吼了一声，仿佛很不满意的样子，这让她立即又不敢动了，而是连忙拍着它的后背小心劝道："别急别急，我不动就是。"

她一边说着，一边抱歉地看向乐鳌，对他悄悄摇了摇头。

看到她小心翼翼的样子，乐鳌的眉头立即拧成了一个疙瘩，现如今，他是真的弄不明白这头神兽到底是敌是友了。

而这个时候，红姨也从水麒麟的后背上直起了身子，自然也第一眼就看到了乐鳌，只是她的眼神只是闪烁了一下，便又重新看向前方湖岸的方向，然后略一沉吟后，低声道："它应该是想把咱们送到岸上吧！"

"送到岸上？"夏秋愣了愣。

"不然如何？"红姨冷笑，"难道就在湖中心把咱们放下来，然后等它离开冰融之后，让咱们游回去吗？咳咳，咳咳咳……"或许是话说得有些急了，红姨又再次咳嗽起来。

10

"竟然是这样！"夏秋心中更惊讶了，虽然她猜到这水麒麟同第一代驭灵者关系亲密，她也借此终于说动它让它送她们回到岸边，可它竟然如此贴心，却是她怎么也想不到的。

看了红姨一眼，乐鳌也不再说话了，只是默不作声地紧跟在水麒麟后面，果然一直跟着它到了湖岸边。

到了这里，水麒麟立即停了下来，身上的碧焰也在瞬间小了很多，紧接着它一抖身子，就连它的身体也跟着小了很多。然后它先是曲了曲后腿，又放平了前腿，竟然匍匐下来，最后它身子一侧，夏秋和红姨就稳稳当当地从它的后背上滑了下来，刚好落在了东湖的湖岸上。

夏秋没想到还真被红姨说中了，心中对这个水麒麟又是感激又是不舍，但也知道它终究是不属于凡人的世界，于是小心翼翼地抚了抚它的独角，感慨地说道："谢谢你送我们回来，以后只剩你一个了，你一定要过得自由自在的，知道了吗？"

她不知道此番水麒麟离开，是会继续守在寒潭中，还是会离开寒潭，可她都希望它好，不再受任何束缚地自由自在地活着，这样方才好补偿它千万年来只能困在寒潭下看守妖神身体的遗憾。而且，就算他们此生不会再见面了，她也会永远记得在东湖的湖底，有如此一个庞然大物真心实意地帮助过她。

似乎听懂了夏秋的话，水麒麟的大脑袋晃了晃，然后它重新站了起来，身上的碧焰也在瞬间突然高涨起来，随着碧焰的燃烧，它的身体也重新变得高大。然后只见它仰头对着天空嘶吼了一声，原本风雨大作的天空，一下子变得渐渐安静下来，甚至于连即将响起的雷声也被它的吼声吓了回去，如墨一般的夜空也在这一瞬间仿佛被它这一声吼，劈开了一道缝，有光从滚滚黑云中透了出来。

渐渐地，这道缝越来越宽、越来越大，空中的阴霾很快便被它驱散了，尚未融化的冰面上甚至映出了晨霞，红彤彤的，就像是冰上着了火。做好这一切后，晨光中的水麒麟在朝霞的映射下，浑身都散发出钻石般的七彩霞光，在场之人几乎被它的万丈光芒晃瞎了眼。

而就在众人震惊于水麒麟的美丽和光芒时，却见水麒麟又一次对天长啸了一声，最后，它竟狠狠瞪了一旁的乐鳌一眼，然后便展开四蹄，燃烧着熊熊碧火，向它来时出现的那个冰洞奔去。

乐鳌怎么也想不到，水麒麟到了临离开的时候，竟然还给了他一个那样的眼神，实在是不知道该气还是笑。难不成这个家伙还怕他欺负夏秋不成？所以才会最后用眼神警告他？

虽然他不知道夏秋是怎么做到的，可这个水麒麟对夏秋的爱护和言听计从他还是看在眼中的。他果然还是小瞧了夏秋，原来他以为她只会控制妖物，却没想到，竟然连水麒麟这种神兽她都能让它服服帖帖的。如今看来，只怕是越强大的妖物、妖兽，对她就越是亲近。至于另外一些妖物所谓的厌恶，只怕并不能简单地用厌恶来形容了，照现在看来，应该是一种敬畏吧！

在乐鳌出神的工夫，水麒麟连同它身上的碧焰已经再次钻入了冰洞之中，而就在它消失在湖面上的那一刻，空中的阴霾彻底散开，东湖上的冰也开始快速地消融，冰水交融间，再被初升的太阳一照，此时东湖上的风景简直美不胜收。

只是，乐鳌还未来得及欣赏这东湖中千年难得一见的美景，却听身旁的夏秋突然大喊了一声"不要"。

乐鳌急忙收回视线看向身边，却见夏秋不知何时已经张开双臂挡在了他的身旁，而此时，在她的前面，红姨正拿着一柄骨鞭对着他们。

六劫鞭！

乐鳌一眼就认了出来。

红姨的脸上此时无悲无喜，她用六劫鞭指着夏秋道："你让开，你既然让我活着回来，就该想到这一刻，我今日一定要同他做个了断……咳咳，咳咳咳……"

乐鳌眉头一挑，将夏秋拉到了身后，看着红姨手中的骨鞭，冷静地道："你要用它杀了我？"然后顿了顿，他又道，"水麒麟看守的东西，也是你用它毁掉的？"

"没错，我这么多年来，就是要毁掉他，只要毁掉他，乐家的诅咒，在我身上发生的所有的一切都不会再发生了，一切就可以彻底做个了断了！"

"好！"乐鳌点点头，又向前走了一步，"如果你这六劫鞭能杀了我，而我死了以后这一切都能结束的话，那你就杀吧！"

红姨一愣，似是没想到乐鳌这么容易就同意了，只是听他这么说，夏秋又怎么肯依，再次绕到了他前面，挡在了他的身前，看着红姨大声道："他是你的儿子！你真的能确定这六劫鞭刺入他的胸口，他不会有事吗？你不怕自己亲手杀了他吗？你刚刚口口声声说你的鳌哥儿，想必你一定很爱他，也根本不想让他就这么死的吧？否则的话，你又何必非要在他三十岁之前找到这六劫鞭，驱除乐家的诅咒？在你心底里，你还是想让他，想让你的鳌哥儿继续活下去的吧！"

夏秋的话让红姨脸上微微变色，她抿了抿唇道："是又如何？我自有我的计较，你不要管，否则的话，我连你一起杀，闪开！"

"不行！"夏秋倔强地摇了摇头，"既然你已经这么决定了，那就一定是得到了什么人的指点，或者知道了什么我们不知道的事情。我不反对你的决定，我也想救他，我更不想让他三十岁就死去。可是红姨，你们之间实在是有太多误会了，我觉得，与其你们这样剑拔弩张下去，倒不如坐下来，将这件事情的前因后果全都说清楚、讲明白。难道你不觉得，多一个人商量，这件事情的成功率会更高一些吗？毕竟你的儿子、你的鳌哥儿只有一个，这骨鞭一旦刺下去，那是要人命的，人命也只有一条……你确定你真的想好了、想清楚了吗？"说到这里，夏秋的眼圈儿红了，她哽咽地说道，"就像我的娘亲和爹爹，若是当年他们能坐下来好好谈一谈，将心中所想全都说出来，也许就不会有后来的误会，我的娘亲和爹爹，他们……他们也不会双双死去……我……我真的……真的不想再让这世上有遗憾的事情发生了……"

说到最后，夏秋都有些泣不成声了。

"夏秋……"夏秋的话让乐鳌微微动容，而从她的话中，他似乎还了解了很多他从未想过，并且也从不知道的问题。他不禁看向对面的红姨，却见红姨的脸色也没有刚刚那么淡定了，一直以来仿若被冰封起来的神色也在瞬间裂开了一道缝。

只是，就在这个时候，却听"喀拉"一声响从他们身后的树丛中发了出来，而后一样东西冒着烟从旁边滚了过来，刚好停在了东湖岸边，停在了夏秋和红姨的中间。

在场之人虽然一个个法术了得，可是却从没人上过战场，故而一时间根本就没有辨认出这是什么东西。而紧接着，只听一个声音歇斯底里地喊道："原来他是你的儿子，你还骗我要杀了他，你果然不能信，那好吧，你们就一起死吧！"

这是……

"手榴弹！"不知道是谁喊了一声，众人这才反应过来，乐鳌急忙抱着夏秋向一旁躲去，红姨也连忙向后退去。

只是虽红姨精通法术，可对这种火器却知之甚少，她本以为自己躲得已经足够远了，可随着一声巨大的轰鸣声响起，她立时便觉得自己被一股巨大的力量向后推了去，一瞬间便失去了意识，就连手中的六劫鞭，都在这巨大爆炸力的作用下脱了手。而夏秋有乐鳌护着，再加上乐鳌动作迅速，虽然也被这爆炸震倒了，但是并没有受到什么严重的伤害，只是在摔倒的时候受了些皮外伤而已。

当爆炸结束，东湖岸边弥漫起了火药的味道，爆炸所形成的硝烟也浓得像雾一般，这个时候，所有人都被这突如其来的爆炸震蒙

了，一时半会儿都没有反应过来。

不过从地上爬起后，看到自己同乐鳌都没事，夏秋立即想到了红姨，她向周围看了看，发现近处没有红姨的踪迹，马上抓起乐鳌的手大声喊道："红姨呢？她没事吧……"

"东家，你们没事吧？是他……就是他扔的手榴弹，他还真是不死心呀！"就在这时，黄苍从旁边冲了过来，他的手中抓着一人，竟然是张子文。

原来随着时间的推移，青泽法力因消耗过多渐渐消失，张子文同他的手下们也早就挣脱了树藤的束缚。不过，其他人因为害怕全都跑了，张子文却留了下来，静静地在一旁等着，仍旧不死心地等候着时机，一心要为丽娘报仇。而就在刚刚，他听说乐鳌竟然是红姨的儿子，这才知道自己被骗了，终于掷出了手榴弹，正如他之前所说，他不在乎别人是不是能活，但是乐鳌一定要死！

这会儿，乐鳌暂时也顾不上张子文了，连忙对黄苍说了句："看好夏秋。"

说完，他便向一个方向冲去。不仅仅是夏秋，他同样也想知道红姨如何……或许夏秋说得对，他们的确需要好好坐下来谈一谈了，而在这之前，他也不想让她出事。

沿着记忆中红姨所在的方向寻去，乐鳌一直向前，而穿过硝烟后，他终于看到了一个绯色的身影倒卧在地上，看她的穿着正是红姨。他立即冲了过去，想看看她伤势如何，只是，他刚刚到达她的身边，想要将她扶起来的时候，突然觉得后心一阵剧痛。

他回头，便看到了一个女人狰狞的脸……

11

硝烟渐渐散尽，青泽也来到了夏秋他们的身边，他看了眼黄苍抓住的张子文，又向周围扫视了一番，问道："乐大夫呢？"

"他担心红姨，去找她了。"夏秋回道。

青泽略一沉吟，低低地道："据我所知，这个张子文最恨乐大夫，可他也应该知道，单单一个手榴弹，应该是无法杀死乐大夫的吧。"

"青泽先生，您的意思是……"夏秋一愣，也觉出这件事情的不对劲儿来了。

青泽又向周围看了一番，脸色突变，惊道："原田晴子呢？那个女人去哪里了？"

这个时候，却听张子文突然狂笑起来："哈哈，哈哈哈，她去哪里了？她去要那个乐鳌的命了！我杀不了他，可六劫鞭能，那个法师能，哈哈哈，这下我能给我的丽娘报仇了！"

张子文的话让夏秋立即慌了，而这个时候，却听一个女人的声音穿过即将散尽的硝烟传了过来："嘻嘻嘻，我杀了他，我终于杀了他了……咯咯咯，我杀了他……"

在这断断续续的声音中，夏秋他们立即冲了过去，可等他们来到离乐鳌几步远的地方，看到眼前的情形时，却不敢再往前走了，因为就在他们前方的不远处，乐鳌正一动不动地跪伏在一个绯色衣衫的女人身上。

绯色衣衫的女人正是被爆炸震晕的红姨，而乐鳌的后心上，插着的正是那把六劫鞭。而也正是在他的身后，披头散发的原田晴子正低低地笑着，她眼睛通红，整个人也变得疯疯癫癫的，她边说着话，还边哼着歌，一副很愉悦的样子。

察觉到夏秋他们过来，她缓缓地转头看向他们，然后笑嘻嘻地道："这下他就不会忘记我了，是我杀了他呢，是我……"

"东家！"

黄苍把张子文往地上一丢，立即冲了过去，而青泽则脸色难看地站在原地，向来冷静多谋的他，此时也没了往日的淡然。至于夏秋，她此时已经完全呆住了，只是目不转睛地盯着伏在地上的乐鳌，仿佛不敢相信眼前所见，整个人就像是块木头一般。

而这个时候，原田晴子也认出了夏秋，原本呆滞的眼神一下子变得狠厉起来，她迅速冲向夏秋，大喊道："他死了，也该你了！我

最想杀的人是你，是你！你这个可恶的怪物，你去死吧……"

只是，她还没冲到夏秋近前，却见青泽的袍袖一挥，她便重重地向后摔去，正撞在一棵大树上，然后吐了口血，立即晕了过去。而这个时候，青泽又看向一旁的张子文，眸子中闪耀起点点青光，就连向来温文的脸上，也露出了少有的冷厉，显然已经动了杀机。

正在这时，夏秋却一下子抱住了青泽的胳膊，脸色苍白地对他摇了摇头，然后看着乐鳌的方向失神道："青泽先生，东家不会这么容易死的，他们也不值得你脏了手！"

说着，她放开了青泽，跟跟跄跄地向乐鳌的方向走去。不过走了几步，她停了停，背对着张子文轻轻地道："丽娘姐姐离开你，真是最最正确的选择！"

夏秋的话让张子文一愣，但马上回过味来，问道："她……她还没死，她在哪里？"

说着，他挣扎着想从地上站起，想要追上夏秋问个清楚。虽然不能杀他，但青泽又怎么会让他再靠近夏秋，于是袍袖一挥，眨眼间，张子文也重重地摔在了后面的大树上，晕了过去。

此时，随着自己离乐鳌越来越近，夏秋的眼中、心中也越发只有乐鳌一人，而等她到了他身边，整个天地间更是仿佛只有他们两个一样，不知不觉间，她蹲下了身子，将自己的手轻轻地放在他的肩头。她先是低低地唤了声"乐鳌"，又轻轻地晃了晃他的肩，在等了一会儿，发现他没有任何回应之后，她扶着他肩膀的手不由得加大了力气，又使劲晃了晃他，同时仍旧低声唤着他的名字。不过可惜，尽管她摇晃他的力气越来越大，唤他的声音也越来越大，但始终没有得到他的回应，反而是她自己，越来越感受到从他单薄的衣衫下面透出来的冰凉。

她一下子坐到了地上，眼睛痴痴地看着他，手却怎么也不肯从他的肩膀上挪开，仿佛只有这样才能保留住他最后的温度。

只是，随着时间的推移，她勉强保留下来的这丝温度也逐渐散去，乐鳌的身体更是僵硬得像冰块一般，这让夏秋从里到外冻了个透心凉，仿佛轻轻一敲便会碎成一片片的，再也拼凑不起来。

不知过了多久，青泽看不下去了，终于走到夏秋身边，想要搀起她来，同时低低说道："夏姑娘，咱们……咱们先把乐大夫带回乐善堂吧，天亮了，一会儿就会有人过来，若是让他们看到了，怕是要多出很多麻烦来。而且，这位红姨，好像伤得很重，也要快些医治才行。"

青泽轻轻地劝着，可这句话说了好几遍，夏秋才终于听了进去。不过，她先是点了点头，而后竟歪着头对青泽道："也好，要想治好东家，乐善堂里的药材还齐全些，咱们得立即回去。"

说着，她立即站起，然后使劲拉乐鳌的胳膊，可拉了几次，乐鳌都纹丝不动，她这才眼泪汪汪地看向青泽道："我力气太小，背不动他。"

听到她的话，青泽心中涌上百般滋味，但他还是强忍住悲痛，对她点点头道："我已经让黄苍去开车了，我来背他。"

夏秋的嘴角向上咧了咧，可又为难地看向地上的红姨，发愁道："她我也背不动。"

青泽苦笑，又哄道："黄苍来了，可以背她，你就不要担心了。"

"那他们呢？"夏秋说着，指向仍旧昏迷不醒的原田和张子文。

青泽这才再次看向他们，眼角闪过一丝寒意："我先施法将他们变成树木的样子，等有空了，再处置他们。"要是有可能的话，他倒是想让他们就烂在此处。

这次夏秋没有反对，点了点头，不再作声。

自此以后，直到黄苍将所有人带回乐善堂，夏秋都没再发一言。等到了乐善堂，乐鳌被安置在了密室里，而红姨则被带到了夏秋的房间。

在路上的时候，青泽就为红姨简单查看过了，发觉爆炸只是将她震晕了过去，并未受到什么重创，倒是她肩头的一处旧伤似乎比较麻烦，至于具体情形如何，还要进一步检查才行。

安顿好乐鳌，青泽离开密室打算去查看红姨情形的时候，他

本想帮乐鳌取下身上插着的骨鞭，可夏秋死活不肯，他也只得随她去了，任由乐鳌俯卧着放置在床上，可却再也说不出安慰的话来，他唯一能做的，就是让黄苍在一旁盯着，以防夏秋会做出傻事。

只是，青泽离开了没一会儿，黄苍便听到密室的大门处传来一阵急促的脚步声，他立即警觉起来，而转头一看，却见红姨竟然出现在大门口。红姨一进门，便一脸紧张地往密室里冲去，整个人走路跌跌撞撞的，好几次都差点摔倒。

黄苍不知道发生了什么，只得看向紧随红姨身后的青泽，却见青泽对他摇了摇头，示意他不要管，便只能放红姨进了房间里。

而进入密室中，看到了躺在床上的乐鳌以及他身上插着的那柄骨鞭，红姨的脸上却露出松了一口气的样子，连连说道："还好，还好……"

听到她这么说，黄苍立即怒了，喝道："怎么，你是害怕我家东家没死透吗？"

红姨一怔，斜了他一眼，冷道："你一个小小的狼妖知道什么。"说着，她又向前走了几步，低低地问道，"现在什么时辰了？"

紧跟其后的青泽低声回道："快午时了。"

"嗯。"红姨应了一声，然后头也不回地吩咐道，"你们快去灵雾寺将法空请来，越快越好！"

"法空？"此时黄苍已经恨透了红姨，怒道，"怎么，你这是要让那个老和尚给我家东家超度吗？不用你假惺惺，你……你给我滚，我们这里不欢迎你……"

只是，他的话音还未落，却听一个苍老的声音响起："阿弥陀佛……乐夫人，老僧已经来了，应该还不晚吧？"

众人回头望去，却见法空不知何时已经到了门口。

看到他来了，红姨的脸上终于露出一丝笑容，点点头道："大师来得正好，虽然中间出现了一点纰漏，可我最终还是带着六劫鞭回来了，如今……"说着，她神色复杂地看了眼床上一动不动的乐鳌，低低地道，"法空大师不但是东家的老朋友，还曾是天翔的好友，我也是求了他好久，才让他同意帮我，而且如今，我们似乎也再没有其他选择了……"

"能帮到乐夫人，老僧也算是对得起乐大夫了。"

说着，法空慢慢地向乐鳌走了过去，来到乐鳌身前，他先是扫了眼乐鳌后背上插着的六劫鞭后，眉头微微蹙了下道："就是希望这个法子有效才是！"说着，他从怀中拿出了一个玄铁打制的盒子，托在了手心。

而这个时候，夏秋的身子一震，终于慢慢地转回头来，她一眼就看到了法空手中的盒子，然后眼泪却在瞬间落了下来，转而看向红姨道："你……你真的有办法救他？"

直到这个时候，红姨才叹了口气，用手抚了抚夏秋的头顶，幽幽地道："这么多年来，我唯一做的事情就是救我的儿子，救我的鳌哥儿。丫头，虽然你之前说得有理，可眼下，咱们也只有试上一试了，因为……咱们已经没有别的选择……"

12

"等等……你们真有办法让乐大夫起死回生？"别说黄苍，连青泽也有些不信，他看了看红姨又看了看法空，一脸的怀疑。

"这本来就是我的计划。"红姨冷静地道，"以前去乐家老宅的时候，我从他们的藏书楼里看到了一本古书，古书上说，可以杀死妖神的六劫鞭就埋在昆仑山的山脚下。"

"六劫鞭？"

"此乃上古时天帝的小女儿最喜爱的坐骑——神牛的脊骨所制。这神牛在无意间得知了妖神的阴谋，被妖神杀死，可它在死前却充满了对妖神的怨气，妖神想将它挫骨扬灰，可他想尽了办法，神牛的脊骨却无论如何都毁不掉，反而因为经过了千年寒冰和三昧真火的淬炼，变得坚不可摧，于是无奈之下，妖神只能用神女最喜欢的

六瓣莲花将这节脊骨封印，以暂时平息它的怨气，并将它深深地压在昆仑山的山脚下，咳咳咳……"一口气说了这么多话，红姨忍不住咳嗽了起来，原本苍白的脸色也因为这剧烈的咳嗽，覆上了一层绯红，但是却同她身上穿着的那件绯色的夹袄一样，颜色有些黯淡灰败。

"你说的那节神牛的脊骨，就是这柄六劫鞭？"夏秋皱了皱眉，"这么说，你这一阵子做了这么多的事情，就是为了解开六劫鞭的封印？"

红姨咳得一时间说不出话来，法空叹了口气道："关于这件事情，乐夫人当时找到我的时候，也对我说了些，不如老僧来说说吧。"

"法空大师，这么说你早就知道了？"法空不说话还好，他一开口，夏秋立即看向他，"所以你才会阻我回临城？"

法空对她笑了笑说："关于这件事，老僧应该向夏施主道歉，我的确是有意阻你回去。因为，按照乐夫人之前的计划，需要原田晴子将水麒麟唤出来，这样她才好追随它下寒潭，去毁掉它看守的妖神身体，而在那之前，我们也本来计划是先要毁掉妖神元神的，是怕你会阻碍原田行事，这才会将你留上一留。"说到这里，他扫了红姨一眼："其实乐夫人之前也没同老僧说太多，只是让老僧想办法在她行事前，将你暂时带到灵雾寺而已，可却没想到那个原田竟然将你抓了来，你也知道了她要去神鹿一族的计划，所以，她为了稳住原田，也为了稳住你，才不得已出此下策。"

关于这件事情，夏秋现在暂时也不想追究了，她只想知道如何才能救乐鳌，于是咬了咬唇道："这件事情咱们以后再说。我现在有些明白了，你说的毁掉妖神元神，是不是就像现在这样……"她说着，看向一旁一动不动的乐鳌，眼圈儿再次红了，"就是要杀了他？"

此时，红姨的脸色好了很多，咳嗽也缓解了些，听到夏秋的话，立即回道："这是唯一的办法，若是不杀死妖神，鳌哥儿就算活着，也根本恢复不了自由，到了三十岁就会发狂而死，就像他的父亲一样……"

听她这么说，青泽一惊："这么说，当初乐大夫的父亲并没有砍掉自己的妖臂？"说着，他不禁看向一直挂在乐鳌腰间的藤剑。

"我们到最后一刻都没有放弃希望，毕竟鳌哥儿当初根本就不可能降生，因为他是妖，我是人，我们两人之间是无法诞下后代的。可是，鳌哥儿就这么出现了。从那时开始，我们就重新燃起了希望。毕竟，这么多年来，乐家的当家人虽然娶妻的不少，可终究是没有一个能诞下后代，那个时候他就怀疑，兴许有什么法子能破除乐家的诅咒也不一定。"

"那在他三十岁那日，究竟发生了什么……"

红姨摇了摇头，而是看向密室大门的方向，低低地道："现在应该已经午时了吧。"

法空点点头道："老衲进来的时候，眼看就要到正午，此时，应该已经过了吧。"

"好。"红姨咬了咬唇，"那就劳烦大师将火灵芝拿出来吧，鳌哥儿能不能起死回生，就看它了！"

"火灵芝！你竟然寻到了火灵芝？"青泽大吃一惊，"就是那株据说连化为灰飞的神，都能令其聚魄重生的火灵芝？"

"对，就是它。"红姨眼神复杂地看着法空大师手中的玄铁盒子，"其实，自从鳌哥儿被确定为下任继承人后，我就去找它了，而且，也终于在天翔三十岁生辰之前找到了，并赶了回来，可那个时候我还并没有找到六劫鞭，所以把握并不是很大。不过这次……"说到这里，她没有再继续说下去，而是对法空大师说道："大师，趁着正午刚到，先给鳌哥儿服下吧，至于大家的疑问……"她环视周围众人一眼，"等给他服下了，我再慢慢说与大家听。"

虽然大家都很好奇，但眼下最重要的自然是要救活乐鳌，当即也不再问。而此时，法空已经来到乐鳌身边，然后他打开盒子，从里面拿出了一枝通体火红的茎状植株出来。

这植株只有成年人巴掌大小，顶部呈盘云状蜷在一起，根部略

细，再加上它通体红彤彤的，看起来就像是一朵燃烧的彤云。将它取出之后，法空大师先是将芝茎取下，重新放回盒中，然后将芝冠递给了红姨，紧接着，他从盒子里拿出一个玄铁的小杵，细细地研磨起来，不一会儿就将红色的芝茎研成了红色的药粉。而后，他看着夏秋道："夏施主，现在请你把这六劫鞭拔下来吧！"

暂时收起心中的悲伤，夏秋点点头，用手抓住六劫鞭的手柄，然后一使劲，立即将骨鞭从乐鳌的身体里拔了出来。六劫鞭几乎将乐鳌刺穿，造成的伤口也很深、很大，但奇怪的是，这么严重的伤口，乐鳌却几乎没有出血，不过，即便如此，伤口却也没有半点愈合的痕迹。

看到他伤口的状态，法空松了口气，笑道："看来那妖神果然被这六劫鞭刺中，已然魂飞魄散了，不然的话，这骨鞭拔出来以后，乐大夫的伤口应该快速愈合才对。"

"您是说……这样，很好？"夏秋一愣。

法空没再说什么，而是又笑了笑，然后快速将刚研磨好的药粉洒在了乐鳌后背的伤口上，而红色的药粉刚刚洒上，夏秋便看到一团红色如火般的烟雾立即渗入了乐鳌的伤口中，而很快的，骨鞭造成的伤口便开始迅速地愈合起来。

眼前的奇景让夏秋有些发怔，而这个时候却听法空又道："大家帮忙，将乐大夫翻过来吧。"

火灵芝的出现以及乐鳌伤口的快速愈合，已经让青泽和黄苍对红姨又信服了几分，他们立即出手，大家一起轻手轻脚地将乐鳌翻了过来，让他平躺在床上。而这个时候众人明显发现，乐鳌的脸色似乎多了几分红润，再不似刚才那样，脸色苍白得发青了。

而这个时候，红姨则凑了上来，此刻，她手中的芝冠已经被她撕成了小块托在了一块雪白的帕子里，然后，她将火灵芝的芝冠小心翼翼地一小块一小块塞入了乐鳌的口中。此时乐鳌早就意识全无，让他主动吞下药草是一件非常困难的事情，她只能每塞一块，就用手托住他的下巴，帮助他咀嚼吞咽，甚至刚开始几块的时候，还要将手指伸入他的口中，将火灵芝塞入他的喉咙里。

就这样，等所有的芝冠被乐鳌吞下后，已经是半个时辰以后的事了，此时，红姨已然是满头大汗，脸上更是露出了满满的疲惫。夏秋见状，立即将红姨扶到了一旁的椅子上坐下，而眼神却始终停留在仍旧昏迷的乐鳌身上。

看到她这副样子，红姨笑了笑说："放心吧，午时过后，他就会醒了，虽然中间出了些状况，但是妖神的真身和元神已除，他只要醒过来，就是一个正常人了！"

说此话的时候，红姨仿佛已经放下了浑身的戒备和冷酷，变成了一个普通的中年妇人，语气中则满满的全是轻松和欣慰。

看到她的样子，夏秋终于忍不住问道："您刚刚说早就得到了火灵芝，可当他父亲三十岁的时候，您为什么……"

知道夏秋要问什么，红姨叹了口气道："虽然当时我没有找到六劫鞭，但也找了一件上古遗留下来的神器，我们当时想试试看，看看能不能用这件法器先杀死妖神，然后再用火灵芝救活天翔，毕竟火灵芝只有一株，浪费不得。"

"那你们又怎么确定妖神生死的呢？"

红姨有些出神，仿佛在回忆着什么，然后她幽幽一叹："因为我们没有找到六劫鞭，所以，便打算趁着天翔三十岁生日那天动手，因为那个时候是妖神魂力最弱的时候，不然也不会仅凭一把藤剑，就能让妖神暂时离开历位乐家掌门的身体二十四个时辰。至于判断妖神的生死……"红姨苦笑了一下，看向旁边的法空，"这一点，刚才法空大师其实已经告诉大家了，因为有妖神附体，所以，无论被附身者受到多严重的伤，哪怕是身首异处，只要把尸首重新缝合起来，他仍旧会起死回生，伤口也会很快愈合。所以，那日天翔早早就在洞口布好结界，还让我将悄悄尾随他前来的鳌哥儿困住，然后他让我把神器刺入他的胸口，让我亲手杀了他。只要过了午时，他不会重新活过来，就说明我们成功了，我就会立即给他服用火灵芝，到了那时，不但是他，就连整个乐家都会彻底摆脱这个诅咒。只是，

若是他在午时之前复活了的话……"说到这里，她看向床上仍旧躺着的乐鳌，平静地说道，"若是复活了，就说明我们的办法没用，我会继续找寻六劫鞭的下落，而火灵芝自然也不能浪费到妖神的身上……结果……结果……"

"结果，他终于还是复活了……"青泽说出了她说不出来的话。

红姨点点头道："他复活后，已经认不出我，还差点杀了我，好在最后一刻，他终于恢复了些神智，用早就准备好的藤剑，削掉了自己的手臂。只是此时却已经晚了，他整个人已经陷入了疯狂之中。后来，他趁着理智尚存，求我杀了他，不然的话，他怕自己会对我，甚至会对外面的鳌哥儿不利。所以……"

红姨说着说着，不由得看向自己的右手，而下面的话，她再也说不下去了……

"只是这件事情天岐也不知道吗？按说，他作为两代乐善堂当家的守护灵，你们应该第一个告诉他才对吧？"

红姨摇了摇头说："虽然他是天翔的守护灵，可他后来也做了鳌哥儿的守护灵，我们没找到六劫鞭，这件事情本来就没把握，万一不成功，我们怕会影响日后他对鳌哥儿的扶助。不过后来天翔发狂之后，山洞的结界被削弱，他倒是闯了进来，也看到了后来发生的一切，却并没有多做怀疑。而这次回来，我为了唤醒六劫鞭也的确是利用了他，不过你们放心，我故意闪开了他的要害，只要治疗及时，他不会有事的。"

青泽哼了一声："没错，这样一来，乐大夫还能少个帮手，不……是两个，你是连花神谷都算进去了，也就更方便你行事了。只可惜陆天岐那么信任你，你却骗了他，骗了我们所有人，即便你是为了救乐大夫，可你之前伤了那么多人，甚至还杀了人，真不知道乐大夫醒来后，听到你的所作所为，会做何感想！"

青泽的话让红姨微微笑了下，然后她又重重地咳了两声，低低地道："我早该在翔哥离开那年就死了，活了这么多年，就是为了鳌哥儿，若是他能摆脱诅咒，我就算下地狱又如何？再说了，我本就是个法师，在遇到翔哥之前，也是四处除妖降魔的，更是同你们势不两立，不过是在进了乐家之后才金盆洗手，如今这么做，也只是重操旧业而已。而再退一万步讲，我这些年除掉的妖，哪个不是恶性累累，手中至少都有一条人命，要不就是入了魔，所以，我并不觉得有什么不对的地方，自认是问心无愧的。"说到这里，她不禁看向了夏秋，眼中的意思不言而喻，而后她又笑了笑，"你那个守护灵，可不如你想的那么清白无辜，而且，在她的手中也不止一条人命，不然的话，你以为她会那么容易入魔？你可知道，她为了摆脱你曾经做过什么吗？我觉得你一定不想知道！"

"摆脱……我……"夏秋一愣。

之前木槿阿姨对她说的那番话突然响在了耳边……难不成，割裂驭灵人和守护灵之间联系的主动权，不仅仅掌握在驭灵人手中？只是此时，她没心思想这些，她只想让乐鳖快点醒来，她还有很多很多话要对他说呢。

看到夏秋不言，红姨又看向了青泽，低笑道："至于你，青泽先生，你也是有心魔的，否则我也不会无端端找上你。你可还记得那本突然消失的书吗？"

"书？"青泽一愣，脸上立即蒙上一层怒色，"原来……原来那书是你拿走的？你把它放哪儿了？"通过这段时间的调息，青泽的记忆已经全部恢复，自然也忆起了那本书的事，想到不久之前才对落颜信誓旦旦地说从未见过那本书，青泽此刻心中不免多了分尴尬和歉意。

红姨摇了摇头说："那书是我让法空大师帮忙找的，不过后来在你差点入魔的时候被毁了，不过，你若是还想继续看，就去问法空大师吧。"

"那书……那书……"青泽的脸色变幻莫测，一时间不知道该说什么好，仿佛想到了什么，但是转瞬间脑海里刚刚冒出来的那些想法便又消失无踪了。

"没错！那本书的书页上也涂了些能让人发狂的药粉。"这次，红

姨毫无隐瞒。

"什么？！"青泽听了脸色由白转青，又由青转红，不过最终，他还是恢复了平静，反而淡淡地道，"这么说，那书上的确有治疗落颜的办法了？"

看到青泽此时的样子，红姨却赞许地点了点头道："上面写的东西，你去请教法空大师吧，他曾经留洋海外，既然给了你这本书，自然有他的道理。不过，经过这次的事，我对你倒是着实佩服，你功力深厚，这些年又做了很多善事，手上更是没有半条人命，定力更是非一般人能比，让你入魔真不是一件很容易的事情，所以后来我决定放过你。"

她的话让青泽的脸色再次变得铁青，但他却也没有反驳什么，只是讽道："这么说，我还要谢谢你的不杀之恩了？"

红姨笑了笑没再回他，最后看向了法空，低低地问道："咳咳咳……法空大师，时间可到了？我的鳌哥儿可该醒了？"

法空对她微微笑了笑，点点头说："应该快了吧，大概还有半炷香的工夫。"

"好，好！"红姨连说两个好字，终于不再吱声，而是开始闭目养神，她今天的话实在是有些多了，仿佛要把多少年埋在心中的事情一股脑儿全都倒出来，只是虽然说出来了很痛快，却也让她异常疲惫。她一个人坚持了这么多年，如今终于到了能看到结果的时候，她又怎么能错过，一定要用最后的时间好好养精蓄锐。

时间一分一秒地过去，众人的注意力也全都集中在了乐鳌的身上，所有人都期望奇迹发生，尤其是夏秋，已经紧紧握住了乐鳌的手，想要第一个看到他醒来。眼看午时将过，大家的心也一个个全都提了起来，密室中更是落针可闻，所有人能听到的，仿佛都只有自己心跳的声音。

就在这个时候，却听一个声音突然在门口的方向响了起来："陆大哥……陆大哥让我来告诉你们，绝对绝对不能给乐大夫用火灵芝……"这个声音让大家吃了一惊，大家回头看去，却见落颜气喘吁呼地从门口的方向冲了进来，而她还没进门又大喊道，"陆大哥说，用了火灵芝，就……就糟了……"

这番话让夏秋的心仿佛被重重击了一拳，与此同时，她突然觉得自己的手腕儿一紧……

13

随着屋子里的温度陡然降了下来，众人被落颜吸引去的注意力再次回到了乐鳌身上，可等大家再看向乐鳌的时候，他已然从床上坐了起来，面无表情地扫视着屋子里的众人。

几人中，数夏秋离他最近，就坐在床边，此时看他醒了，夏秋连忙问道："乐……乐鳌，你……你没事了……"

她的话让乐鳌的视线立即全部集中在了她的身上，只是，看到他冷冷的眼神，夏秋却打了个激灵，下意识地就想将手收回，只是可惜，此时已经晚了，她不过是一动，就被他的手紧紧箍住，无论如何也抽不回来了。

随着他的手越握越紧，夏秋觉得自己的手仿佛被铁钳紧紧地钳住，马上就要被箍断了，她忍不住痛呼出声，低低地请求道："放……放开我，很疼……"

"疼？"听到她这句话，乐鳌终于开了口，只是声音低喑沙哑，竟充满了嘲讽，"你也知道疼？呵呵，我上次就该认出你来了，原来是你！"

"上次？"夏秋一怔，立即明白了，她瞪圆了眼睛看向他，"你，难道是你？！怎么会……"

她说着，不禁看向一旁的红姨，而红姨此时也察觉了不对劲儿，立即冲了过去，而红姨的手中，不知何时已经拿出了那把藤剑，边冲边大声喝道："放开她！"

说着，红姨手中的藤剑已经向乐鳌的手臂砍了去。

夏秋都不知道这剑是红姨什么时候从乐鳌腰上取走的，现在想

来，应该是她刚刚给乐鳌喂过火灵芝后，就将它取了下来，放在身边了。不过可惜，虽然红姨暗中做了准备以防万一，可还是晚了一步，藤剑扑了个空，乐鳌很容易就躲过了藤剑，然后拎着夏秋的衣领一下子跃到了冰床上。

事已至此，在场众人终于意识到发生了什么，看到夏秋被他抓住，落颜也急了，就想冲过去救人，却被青泽一把拉住，他低低地问她："先别着急救人，陆天岐究竟是怎么说的？"

落颜急得直跺脚，看着夏秋眼泪汪汪地说道："天亮的时候，陆大哥就醒了，可他一醒就让我赶快回来阻止红姨，说决不能让红姨用火灵芝，否则的话，复活的不仅仅是乐大夫，连妖神也会被复活，会产生连他都无法预料的结果。只是我兄长正好去采药了，我只能先赶回来报信，但是我已经留了消息给他，想必他也该快到了。可没想到……"

可没想到，还是晚了一步。

青泽听了倒吸一口冷气，这才意识到事情的严重性。

妖神被天帝封印，身体和元神则被分别保管在两个地方，这让他既不能投胎转世，也不能附体重生，正因为如此，才会有乐家人作为器，世世代代封印住妖神的元神，让他无法作恶。如今，妖神身体已毁，虽然元神也随即被毁去，可却因火灵芝重生，再加上火灵芝让他的元神和乐鳌的身体合二为一，眼前苏醒的人哪怕是说妖神复活都不夸张。

青泽知道这下事情麻烦了，连忙看向一旁的法空，却见他的脸色也十分难看，应该是也想到了这一点——真要是妖神出世，只怕不仅仅是临城，恐怕整个中原大地都要再次生灵涂炭了。

这个时候，黄苍发觉不妙已经冲了上去，想要救回夏秋，可他人还没有接近"乐鳌"的身边，便被"乐鳌"随意挥了挥手，掀了回去，摔倒在青泽和落颜的旁边。

黄苍正欲再冲，却被青泽拦了下来，而"乐鳌"此时却看向面前的红姨，冷笑了一声："我也认出你来了，看来上次你还没有得到教训，不过也好，若不是你的火灵芝，我也不会真正拥有这具身体，我应该好好谢谢你才对。"

红姨脸色苍白，她大喊一声"住口"，藤剑再次向"乐鳌"劈砍过去，目的仍旧是他的妖臂，不过，虽然"乐鳌"早就看出了她的企图，他离她也很近，但这次他却连躲都没躲，只是在藤剑砍中他之前，晃了晃自己的右臂。只见随着一道金光闪过，他的右手立即变成了青色的兽爪，与此同时，藏在衣袖里的手臂，则将他的袖子胀得鼓鼓的，显然已经再次化出了妖臂。而就在他的妖臂出现的同时，藤剑狠狠地砍到了他的臂膀上。

看到自己成功了，红姨先是一喜，但紧接着她却皱紧了双眉，因为这次同上次很不相同，上次藤剑刚刚砍上去，妖臂就应声而断，而这次，藤剑却像是砍在了石头上，硬邦邦的，震得她虎口都快裂开了。她正诧异着，却见"乐鳌"露出诡异一笑，然后只听他低喝一声，上身的衣衫全部应声而裂，眨眼间碎成了一片片的。他的脊背立即露出了大半个来，暴露在了所有人的面前。

这时，当众人看到眼前的情形，全都倒吸一口冷气，就连红姨都仿佛被冻住了，盯着他的上身，瞪圆了眼。

被"乐鳌"拎住了衣领，夏秋一时看不到他的身体，但此时看到众人脸上的惊恐，便知一定是发生了大事。恰在此时，她觉得自己的衣领一松，然后便被"乐鳌"一下子用手臂揽到了胸前，重重地撞在了他的胸口。一时间，夏秋只觉得身后硬邦邦的，像是撞在了石头上面一般，而她再一低头，随着那只布满青色鳞片的左臂映入眼中，她只觉得自己全身的汗毛都要竖起来了。

紧接着，只听一个熟悉又陌生的声音，呵着湿漉漉的气息在她耳边幽幽地道："怎么？怕了？我记得以前你的胆子不是这么小的，如今，怎么竟然怕起本君来了？"

此时，不仅是"乐鳌"的两只手臂，他的整个上半身都布满了青色的鳞片，除却他的那张脸，他的身体已经面目全非。而红姨之所以没能砍下他的手臂，是因为藤剑根本就砍到了他铁甲一般的鳞片

上，又怎么砍得下去。

　　这个时候，边同夏秋说着话，"乐鳌"边漫不经心地一挥，红姨也被他向后掀翻过去，重重摔到了墙壁上，半天都站不起来。

　　看到红姨拼命想要站起来的样子，"乐鳌"冷笑："你已经被万年尸毒入侵，还身中上古寒潭的冰寒之毒，活不过今日了，你同本君拼命，本君还真是不划算，本君倒不如能送你一程。"

　　说着，他的右臂被一团金光笼住，看样子要对红姨再施杀招。

　　虽然对"乐鳌"说的什么万年尸毒、冰寒之毒什么的夏秋全不知晓，但她又怎么肯让他杀掉红姨，当即什么也顾不得了，一把抱住"乐鳌"箍住她的左臂，焦急地道："既然她快死了，你又何必亲自动手，饶……饶了她吧……"

　　夏秋情急之下只想阻止"乐鳌"，所以一时间也没想太多，更没有考虑他是不是还会听她的，不过显然，她的这番话还真起了作用。随着她话音落下，"乐鳌"的眼神一缓，笼在他右臂上的金光也在瞬间弱了不少，然后他眉角一挑道："你……求我？"

　　夏秋立即回过神来，当即使劲点头道："对，我求你，我求求你，不要杀她，还有其他人，你也放过他们吧，你也应该发现了，他们……他们都是你的同族，都是妖，你……你应该护着他们才对！"

　　"没想到天帝的女儿竟然求我？呵呵，呵呵呵，你竟然求我，我真的不认识你了呢，你还是那个永远高高在上，永远用悲悯的眼神看着我，永远不把我放在眼里的神女吗？你竟然求我……哈哈，哈哈哈……"

　　"乐鳌"突然狂笑起来，他的胸腔在笑声中不停地震颤着，冰冷的鳞片摩擦着夏秋裸露在外的脖颈，让她只觉得毛骨悚然。她大概猜到他把她当作了谁，虽然她同那人从未见过，可在寒潭底下的那幕却怎么也忘不掉，尤其是那人最后流下的那滴泪水，大概就是为他而落的吧。不过可惜，即便那人曾经真的在她的体内，只怕也早在那个时候就离她远去了，她实在是不明白，他是如何将她认作那人的，难道仅是凭借她的特质吗……她继承于她，而且还将被更多的驭灵人一代代继承下去的能力？可既然如此，上一次他在乐鳌昏迷之后出现时，为何没有认出她来，甚至还差点杀了她？但不管怎样，眼下看来，这一点对他们还是有利的，因为趁着这个工夫，青泽和法空大师已经上前搀起了红姨，并将她交给落颜照看，他们几个男人则站在了最前面护着她们，屋子里的紧张气氛也暂时缓解了一些。

还是青泽足够冷静，看着"乐鳌"道："敢问阁下，难道您真的是妖神转世？"

他的话让"乐鳌"止住了笑声，冷冷地瞧着他道："你不信？"

"不是不信。"青泽缓缓地道，"我只是想知道，既然您出现了，那乐大夫去了哪里？"

"他？""乐鳌"脸上闪过厌恶，"死了。"

14

死了？！

夏秋心中一颤，手脚也立刻变得冰凉，连带着身体都僵硬起来……难道费尽千辛万苦，他们真的用火灵芝只复活了妖神，一个人人都避之唯恐不及的魔物？！

夏秋身体的异样让禁锢着她的妖神立即感觉到了，他一下子将她的脸扳了过来，用兽爪紧紧抓住她的下巴，阴冷地说道："怎么，心疼了？你喜欢他？"

妖神眸子此时已经变成了一道金色的竖线，而由于握得太紧，他的兽爪乃至兽爪的指甲深深陷入夏秋的脸颊，给她留下了一个红色的手印。

被他抓得生疼，夏秋的眼泪都快落下来了，这反而让他更加愤怒，他不禁怒吼道："你还敢为他落泪？哼哼，果然……你果然一点儿都没变，以前如此，如今也是这样，我在你的眼里到底算什么，算什么？"

　　谁都没想到，他竟然转眼间就变了脸，一旁的黄苍按捺不住，已经准备再次冲上去，决定就算拼上一死，也要将夏秋救回来，就连青泽的脸色也变了，犹豫着要不要出手了。

　　就在这时，却听红姨的声音在大家的身后响起："不会的，乐家的当家若是死了，是入不了轮回的，你既然还在这里，既然还顶着他这张脸，鳌哥儿就还没死。"

　　红姨的声音，终于暂时转移了妖神的注意力，他转头看向红姨，此时她已经让落颜搀扶着重新走到了众人的前面，他立即怒不可遏："胡说，虽然那个男人是这么多年来，我能遇到的最强大的器，是人妖所生的修罗，可在这里，他往往活不过十年。而他既然活下来了，就意味着他作为器会越来越强大，而我也会越来越强大，因为，他就是为我而生的。如今我既然复活，他的一切都是我的，所有的都是我的，他已经没有活下去的必要，更不必再存在于这个世界！"

　　见他因愤怒脸颊都扭曲了，红姨反而神态更加平静了，她低低地道："既然如此，你又何必如此愤怒？想必他一定还在你身体里，甚至已经嵌入到了你的魂魄里，随时准备出现，重新夺回自己的身体，重新将你赶回黑暗的角落。你说得没错，他的确是修罗，也的确强大，可也正因为如此，你更无法驾驭他，反而要时时提防他，因为，你的身体已毁，你的元神已经越来越衰弱，你的一切全都靠他，靠他的施舍，靠他的力量，只有他活着，你才能活着，一旦他死了，你也会立即灰飞烟灭，就像你被藏在寒潭中的身体一样，'呼'的一下，就什么都没有了！咳……咳咳……"

　　说着，红姨的脸色也变得越发苍白，甚至开始发黄，就连咳嗽声也不如之前大了，但是声音虽低，一旦咳起来却让人感到撕心裂肺。但也不得不承认，她强忍痛楚说的这番话，已成功让妖神的脸色变得难看了，甚至整个"人"都变得狂躁起来，所以，不等她说完，妖神便将夏秋推向了一旁，然后大吼着"闭嘴"，向红姨冲了过去。

见他冲过来了，红姨一把推开了落颜，不过她刚推开落颜，青泽却率先挡在了红姨的前面，同时对旁边的黄苍和法空大声喊道："快带她们走，我来对付他！"

只是，到了这个时候，黄苍他们又怎么肯留下青泽一个人离开，反而纷纷迎了上去，而落颜也没离开，而是在他身后大声喊道："我不走，青泽哥哥，咱们要死一起死！"说着，却见她手指结印，口中念念有词，转瞬间，不知从哪里飘来一股异香，与此同时，一团浓浓的香雾便在屋子里突然弥漫开来，眨眼间，大家已经看不到彼此了。

这本是花神谷的绝技之一，是让花神们在危急关头自保用的。这些香雾不但可以阻碍对手的视线，香气还能让人致幻，让对手陷入短暂的幻境中，这样一来，花神们便可以趁这个机会逃离。只是，这种法子若是只有落颜一个人还好，她自然可以趁机脱身，但眼下，这里有一屋子的人，就算妖神能够在短时间内被拖住，可其他人也讨不了好去，也会因此受到影响，反而耽误了逃生的时间。

不过，落颜法术有限，而在场的哪个都比她的本事高，她又是才学会这个本事不久，故而她此番施法，致幻的能力就减弱了，甚至可以说忽略不计，不过雾气还是起了些作用。因为雾气升起之后，即便是妖神，也无法准确地找到红姨的位置，而其他人则被他这一冲给冲散了，歪打正着间，反而让妖神暂时也找不到其他人的踪迹，给他们争取了逃生的时间。

刚才妖神一怒之下放开了夏秋，夏秋便立即尾随他跑向了红姨，而香雾腾起之后，她灵机一动，立即冲向了屋子的墙壁，因为这样一来，比较方便她找到出口。虽然她不知道自己是不是能在雾气散尽后离开这屋子，也不知道现在离开这个屋子还有没有用，但是，最起码她走的方向是离青泽他们越来越近的，而不是像刚才那样越来越远。

雾气腾起之后，妖神也发觉了不妙，更发觉自己一怒之下竟然丢失了夏秋的踪迹，不禁在雾气中大吼一声："瑶姬，你在哪里？你

又想背叛我吗？就像上次一样！你给我回来，给我回来，不然，我让所有人给你陪葬……"

随着他的声音，夏秋突然听到一声闷哼，然后是什么东西重重撞击桌椅板凳的声音，接着是一声惨叫，她若是没听错，应该是黄爸的！夏秋心中一凛，知道这屋子里地方狭小，他早晚会找到他们的，而那个时候，只怕谁也活不了了！于是她心中一横，立即就要出声让他住手，可这个时候，她却感到一只冰冷的手握住了她的手。

她吓了一跳，还以为是妖神在她发声前提前找到了她，但紧接着却听红姨虚弱的声音从对面低低地响起："好孩子，我就知道你是个聪明的。"

"红……红姨……"

红姨的手已经像冰一样冷，想到之前妖神说的那些话，夏秋终于相信他说的是真的，眼睛只觉得热辣辣的。

可她正想说些什么，却听红姨低咳着道："好孩子，你还记得我刚刚说的话吧？"

"什么？"夏秋一怔。

"咳咳……咳，丫头，我相信，我能做到的，咳咳……你也一定能做到……咳咳……咳……"红姨边说着，边将一样东西塞入了夏秋的手中，最后一次重复道，"能做到，咳咳咳……你能做到的……你是驭灵人，像我朱砂一样的驭灵人，你……你一定能做到的……咳咳……"

说完这些，夏秋只觉得紧紧握着自己的那双冰凉的手一松，对面就再也没了声息……

夏秋只觉得有股热流从自己的眼眶中涌出，可她还来不及继续伤心，却听浓雾中突然传来一声清脆的惨叫声，而后则是青泽的怒喝。她知道再也不能等了，立即擦干了眼泪，对着刚刚妖神发声的地方大声喊道："我在这里，你要想见我，就到这里来！"

随着她的声音，屋子里一下安静下来，打斗声也马上停了，与此同时，原本密不透风的香雾也逐渐变淡，直到彻底散去。

雾气刚刚散去，妖神便已经站在了夏秋的对面，显然是一听到她的声音便迫不及待地冲了过来。

此时，夏秋靠着墙壁，双手背在身后，看着渐渐靠近的他，眼中却闪过决绝。

"呵呵，我不会再让你离开我的，再也不会！这一次，也不会再有人能阻止我们！"妖神一边说着，一边已经走到了夏秋的面前，然后他伸出了自己的一只妖臂，嘴巴也几乎要咧到了耳根，"这一次，我要让三界的人都知道，你是我的妻！"

没有理会他的手，夏秋却看向了倒在地上的青泽他们，却见黄苍早就倒伏在一旁不知生死，而青泽则抱着落颜轻轻地唤着，至于法空大师，也已经靠在墙角处闭目养神，脸色苍白，看起来受伤也不轻，而在她的身旁，红姨已经倒在地上一动不动了，想到刚刚红姨遗言般的叮嘱，夏秋知道，红姨只怕已经不在了。

于是她咬了咬唇道："可以，但你要放过他们。"

听到她的条件，妖神几乎想都没想就同意了，然后低低嘟囔道："本来就是他们自己找死，就同以前那些背叛我的族人一样，不过，既然你说了，我就放过他们，这下，你可以跟我走了吧？"

"走？去哪里？"夏秋盯着他的眼睛，冷静地问道。

妖神挑挑眉道："哪儿都好，不如我们去昆仑，你不是最喜欢那里吗？"

"不去昆仑！"夏秋摇了摇头，"我倒觉得另一个地方比较好！"

"不去昆仑？那你想去哪里？"妖神好奇地问。

"我觉得……还是去地狱吧……"夏秋说着，背在身后的手突然伸了出来，而她的手中此时正拿着一把白色的骨鞭，此刻，骨鞭鞭梢的尖刺部分正对准了妖神的心脏，然后，她用尽了全身力气刺了下去。

可是，她倾尽全力的一刺，还是让妖神躲开了，她只划伤了他的左臂，而躲开六劫鞭之后，妖神的脸色也在瞬间变得铁青，他死

死盯着夏秋，咬牙切齿地说道："你要再杀我一次？"

虽然失手，但夏秋还是镇定地点头说："没错，我就是要杀掉你，我也一定能杀掉你！"

"哈哈，哈哈哈！"看着她愣了愣，妖神竟然狂笑起来。

"你笑什么？"说着，趁他大笑的工夫，夏秋已经又一次冲了过去，将手中的六劫鞭刺向他。

这次，妖神竟然连躲都没躲，而是一把抓住了她刺过来的骨鞭，阴狠地说道："好，很好！这才是我认识的瑶姬，你果然是瑶姬。只是……"说到这里，他的脸色一沉，"就凭你现在的样子，你觉得能杀了我？"

夏秋咬了咬牙，狠狠一抽，骨鞭立即从妖神的手中抽了出来，白色的骨鞭也在霎时变成了粉红，却是割裂了妖神的利爪。

看着自己鲜血淋淋的手，妖神一怔，而这个时候，夏秋再次挥舞着六劫鞭向他刺去，有了前车之鉴，妖神再不敢贸然接住六劫鞭，而是向一旁躲闪，显然也惧怕六劫鞭的威力。

就这样，夏秋一次又一次地刺向他，而他一次又一次地躲闪，屋子里的情形立即陷入了短暂的胶着，但是，时间一长，妖神的耐心耗尽，终于恼了，他躲过夏秋又一次刺过来的六劫鞭，怒道："别以为我不敢杀你，你死了，她照样可以重生！"

"可以，既然如此，你为什么不一见我就杀了我？"夏秋大声喊道。

虽然她到现在也不知道那传功的符如何画，但是，既然说了是代代相传，她若是不做些什么，那个他口口声声喊的神女瑶姬，是绝不会轻易就能把驭灵人的能力传下去的。而如今听他的意思，只怕瑶姬还将法力附在了她的元神上，故而她若是此时死了，瑶姬的传承中断，神女也就真的死了。

果然，尽管语气阴狠，可随着夏秋继续步步紧逼，妖神却始终不敢真的对她怎么样，仍旧只是一步步地向后退着，躲闪着她刺过来的六劫鞭。

但虽然一时间分不出胜负，可两人的实力却实在悬殊，刺了这么多次，除了有限的几次，夏秋根本刺不到他，而随着时间的推移，她已经察觉自己体力逐渐不支，只怕再过一会儿，不要说杀掉妖神，她连这六劫鞭都举不起来了。而恰恰在这个时候，她却看到了妖神嘴角露出来的一丝诡笑，立即恍然大悟，想来，这个狡猾的妖神，大概就是想等她力竭之后再出手……他根本就是在玩儿猫捉老鼠的游戏。想到这点，夏秋心中更加焦急，更想速战速决，只是，她对付的可是妖神，是经历过上古妖神大战的妖神，而她充其量也只是一个十几岁的女孩儿，又怎么比得上他的身经百战——要是，他能站在一个地方不动，哪怕只有短短几秒钟的时间也好呀！

夏秋这个念头刚刚冒了出来，却觉得自己手中的骨鞭一滞，竟然刺中了妖神的胳膊，不禁一愣。

看到自己被刺中，妖神显然也很吃惊，不过马上，他却愤怒地看向一旁青泽，恶狠狠地道："你找死！"

原来，他的双脚被不知从哪里蔓延出来的藤蔓牢牢锁住了，与此同时，他的两旁也凭空出现了两条藤蔓，瞬间就将他的双臂困住，而后藤蔓向两旁紧紧拉去，一时间竟将他牢牢固定在了屋子中。

看到自己终于成功了，青泽微微松了口气，然后他又紧紧拥了下落颜，一脸平静地对夏秋道："夏小姐，我困不住他多久，你要抓紧时间！"

看到他平静的样子，夏秋的眼圈儿一下子红了，她点点头，再次举起骨鞭，对准妖神的心口刺了去，她知道这来之不易的机会只有一次，她若是放弃了，他们所有人的结局只有死！

而看她就这么毫不犹豫地刺了过来，妖神竟突然停止了挣扎，然后冷笑一声道："你真要这么做？"

夏秋一怔，而这个时候，却见妖神眼中的冷意突然消失得无影无踪，取而代之的是暖暖的温柔。看到这熟悉的眼神，夏秋手中的

骨鞭立即停了下来。

　　见夏秋眼看要成功的时候竟然停了，青泽脸色一变，忍不住大喊道："夏小姐，快刺下去呀！"

　　夏秋看了他一眼，又看向眼前的"妖神"，再次落了泪，低低地唤了声："乐鳌……"

　　乐鳌一笑，也低低地回答她："你做得对！"

　　"可我……可我做不到！做不到啊！"夏秋泪如泉涌，用尽全身力气大喊着，手中的骨鞭却终于刺了下去……

第二十章 手札

01

大年初一早上，天还没有亮，一个披着白色皮披风的少妇，领着一个浑身上下被裘衣裹得圆滚滚的四五岁大的男童来到了一座墓碑前。

少妇盘着圆髻，看起来还不到二十岁，样貌也略显稚嫩，一双黑漆漆的眸子嵌在满月般的脸上，分外引人注目。

山里的气温比城里要冷上不少，虽然两人穿得都不少，可还是被冻得不轻，鼻尖、耳尖全都被冻得通红，经初升的朝霞一照，就仿佛透明的一般。

祭扫完后，少妇似乎还想再留一会儿，那个球儿一样的男童却早已受不住了，轻轻拽了拽少妇的披风，可怜兮兮地说道："娘亲，这里好冷，咱们是不是可以回去了？黄叔和小龙哥哥说要等我放今年第一挂炮仗呢。"

少妇斜了他一眼道："你昨晚守夜的时候不就放了？过了子时，

就已经是新年了。"

"那怎么行，子时是子时，天亮以后却是不一样的，再说了，咱们不回去，这大年初一早上的饺子谁也不敢先吃，您总不能让大家都饿着肚子吧？"

"我看呀，你既不是想放炮仗，更不是想吃饺子，你是想让你小龙哥哥带着你去庙里玩儿吧？"少妇一语点破男童的小心思。

发现被看穿了，男童嬉皮笑脸地搂住少妇的胳膊，撒娇似的摇晃道："反正都一样，听说今天灵雾寺很热闹呢，小龙哥哥一早就答应我，等我们去先生那里拜了年，就让黄叔带我们去瞧热闹呢。"

"先生那里你倒是该去拜年，这一年多来，他可没有少教导你们，而且，今年就他一人，也的确太寂寞了些，要是他愿意，你们不如请他一起出去逛逛。"

"好嘞！"男童清脆地应道，"我保证让先生跟我们一起出门散心，不让他老人家一个人想姐姐了。"

"姐姐？"瞪了他一眼，少妇哼道，"你要当他面这么说，他怕是非但不会同你一起出门，还会把你打出来。"

"嘻嘻，我就是私下叫叫，私下叫叫。"男童吐了吐舌头，调皮地说道。

"行了，快过来给你祖母磕个头，咱们这就回去了。"

"是的，娘亲。"男童立即收回了脸上的嬉笑，向前跨了一步，然后规规矩矩地跪在了墓碑前，恭恭敬敬地磕了三个响头，这才站了起来。

而这个时候，抚着墓碑，少妇低低地叹道："这是瞳儿，从老宅来的，已经过继在我们的名下，不过去年他才刚来，我便没带他来看您，如今，你们祖孙也算是见了面，日后，他年年都会来的。"

听到少妇的话，瞳儿也一本正经地说道："祖母，瞳儿以后会好好照顾娘的，您就放心好了。"

母子二人祭扫完毕，便沿着小路下了山，刚刚拐到大路上，瞳儿就兴奋地跑了过去，来到一辆停靠在路边的小汽车旁边，对站在车外的一高一矮两个年轻人喊道："黄叔，小龙哥哥咱们快回家吧，我都快饿死了。"

黄苍宠溺地抚了抚瞳儿的头顶，然后看向少妇道："夫人，山里冷，您快上车吧。"

夏秋点点头，正要带着瞳儿上车，却见小龙正看着山顶的方向发呆，于是她握了握小龙的手，低声道："逝者已矣，再说，她的确是为了你爹爹。"

小龙此时已经长成了少年模样，听到夏秋的话轻轻低下了头，再抬起头来却已经是满脸笑容，随即只听他点点头道："娘亲说得对，逝者已矣，我的确不该纠结过往。"

出事的那几天，他被青泽关在家里，自然不知道后来红姨说了什么、做了什么，心中的心结自然也就无法释怀。因为在他的印象里，这名叫红姨的女子，仍旧还是个"坏人"。

又拍了拍小龙的肩，夏秋这才带着瞳儿坐到了汽车的后座上，黄苍也立即进了驾驶室，随后小龙也上了车。接着，黄苍很快便发动了车子，小汽车又快又稳地往临城城里驶去。

大年初一的饺子昨天晚上就包好了，是菁菁小姐同夏秋一起包的，这已经是她第二年来乐善堂度过大年夜了。不过，早上的时候她便回去了，毕竟大年初一曹家还要大祭，也不能缺席早上的家宴。

饺子刚下锅，小龙带着瞳儿一起放鞭炮的声音也响了起来，整个五奎巷上的鞭炮声更是此起彼伏，同前年又是地震又是暴雨比起来，去年一年临城已经太平太多了，街坊邻居们自然也都希望来年越来越好。伴随着震耳欲聋的鞭炮声，小龙和瞳儿用最快的速度吃完了饺子，便带上给青泽先生的礼物，同黄苍一起兴高采烈地去拜年了。只是看到孩子们兴高采烈的样子，夏秋想到的却是青泽先生同落颜的事，只觉得有些头痛，实在是不知道他们还要别扭到什么时候。明明这两年，在落颜重伤痊愈后，青泽又在法空大师的帮助下，寻了些洋人的药水给她吃，她已经有了些长大的迹象，可青泽

先生竟然迟迟不肯松口，故而这丫头一气之下，竟跟着学校里的学姐学长北上，说是还要参加什么军队，谁都拦不住。现在她只希望青泽能早点想通，把那丫头劝回来，别再闹别扭了，大家在一起红红火火地过日子不好吗？

　　孩子们出门的时候已经不早了，若是再拜访青泽先生，再去灵雾寺逛逛，午饭肯定回不来了，最早也要到半下午了，所以他们一离开，夏秋就开始着手准备大年初一的晚饭。原本喧闹的乐善堂，一下子就剩了她同老武两个，竟然变得少有的安静，不过显然，老武的心思似乎也不在家里了，扑棱着翅膀满屋子飞，还时不时地绕着夏秋转一圈，一直喊着"老和尚老和尚"，无奈之下，夏秋只得打开窗子，放他去找小龙他们，反正老武经常出去满临城转，也不怕找不到回来的路。不过老武这一飞走，乐善堂就真的只剩下夏秋一人了，而伴随着街道上传来的此起彼伏的鞭炮声，更显此地的落寞。好在夏秋此时的心思全在张罗晚宴上，倒也没觉得有多孤单，一个人没人打搅倒也干得热火朝天。就这样，不知不觉忙活到了下午四点，小龙他们已经从灵雾寺回来了。

　　老武果然准确找到了他们，所以也同他们一起回来了，不过看到只有他们三个，夏秋皱了皱眉道："青泽先生呢？你没请他一起来吃饭吗？"

　　夏秋不提青泽还好，她这一提，瞳儿立即撇着嘴道："别提了，我去了先生在山上的宅子，哪想到他竟然不在，只留下了一张字条，说是想出去转转，过一阵子再回来。"

　　"转转？这个时候？"夏秋一愣，"他没说去哪儿吗？"

　　他昨晚来吃年夜饭的时候，可是一字未提呀。

　　此时，黄苍却笑嘻嘻地开了口："青泽先生说，还从未去过天子脚下，正好趁这个机会去看看万里冰封。"

　　天子脚下？万里冰封？

　　夏秋眼珠一转便明白了，也笑着道："随他吧，你们好好收拾下，换换衣服，晚饭马上就好了。"

今天的晚饭，夏秋可是下足了功夫，足足准备了八凉八热还有四种点心，只是没想到青泽会不在，所以，现在看来，今晚的饭菜要剩下不少了。只是，四人一鸟刚刚各自入席，房门却突然开了，一个人影挂着满身的寒气进了屋子，一进来便大马金刀地坐在了夏秋旁边的一个空位上，然后在桌上看了一眼，哼道："怎么少双碗筷？"

看到来人，夏秋他们全都愣了愣，就连老武都停止了聒噪，盯着他使劲儿地瞅，只有瞳儿一脸好奇地看着这位不速之客，眼珠子骨碌碌转着，也不知道在想什么。

最后还是夏秋先回过神来，吩咐道："瞳儿，这是你们的陆表叔，去给他取双碗筷来吧。"

"表叔？"瞳儿立即露出一副恍然大悟的样子，然后清脆地应了一声，"好！"

瞳儿兴高采烈地去厨间拿碗筷，陆天岐却幽幽地道："表叔？我可不记得有这么大的侄子。"

"你不记得没关系，只要你一朝是乐善堂的表少爷，他们就是你的表侄。"斜了他一眼，夏秋淡淡道。

"你还记得我是乐善堂的表少爷？"陆天岐的声音一下子大了起来，"是谁让你这么做的，乐善堂的事情哪里用得着你一个外人来管？"

看到陆天岐满脸的怒气，不但黄苍不敢出声，就连老武都吓得缩成了一团，可夏秋又何曾惧过他，冷笑道："哦？难道我不管你来管吗？那我倒想知道，从你伤好以后，你躲到哪里去了？我怎么不见你出现给乐善堂出头呢？"

"那是因为本少爷心情不好，但也不意味着……"

他的话还没说完，却听瞳儿清脆的声音响起："表叔吃饭。"

陆天岐后面的话立即被这个声音噎了回去，转头看向一旁，却看到瞳儿那双清澈乌黑的眼睛和小龙微微皱起的眉，一时间，他想说的话更不知道从何说起了，只得接过瞳儿递过来的碗筷，"唔"了一声。

对他的恶声恶气夏秋早就习惯了充耳不闻，此刻见他接过了碗筷，便撇了撇嘴道："既然回来了，正好可以吃个团圆饭了。"

陆天岐一愣，猛地转头看向夏秋，然后紧紧抓着手里的碗，嘟囔了一句："真是麻烦。"说完，也不再多说什么，而是埋头猛吃起来。

看到他的吃相，头一次见到这位表叔的瞳儿暗暗咂舌，忍不住偷偷地小声问小龙道："小龙哥哥，陆表叔是不是好几天没吃饭了，怎么会饿成这样？"

瞳儿的问题小龙也不知道怎么回答，只是默默地对他摇头。瞳儿的话自然也落入了陆天岐的耳中，但他却只是抬头看了瞳儿一眼，然后便狠狠地猛瞅了夏秋一下，便继续埋头狂吃起来。就这样，夏秋原本以为会剩下不少的饭菜，在陆天岐突然回来后，竟吃了个干干净净，更为今晚的团圆饭画上了一个圆满的句号。

酒足饭饱，夏秋正想问陆天岐这段时间去了哪里，可还未开口，便听到一阵清脆的铃声响了起来，竟是界铃响了，她脸色一变，立即吩咐道："黄师傅，昨日孩子们睡得太晚，今日起得又早，你早点带他们去房间休息吧。"

小龙闻言，立即道："娘亲，我已经长大了，汤头歌也背熟了，我可以帮你的。"

夏秋听了笑道："我知道你最聪明懂事，你先去休息，要是需要你帮忙，我一定会唤你。"

小龙撇了撇嘴，听话地应了一声，脸上却失望透顶，这已经不知道是夏秋第几次这么敷衍他了，他本来还想说，他不但背完了汤头歌，连伤寒和内经都已经背得滚瓜烂熟了，只是可惜，娘亲还是把他当成小孩子一样。

得了夏秋的吩咐，黄苍立即领着一脸不悦的小龙和瞳儿去后面休息了，夏秋正要起身去前面大厅，却听陆天岐低声道："我同你一起去。"

他要去夏秋当然不会反对，便点了点头，两人立即一前一后去了前面……

02

等两人诊治完前面的病人，已经是晚上十点多了，夏秋本以为大年夜会消停些，哪想到今晚竟然来了好几个被炮仗伤到、吓到的妖怪，这要不是有陆天岐在一旁帮忙，她一个人怕是要忙活到深夜了。

回后院的路上，陆天岐出奇的沉默，竟然一句话都没同夏秋说，更不要说向她讲述自己离开这些日子的经历了。正巧夏秋今天忙了一天也格外得疲累，便也没心情问他，打算等明天清净的时候再问问他。所以，她也没对他说什么多余的话，只是在到了后院他房间门口的时候说了一句："你的房间我一直收拾着，摆设什么的也没变过，前几天更是刚刚打扫过，被褥床单也全都换了新的，你先凑合一晚，明天若是缺什么，你再同我说。我累了，先去休息了。"

只是，说完这些她刚要回房，却听陆天岐突然开了口道："他呢？还好吗？"

夏秋闻言眉毛微微向上挑了下，然后微微笑着点点头说："你跟我来吧！"说着，她立即转了方向，往院子里的那棵大槐树，也就是密室入口的方向走去……

进了密室，里面的陈设还同以前一样，也没有什么太大的变化，只是在离冰床不远的地方，多了一套桌椅，桌面上则摆着笔墨纸砚。不过陆天岐对这套桌椅没有任何兴趣，他一进来就直奔冰床，而等他到达冰床的床边，整个人却像被定住了，盯着床上躺着的那人，久久都没有挪动一下眼睛。

陆天岐站着，夏秋也陪他站着，就这样，两人一前一后站了一刻钟之久，最终陆天岐叹了口气道："不是我不想回来，而是……我不敢……"

"我知道。"夏秋低低地答道，"刚开始那几个月，我几乎天天都待在这里，希望能看到他睁开眼，希望能出现奇迹，可一直没等到。不过后来瞳儿被送来了，青泽先生对我说，只要瞳儿身上没有出现

异样，就说明妖神的元神已经烟消云散了，乐家的诅咒也解除了。但是，乐家诅咒解除后只会出现两个结果，要么他会立即醒来，要么他会立即消失。只是如今瞳儿都已经五岁了，同他当时继承妖臂的时候岁数相当，却没有任何妖化的迹象，所以，我现在心里也没底，不知道自己当初做得到底对不对……"

沉默了一会儿，陆天岐终于又开口道："生怕会看到不想看到的结果，甚至明明知道你的做法是对的，可心中却总是不甘心，但是我不得不承认，若是我当时在场，也不会比你做得更好……因为，这件事情，除了你，除了驭灵人，的确没有人敢做，也没有人能做到……"

虽然陆天岐没有道歉，但他话中的意思也已经很明白了，夏秋也就不再同他计较，只是点点头说："但你现在不是也回来了？不如，就同我一起等他醒来吧。"

当初，她眼看就要杀掉妖神的时候，乐鳌的元神却被那个狡猾的妖神重新放了出来，这让她更加相信了红姨最后对她说的话，于是当机立断，用自己最大的能力想要将妖神的元神赶出乐鳌体内。只是妖神太过强大，即便她拿出了身为驭灵人的最大本事，却也只是将他的元神从乐鳌的身上弹开了几秒，并没有彻底将他赶走，而后来他很快便又重新回到了乐鳌的躯壳中。于是，千钧一发之际，夏秋趁着妖神元神不稳的时候，将六劫鞭插入了乐鳌的肩膀、却是尚未完全进入他躯体的妖神的元神心脏处。这样一来，虽然避开了乐鳌的心口，却刺穿了妖神的要害，可毕竟是兵行险招，此举仍旧重创了乐鳌。所以，虽然之后妖神的元神再也没有出现，可乐鳌却一直昏迷不醒，也不知道以后还能不能醒来。不过，让夏秋欣慰的是，虽然乐鳌昏迷不醒，可他却恢复了呼吸，身体也没有随着妖神的消失而烟消云散，甚至连他身上的鳞片和妖臂也突然消失了。这种变化给了她极大的希望，让她心中相信，乐鳌一定不会那么容易就离开她，离开他们。只是，虽然她充满希望，乐家那边却未雨绸缪，做了最坏的打算。所以在那年的春节前，他们送来了瞳儿，也就是妖臂的下一个继承人，而在临走的时候，他们还给夏秋留下了一个残酷的可能，就是乐鳌之所以没有死去，是因为他还不到三十岁。如今他的身体早已被妖神的元神侵蚀得千疮百孔，所以，一旦到了三十岁，仍旧可能会像其他乐善堂的东家一样，不得善终。夏秋留下了瞳儿，更是将自己的头发梳了起来，成为了乐鳌的妻，乐善堂新的东家，但她却始终不相信乐家人的话，一直默默地守在乐善堂，等着乐鳌清醒的那日。她这一等就等过了两个春节，而再过几日，就是乐鳌的三十岁生辰了。

夏秋的话，让陆天岐一怔，他立即垂下了眸，"嗯"了一声，只是有一句话他却怎么也说不出口。因为他比夏秋更清楚，再过几日就是乐鳌的三十岁生辰……乐家的预言，夏秋的等待都会在那一日被最终揭晓！想到这一点，陆天岐一时间不敢看夏秋的眼睛，而是将眼神转向了一旁的书桌，慢慢走了过去，却看到书桌的一角摆着一沓厚厚的稿纸，每张纸上都写满了娟秀的小字，一看就是夏秋的笔迹。他略略翻了几页，脸上却充满了吃惊，不禁看向夏秋道："这是……"

夏秋也走了过去，抚了抚桌上的书稿，低声道："我有时晚上睡不着觉，就会来这里陪他，可又不知道该做什么，便想到这世上凡是有些本事的大夫，都会将自己的医案记录下来，好留待后人参详，虽然咱们乐善堂的情况有些特殊，可治人与治妖都是一样的，也总该记下些东西，好让后人能记住他。"她说着，不禁看向乐鳌，一时间有些出神。

"你这是把表哥治妖的病案记下来了？"听她这么说，陆天岐心中又是吃惊又是佩服，乐善堂这么多年来，还真没有一个当家的能想到这点，虽然有些冒险，但是他单是想到这本医案的用处，就忍不住热血沸腾。

夏秋笑了笑说："是呀，不过我来得晚，你如今回来了正好，可以同我好好说说他以前的事，想必也会让这本医案更加的充实有用。"

"这还用说。"陆天岐立即眉飞色舞起来，"你才来了几年，我可是跟了他很多年呢，还有他的父亲，我也是一直跟在身边的，所以，见过的病案可比这些多多了，其中还真有几个棘手的，自然也有有趣的，比如有一年……"

说着说着，陆天岐的话匣子就打开了，恨不得立即就向夏秋卖弄一番，看到他着急的样子，夏秋忍不住笑道："反正你也回来了，也不急于一时，等明日你再同我好好讲讲，想必你的到来，能为这本手札添彩不少呢！"

"手札？什么手札？"陆天岐撇嘴道，"不好不好，太平凡了，怎么也要叫个什么宝典、什么纲目、什么要略之类的……"

听到他的建议，夏秋心中暗暗发寒，但还是赔笑道："好好，一切等明天再说如何？"

虽然如此，陆天岐还是有些意犹未尽，快要离开密室的时候，嘴里还不停嘟囔着自己认为厉害的书名，夏秋也只能默默地听着，生怕自己再说个什么，他会又有新的奇思妙想。

只是两人刚刚离开密室口，就见陆天岐的身形一闪，突然挡在了夏秋前面，盯着院子里的一个角落低喝道："什么人？出来！"

随着陆天岐的话音，一个黑影立即跃入了院子里，只是，他出现后非但没有一点心虚的样子，反而看着陆天岐怒喝道："这句话该我问你，你到底是谁，你同她什么关系？"

陆天岐一愣，转头看向夏秋，一脸的疑问。

夏秋的脸上略显尴尬，对陆天岐低声说道："这就是那日我被关在灵雾寺时，突然渡天劫的那只妖怪，幸亏有他，我才能跑出来……"只是后来，这只妖怪竟然又寻了来，口口声声要她……这让她不禁想起了童童，也不知道这只妖怪死缠着她，是不是同她身上的特质有关。

关于那只渡天劫的妖，陆天岐后来自然也听说过一些，但是听过也就忘了，并不认为他日后会同他们有什么交集，再加上自己这些日子没回来，更不知道这只妖怪居然这么烦人。

　　可正因为陆天岐没有回来，这只妖怪自然不认识他，见他这么晚还同夏秋待在一起，不由得怒道："原来，你不同我离开，是为了等他？那好，我今日就让他有来无回……"话音未落，他便向陆天岐冲了过来。

　　他冲动，陆天岐可是比他更冲动，即便发生了这么多事，经过了这么多年，陆天岐的脾气也没有半点改变，所以见这只妖怪竟敢挑衅自己，他又怎么肯示弱，也立即迎了上去，冷哼道："你以为你是谁？今日本少爷就让你见识见识，谁才是这乐善堂的主人！"

　　说着，两人便已经战到了一处。

　　夏秋想要阻止他们，可是喊了几声见他们都没有任何停手的意思，这让她也不由得怒了。

　　要知道，从昨晚开始她就在忙活，到现在都几乎没合眼，如今好容易要休息了，他们两个竟然又打了起来，这样一来，她怕是今天晚上都无法休息了。于是她最后喊了一声："你们要想死，到外面死去，别在我这里碍眼！"说完，她跺跺脚，转身回了密室。

　　看来她今晚铁定是不能睡了，而且，本来浓浓的倦意也被外面那两个弄得无影无踪，所以恐怕只能继续待在这里写书写到天亮了。

　　坐在桌案后，拿起笔，她不禁又看向乐鳌，然后鬼使神差地说了一句："东家，夜行医手札这个名字怎么样，如果你觉得好，就笑一笑……"说完这句话，她突然觉得自己有些傻，可还是不死心地盯着乐鳌，一看就是好久。终于，在看了一会儿后，她自嘲地笑了笑，发现自己真的傻，这么久他都没醒，她怎么能天真地期待乐鳌听到她这句话就会突然醒来呢？

　　于是，夏秋重重地叹了口气，打算收回视线继续自己今晚的工作，不过最后，她又下意识地看了乐鳌一眼，可就是这最后一眼，却让她的眼睛在一瞬间瞪得滚圆……

（全书完）